政协委员文库
Zhengxie Weiyuan Wenku

定制幸福

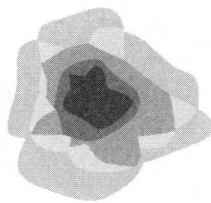

邵丽／著

ding
zhi
xing
fu

中国文史出版社

目　录

老　茶

喝陈年老普洱，起初的几泡红得浓稠，我常常泛起喝稀饭的古怪念头，因有焚琴煮鹤之嫌，故从不与人谈及。

开始，老茶总是一副历尽烟火的样子，茶汤黏得挂口，面相也浓得化不开，简直世俗得了不得。冲泡四五道之后，色泽逐渐澄明透亮，渐渐有了点混沌初开拨云见日的通透，不过还是味甘香高，仍旧在市井味里挣扎。再往后就有些淡了，然而却愈加有回甘。其实，老茶的好正是那一回首的余韵，让人恋恋不舍，格外珍惜。不常喝普洱的人会觉得并无甚味，也会作刘姥姥之思："好是好，就是淡些，再熬浓些更好了。"

的确，那余韵需要耐心地等待和修炼，品得久了，就会咂摸出淡淡的枣香或者是樟木之气。总的说来，喝普洱茶并不需要多么大的排场，不过，虽是俗中见雅，也须有他人在场方才正经。三五老友，渔樵闲话，或臧否人物，或撒豆成兵，或一无挂碍物我两忘，或酒肉穿肠歌吟笑呼。

茶可以喝得风生水起，非关禅，非关道，这是普洱老茶的阔绰。

品绿茶，却似一个人的孤身相守地老天荒。春困之时，冲一杯毛尖或龙井新蕊，对窗细看那嫩绿的芽头云卷云舒，上下翩然。窗内云蒸霞蔚，窗外诸事尔尔，逝者如斯。陡生"茶外无一事，窗外亦无一事"之慨。其实，绿茶并非不食人间烟火，其"望之俨然，即之也温"，感动常在不期而遇之处。普洱老茶虽然面目和善，浸淫久了，倒也有穿云度月、醍醐灌顶的敏捷。

品茶是要拿捏好关节的，早上起来就呼朋引类，拉开架势喝茶，纵使是好意为之，也难免着力过甚，拂逆了茶意。不信回想一下，若是逆旅之中，勿论寒冬酷暑，能得一杯暖暖的热茶，哪怕茶质不甚好，小心地送入口中，便也会有幸福感逶迤而来。想想一千多年前，西晋"惠帝蒙尘，还洛阳，黄门以瓦盂盛茶上至尊"的百感交集，所谓江山，也不过是一杯茶的冷暖得失吧。

能在一起喝茶的人，在我看来是不一般的。我曾写过酒，写过酒友。眼前的日子愈过愈宽绰，无论是出门应酬或者家宴，十有八九是少不得酒的，酒友因此多如过江之鲫。但专门约了一起喝茶，就似乎郑重了许多，也更在意这些茶友。胸有块垒，抑或遭际不堪，首先念想的便是常常聚拢喝茶论道之人。不相干的人即使在酒席上相遇，也不过是三杯两盏淡酒的酬酢，断乎不会凑在一处喝茶，哪哪都是对不住榫的。

此事想来甚觉奥妙万端，爱茶之人成千上万，唯三五知己凑在一处，在多如牛毛的茶叶面前，恰这几片叶子与这几人遇合，这是几世轮回修到的缘呢？

茶是人情冷暖的表记。《红楼梦》中，槛外人妙玉云空不空，看人奉茶，即使一言九鼎的贾母，她只用"旧年蠲的雨水"泡茶，而黛玉、宝钗，喝的竟然是"五年前我在玄墓蟠香寺住着，收的梅花上的雪"。茶杯仅仅因为刘姥姥用了一下，她就坚决不要了，甚至放狠话："这也罢了。幸而那杯子是我没吃过的，若我吃过的，我就砸碎了也不能给她！"妙玉后来的遭际的确令人扼腕太息，是天作孽还是人作孽？诗云"永言配命，自求多福"，其中的道理细细品来比茶汤还浓。

晴雯撕扇那一出，很难让人笑得出来。曹公借褒姒笑狼烟之典，为后来晴雯的落魄铺垫，不易猜出是哀是怒。待看到晴雯被王夫人赶出怡红院，宝玉去看她，她要茶喝那一段，才让人唏嘘不已："晴雯道：'阿弥陀佛，你来的好，且把那茶倒半碗我喝。渴了这半日，叫半个人也叫不着。'宝玉听说，忙拭泪问：'茶在那里？'晴雯道：'那炉台上就是。'宝玉看时，虽有个黑沙吊子，却不像个茶壶。只得桌上去拿了一个碗，也甚大甚粗，不像个茶碗。未到手内，先就闻得油膻之气。宝玉只得拿了来，先拿些水洗了两次，复又用水汕过，方提起沙壶斟了半碗。看时，绛红的，也太不成茶。晴雯扶枕道：'快给我喝一口罢！这就是茶了。那里比得咱们的茶！'宝玉听说，先自己尝了一尝，并无清香，且无茶味，只一味苦涩，略有茶意而已。尝毕，方递与晴雯。只见晴雯如得了甘露一般，一气都灌下去了。"

其实，如人一样，茶也有性子。性烈者如妙玉、晴雯，四月裂帛，宁为玉碎不为瓦全，像炭烧乌龙，面黑心狠，入口即夺人魂魄。性温者如安吉白茶，悠悠荡荡，率性而归，凤羽玉肤，淡颜素心，一派天真。当然，也有夫子一样"温而厉"者，如六安瓜片，初入口倒也平和，稍有贪杯，便会知晓它的手段。

前几日，久雨方晴，天气好得实在不像话，路边的桃花樱花开得不管不顾，煞是泼皮。早上约了延玮去踏春。延玮又约了鱼禾，鱼禾再约碎碎。一众红口白牙环佩叮当者，先是在园子里煞有介事踏歌徐行，不久便心热口燥。本就不良于行，岂能躬耕垄上？终有好事者提议去"老家茶坊"喝工夫茶，二三子半推半就，卷土而去。

"老家茶坊"位于郑东新区，茶坊主人是一家报社的驻豫记者，因为好茶好友，索性弄了这间茶坊把玩。故所来者一为好茶者，一为好友者。茶坊主人内秀且内敛，诗书画兼修，深有心得，而且为人躬自厚而薄责于人，很有竹林七贤阮籍"发言玄远，口不臧否人物"之风度，在圈子里亦甚有口碑。

我与他是多年的茶友，平日都当自家兄弟看待。更重要的是，这几年诸事纷披心乱如麻，山重水复之际，他依然不离不弃护持左右。君子虽居乱世，不改其节，善人为善岂有息哉！好在虽风雨如晦，仍鸡鸣不已。柳暗花明之时再作回首观，方知路遥人在。有如此一帮兄弟相扶，才使我从容优裕到不穷于道，不失其志。

被主人引入茶室，我先点了一款月光美人。此茶系普洱芽尖，其香淡雅脱俗，极适合女士饮。鱼禾是自负的家伙，自吹自擂好茶懂茶，平日喜饮滇红，对于普洱则只认熟不喜生。我笑而不言，只管以茶相劝。哪知她三杯月光美人入口，一脸的迷茫，连声打问此汤是什么仙味。当被告知是生普，顷刻之间迷茫被讶异替代，丝毫不加掩饰地连连叹道，原以为普洱生茶都是些粗枝阔叶，哪承想会有这般精细！主人闻言，更加殷勤，再上一道雀嘴。那叶片状如鸟喙，尖中见圆，瘦而不骨，顾盼生姿，单单看模样便知不是寻常之物。茶汤入口，意在茶先，几个回合下来，众人几欲醉倒。主人索性又端出看家的紫鹃，冲泡出来盛在透明的玻璃杯中，真个粉雕玉琢，雾气氤氲，似紫气东来，令人飘飘欲仙，竟把几个没见过世面的主儿看得呆了。

其实，在常泡茶馆如我这般重口味的老茶客眼中，这几道茶终

4

不过是皮毛，只是拿来表演的套路而已。待踩完过门儿，我径直唤过当值的小姑娘，嘱她好生搬了九三年的景迈老沱出来。这才是大戏开张，入到了一板一眼丝丝入扣的九曲回肠里。如同他乡漂泊了几十年，在一个风雪之夜撞开门寻回老家，蓬牖茅椽，绳床瓦灶，历历在目，亲得只想让人纵声一大哭。

此前我们曾相约写写茶。虽然我私下里一直认为我这几个姊妹不甚懂茶，但验明了正身，才知道她们有多不懂。延玮认下了月光美人，鱼禾抢了紫鹃，粉色的雀嘴自然给了碎碎，我则是千年不变的老景迈。上来的这块景迈是生沱，在岁月静好处如琢如磨，完全脱去了生茶的品相，色比琥珀，香似醇酥，回甘变动不居而又九九归一，若那贝叶经般，入化到了至高之境，虽然失去了新茶似有若无的蜜香，但深藏不露的陈窖劲道，非新茗所能望其项背。品得久了，便会感觉人茶一体，岿然静坐，四面生风。

不过，拿如此老茶与姊妹几个品了评了，意见竟参差不齐。方知各人好恶其实难同，也各能自圆其说。回头想想，甚不足为奇，即使生而为人也莫不如此，青春时生涩，却清新得人见人爱；到了盛年，圆通是足够了，却难免有了开到荼蘼花事了之步步惊心。见仁见智，在在有异，其唯茶乎！

不知是谁打问行情，主人埋首品茶，莞尔不语。此时不宜论钱，否则会斩杀喝茶人的心情。分明是些树叶子，不过被人点化，方有了阶级，致使这个普通物什贵贱亲疏，皆有等威，愣是被商人拿捏成了买卖。在我的理想国中，茶叶被人采下来放置一处，逆旅之人，文人骚客，渔人樵夫，各路好茶者只管去，各取所需，或点到为止，或极饮大醉，那才不侮没茶性。

我始终以为，如果朋友间的品茶是一场盛宴的话，那么夫妻之间品茶就更似一次小酌。不过也更得有仪式感,万不可太过随意——也许这只是我一茶癖——精选所喜爱的品种,下午三四点的光景,欢喜地喝趟下午茶,便是最精致的日月了。最好是有西窗的屋子,窗下放张木头桌子,鸡翅、花梨皆可。茶具一定要手工老泥做就,烫壶、温杯、洗茶一步都不能落下。那时斜阳夕照,天风流荡,满屋金黄。女人为喝茶而特意换上的碎花长裙,与男人干净的棉衫相映成趣。细品慢咽,碎语若醴,壶中日月悠久而绵长,那时光纵使一万年重复也是不会倦的。

"老家茶坊"碰巧有两间对照斜阳的茶室,茶友们松散地坐开去,由着伺茶的女子在珠帘明明暗暗的光影里游走。坐得久了,可以到偌大的茶坊里走一遭。墙上挂着京戏名角儿的水粉画,一如既往地低吟浅唱。迎门的架子上是主人收藏的各种玉器玩物,有小家子的碧透,也有当家人的雄浑。背面长廊里的酒架上各种名酒铺排得满满当当。大厅五米多长的红木长桌上备了笔墨纸砚,一时兴起可以尽情泼墨挥毫。我最喜欢展厅里那几个大肚青花茶瓮,每每过去都要挨个打开闻一闻。有的浓烈,有的淡雅,有的放肆如春光乍泄,有的收敛到不露声色。这样两三个小时过来,净了口,洗涤了肝肠,只觉饿得撩心。碰巧谁谁得了稿费做东,便由不得揭竿而起者劫富济贫,让茶坊的厨子煎了鹅肝,或者一份六七成熟的小牛排,再佐一杯正宗的法国红酒,细嚼慢咽,仿佛一生一世,天闲日永。这日子真真奢靡到了"腰缠十万贯,骑鹤下扬州"的癫狂。

我相信,这一班姊妹有了此番历练,"除了诱惑,什么都能抗拒"了。

定制幸福

　　每到春节，好像总得说点什么才算结局。实际上，靠码字为生的人和引车卖浆之流，本质上也没多大差别，如果有，也无非是人家盘点财货，我们盘点心情。当下，这心情越来越禁不住掂量，尤其是到了年关，总是有一股挥之不去的失落感。结婚成家之后，很多年都是如此，那种失落说不清楚是为什么。结婚之前，那时父亲还在，他会带着全家人回老家一趟。站在祖父母的坟前，他总是提醒我们说，这里是我们的老家，我们的根。那个偏僻的地方，虽然我一次次地走进它，但感觉依然陌生，甚至认为回去是额外的负担。随着父亲故去，那里逐渐淡出了我的生活。我既非生于斯，也非长于斯，凭什么它就该是我的故乡呢？可话又说回来，如果这里不是故乡，又会是哪里？所以，每到过年，听着周围一片回家看看的声音，心里越发没底了。

　　我生孩子的时候，公公婆婆非让我回老家去不可。那时我公公还是一家乡镇医院的院长，估计是觉得回去一切事情都好办。当时我的胆子也忒大，什么都没想就回去了。后来再回想起来，总是会惊出一身冷汗。那个地方没电，也没有一个科班出身的妇产科医生，如果难产，后果不堪设想。可老公不这么看，他觉得老家最安全，不会出任何意外。那时候交通不便，几乎每个月他都要回老家看看。逢年过节还非得让我和女儿跟着他转几趟公交车跑回去。晚上，他会带着我们到村子南头的一条河边赏月。月光确实很美，但我心里清楚，如果不时时刻刻注意脚下，很可能会走到路边的粪坑里。

这样的故乡，依然常常唤起我们的思念之情。我们心里的故乡，天肯定是最蓝的，水肯定是最清的，人肯定是最淳朴善良的。但如果刻意去寻找，也会如《桃花源》里的武陵太守一样，"寻向所志，遂迷，不复得路"。在小说《半生缘》里，曼桢对几十年前的旧爱说："世钧，我们再也回不去了。"回不去了，再也回不去了！

随着城市化的加速，"乡愁"正在成为一个越来越宏大的叙事，进入我们的生活，它成了现代的反面，好像城市化是一场意料之外的洪流和灾难，如果我们不紧紧拉住某些传统的东西，就会被这个洪流裹挟而去。在我们密集的话语扫射之下，城市逐渐成为这样一个怪物：它是钢筋水泥的丛林，它让我们越来越稀薄的人情味儿近消失，它以非人格化的冷漠在同人类争夺最后的温存。总之，它是罪恶之都，也是罪恶之源。大部分人，尤其是在城市待得越久、对城市最依赖的人，每当被淹没在汹涌的人流里时，身份的焦虑就更明显，乡愁也就更浓烈。

真的说不清楚人们是经过怎样的挣扎才慢慢喜欢上城市的，那是一点一滴的积累，也是日久生情的功课。细细想来，如果把城市比喻成一个有生命的存在，它竟是那样地善解人意。风雨交加的夜里，如果你想出发，快捷的交通工具会让你准时到达你想去的地方。从外地出差回来，大老远你就能闻见自家楼下的老咖啡馆里飘出的浓香。上班的路上新开了一家小吃店，会让你莫名其妙地高兴半天，好像那是专门为你而开。邻居间虽然鲜有往来，但也少了很多家长里短流言蜚语。我还记得有一次一个外地朋友来看我，我们一起出去吃饭。到了一个路口，司机正犹豫着要不要拐弯，后面的一辆面包车撞了上来。我的脖子被狠狠地闪了一下，疼得钻心。朋友也闪得不轻，龇牙咧嘴地揉着脖子。我们把车子停住，面包车司机赶过来向我们道歉，羞愧得像一个做错事的孩子。但是，真奇怪，撞那么狠，两辆车子竟然都没有大碍。双方于是相视而笑，各自开车走了。

在劫后余生般的眩晕里，我突然被一种巨大的感动包围。我被自己，不，被我们几个深深地感动了。我知道，不管车子有没有撞坏，我们三个——我、朋友和司机，都会用恰当的方式来处理这个问题。如果不是损坏太大，都会若无其事地把肇事车子放走。那时候我就想，车子外面这个巨大的城市，这个让我像漂浮在汪洋大海之中的城市，这个有着庞大人口的城市，不正是靠着这样的宽容、谦让和理解黏合在一起的吗？每个人的性格共同组成了城市性格，每个人的品位共同组成了城市品位。在它看似无情的表情之下，却是被一种清晰得可以划分出边界的情感维系着。你的痛哭或者大笑，都仅仅是一个私人事件，会被城市理解和包容，用不着担心冒犯任何人。在这个自由的天地里，你能找到自己的位置，也能看清楚别人的。而与乡情比起来，你会觉得生活是如此轻松自在——从某种意义上说，乡情是一种债务。别人对你的一次小小的帮助，你都得记住并认真偿还，否则就是忘恩负义；即使人家不追讨，这笔账也一定会在你心里记一辈子。

在城里，你的幸福可以期待，可以存起来，也可以一笔一笔计算出来。你可以定制，也可以反复修改——你到某年某月退休，然后就可以跟着儿女生活，帮他们做饭、看孩子，每天晚上一大家子人聚在一起谈笑风生。冬天到海南租一套房子住下来，把冰天雪地撇给北方。夏天你又来到了哈尔滨，每天在太阳岛上坐一会儿。即使不能这样迁徙，你也永远不会为天气发愁，一个小小的遥控器就可以帮你变换四季。不管在任何地方你都没什么可担心的，即使颗粒无收，也不会耽误你每月的退休金到账。在旅游途中你只关心风景，你的意外伤害保险就在抽屉里放着。每年都有人按时通知你，什么时候体检，什么时候发福利。身体上有点什么毛病也不打紧，可以选择自己认可的医院。总之，你可以从容面对自己的人生。

在故乡，这样的日子有一天也会到来。但是，你一定要相信，那故乡会变成一个微缩的城市。你离不开电视、手机、网络。你不能把自己撇在世界之外。就是到终南山隐居，你也得带上方便面、笔记本电脑和卫生纸。而你能够实现这一切，也是因为你在城市赚了足够的钱，至少是，在城市你还留下一条退路——你知道，你想退却的时候，只要回到了城市，转过那些熟悉的街角，就会有新的发现，新的机会——工作，生意，抑或是一场轰轰烈烈的恋爱。

在 远 方

一

我从未经历过那么漫长的等待，天一直不亮。

从中国的北京到德国的法兰克福，需要十二个小时。飞机下午两点钟起飞，本应该是夜间两点钟到达，可我是依照着北京时间计算，到了法兰克福就要扣除六个小时的时差。究竟是怎么个差，我这等糊涂的脑袋，至今仍然糊涂着，没有人给我解释。但自北京两点钟起飞，飞行十二个小时后，是法兰克福时间晚上八点钟，这是铁的事实，我必须得接受。

晚上八点钟，看到的是法兰克福的夜，灯光不如北京的绚丽，更不要说上海，低矮稀疏的楼房蹲在路两边，像沉默的史前动物。

车子把一群茫然的中国作家拉到位于郊区的假日酒店。全世界的假日酒店似乎都在城市的郊区，纽约是，巴黎也是。唯有中国的许多城市中心，常常出现这一朵花的标志。房间是提前安排好的，没有晚饭（飞机上已经提供晚餐），我们只需要拿卡去睡觉。我固执着不肯改变手机上的时间，领队告诉我们明天七点叫早，八点吃早餐。明天的七点是法兰克福的几点呢？困倦到已经懒得去想任何事，手机显示时间是夜四点，我倒头睡下，被困乏深埋。睡到九点钟醒来，窗外完全还黑暗着，可是依照生物钟，我已经需要如厕，然后刷牙洗脸，然后享受一顿营养丰富的早餐。我做完了前半段的所有事情，天仍然黑着。直到这时，我才开始严肃地算计起时间，用我的时间往后推六小时。天哪，我饥饿的胃要想在法兰克福的八点钟得到安抚，必须要等到"我"的时间下午两点！

飘在无边的黑夜里，时间阔绰得让人心虚，我从未经历过这样的等待。

天终于亮了，是几十年都不曾见过的透明。空气清新而冷冽，也许是久等生幻，仿佛回到孩童，是除夕的早晨，那种欢喜如同新生。

法兰克福的早晨是一场色彩的盛宴，如打开一幅新鲜的油画。天气晴朗，阔大的天空是用湖蓝打了底子，云是额外用柔软的棉安置上去的，好看得就像是云。与底色隔着距离，悬在蓝之上，透过云朵，依然可以看到底子的蓝。云朵儿一会儿就散了，或者飘到另一处。这样的飘逸俊美，不是云又能是什么呢。

我给女儿发了条彩信说：我这边的天空好美啊。女儿回复：然后呢？

然后就是树。

我从没见过那么多的树，那么多的大树，那么大的树林，那么多的大树林。附近没有别的房屋，大树林环绕着假日酒店，假日酒店依偎着树林，像一对永远也不起争执的玩伴。这样的景致让人疑惑，在电影里我们偶尔相遇。温度已经寒到叫人瑟缩，树叶仍然在

12

颐养天年，洋红、杏黄、碧绿，而且大多的树上挂着紫红的浆果，晶莹剔透。还有历经千百年的橡树，树下掉落着熟透的橡子儿。

然后呢？

然后在一大片空地中央，有一棵或者两棵单独的树，同伴们说，树冠下面可以摆十桌酒席。

然后呢？

然后我们几个人顺着林间的道路，走过一个飘着浓香的咖啡屋。然后我们走进一个房车服务区。一片偌大的园子，有数百年的古树，有人工种植的鲜花和草地，还有一个老妇人在收拾她的蔬菜。菜的颜色非常鲜艳，叫不出名称。我们想走过去拍照，一条漂亮的大肥狗突然站立起来。那老妇人善意地笑着，我们却不敢走到近前去。

大约有几百辆房车，像是对外来者进行一场奢华的展示。有的是夜泊，有的则是长期停靠在那里。车子的周围有低矮的栅栏，栅栏上缠绕着旺盛的植物，栅栏里有生活用具，还有昨夜洗过的衣服。不知道里面的人是租住，还是以车为家？男士们深感惊叹，他们欣喜这种游动的生活方式，充满着自由和暧昧的想象。这样的物质生活在中国大概还不行，就算买得起房车，总不能夜间就把车停在大马路上，不安全是次要，主要是排污、清洗、加油、加水。在德国，这样的服务中心体贴入微，哪怕是临时停泊，停车位的环境也像是一个安全舒适的家。

感叹德国的汽车之兴盛，还感叹他们能把车停在天堂里。

二

我们到法兰克福是参加一年一度的图书展示，今年中国是书展的主宾国。我国的习近平副主席来参加书展开幕式，铁凝主席带着一百个作家助阵。德国的报纸把这次大型文化活动称为文化侵略。其实"侵略者"正低首下心，怀揣着对海涅、歌德、尼采、海德格尔、康德、马克斯·韦伯等思想巨擘高山仰止般的崇拜。

下午三点多的会议，车子两点多钟还拉着我们在到处寻找会址。没有标志，没有警戒，只有不时出现的书展广告牌，上面有"中国纸"之类的内容。

半个小时之后，中国国家副主席习近平、德国总理默克尔就要出现在这样一个世界性的会议上，助阵的我们还正在被一个不识途的司机载着寻找进口。没有欢迎的人群，没有列队的警察。道路上的行人，笃定地走着他们的路。这在中国，是难以想象的。

我注意到法兰克福的街道两旁，现代建筑掺着弥漫着浓重历史痕迹的古建筑并肩而立，时空交错，令人百感交集。树木和建筑融为一体，没有整齐划一的痕迹。我看到一棵幼苗在街心的草地上，被三根木棍保护着，想象是一颗种子飘来，它喜欢，就在这个地方生了根。然后是它的喜欢被人类喜欢和保护。不远处是一棵大树，看起来有数百年的年龄。这一老一少相得益彰，年老的已"廓尔忘言"，年少的则跃跃欲试。在德国能看到许多这样的景象，大树和小树参差不齐，却又觉得格外的和谐。宾馆门前的空地上有时只种植一棵芦草，芦花孤芳自赏地开着，像行为艺术家。

我们还正在会场寻找位置的时候，默克尔已经与习近平由公共通道平静地入场。只有四个警察分别立在四个通道上。人顷刻之间安静下来，静得透着庄严，原本是一种生长在骨子里的礼貌。这个国家到处浸淫着这种良好的秩序。

铁凝代表中国作家讲话，她的演讲非常漂亮，这个女人是可以代表东方美的那种，内敛而厚实，激情而智慧。接着是作家莫言，人不够帅，普通话也不标准，但也自有亚细亚那种混沌的力量感。他说他的奶奶曾经告诉他，德国人是没有膝盖骨的，推倒了就站不起来，而且德国人生下来舌头是两半的，否则说不出那种奇怪的语言。他不清楚德国人的祖先把中国人想象成什么样子，他看过一幅西洋画，中国人生活在树上，脑袋上扎着小辫子。莫言先生要表达的是，中德文化需要交流。德国人喜欢这个不甚英俊的中国作家，他的电影《红高粱》在这个国家播种且收获甚丰。接下来是习近平，他极为沉稳，表情平和安详，举止透着大国的底气——在中国，似乎没有谁刻意在乎国家领导人的神态。习近平演讲完毕，掌声四起，中国人从没有像走出国门这样爱国，这样爱自己的领导人。

那一天的冷餐会吃得非常"冷"，促狭得像是一次匆忙的排练。冰凉的饮料更让人觉得寒气逼人。但我们善始善终，晚上又看了一场上海交响乐团的演出。仍然没看到警戒。

演出开始之前，我们在休息厅吃东西。一位作家看了节目单说，其实这场演出只有郎朗的钢琴是值得中国人享受的，看别的纯属捧场。同桌的一位不相识的中国姑娘突然失笑，再看节目单上的照片，方知是今晚吹长笛的那位。我们也笑了。姑娘那晚的长笛吹得很不错，德国人很赏识，中国人很赏心。郎朗还是一个帅气的娃娃，德国人不知道许多中国作家，但知道郎朗。这次掌声异常激烈，德国人的音乐素养说不得。郎朗返了两次场。我要不是作家，肯定要做一个音乐家，音乐真让人羡慕，它是最好的外交语言，而且不需要翻译。

三

在德国，一定要坐汽车，一定要在高速公路上行走。在高速上行走的每一秒钟，变幻的景色都会是油画般地让人目不暇接。可以闭上眼睛拿相机拍，按一下快门就是一幅画，丝毫都不夸张。那些陆续展现的森林优雅俊秀，青、绿、黄、红五光十色。哪怕你头发都斑白了，仍然会像孩子一样尖叫，不会有人责备你大惊小怪。德国最让人感佩的，不是汽车，不是发达的工业，是这面积广大的古老森林，这不仅仅是靠国家的经济实力实现的，这些树是古老文明的根。

若是有可能，就到沿途的小镇上看一看。可以是任意的一个小镇，漂亮的程度相当于北京的高档社区。童话一样的建筑，每座小房子的门前都有草地，草地上停着各式各样的车。镇上的农民不像是农民，是比城里人更安适的乡村绅士。那位四十多岁的农民，戴着金丝眼镜，坐在葡萄架下读小说，身上堆积着一大片阳光。他点头致意，听不懂我们说什么，但大致能从我们的眼睛里读出欣赏。小镇上有旅馆，有图书馆，有设施完备的乡村医院。街道上到处都生长着古老的树，树冠华茂，树的年龄也许和镇子的历史一样悠长。我问成长在农村的评论家孙苏老师，中国的村庄为什么没有这样的树？孙苏老师说："有。小的时候，村庄的每一条街道都有大树，是爷爷的爷爷们栽下的，老得都成了精。男人们在树下吃饭，女人们在树下做针线，小孩子们在树上树下嬉戏。1958 年大炼钢铁，把树都砍了劈柴炼钢用了。"生于五十年代的诗人马新朝说，他记忆中，乡村已经没有树了，他们村子两千多口人，只剩一棵很大的桃树。

每年桃子成熟的日子，全村的小孩都兴奋得无法入睡。我的印象里，中国农村的树后来都栽在自家的院子里，现在统一规划的乡村连院子都省了。中国的城市现在也在注重绿化，投巨资购买树木，但是在新建的城市中，几乎找不到一棵大树。从城市到乡村都找不到古树，我们仿佛丢失了历史。

二战时，很多德国人宁愿冻死饿死都不愿意毁掉大树。这像奥斯维辛集中营的乐队一样，让人感觉到文化的执拗。

田野里到处是一片片的森林，林地与林地之间有农人种植的庄稼，田地像是被梳子梳过一样整洁漂亮，更像是森林公园。始终没有见到一个农人，地头堆放着几只包装整齐漂亮、统一尺码的大圆盘一样的东西。导游说，那是收获后的秸秆，用机器打包，有合适的用途就可直接拉走。在德国的田地里，根本看不到任何农业垃圾。

中国的农民，看到自己的新农村很兴奋，围着新房笑得满脸开花。但他们的笑容不是被文化砌起来的，里面满是砂眼。若是想让我们的农民兄弟到葡萄架下喝下午茶读小说，恐怕不仅仅需要教书写书和印书的同志共同努力吧。

一个中国的老人说，社会主义初级阶段至少需要一百年。在德国溜达一圈，我信了。

车子在高速公路上行驶，几个小时很快就过去了，因为你一点也不会感觉疲乏。近处的天空很高，远处的天空很低，云朵儿一直低到地平线去。你会有一种真实的错觉，再踩一脚油门，就飞到天边了。那样的一种开阔，天高云淡，依稀在童年的田野里见过。中国的天空一天天老得佝偻起来，我们也在中国越来越低的天空下老起来。

还有鸟，有数百只的一个庞大鸟群，飞在云之下，飞在云之上。

有队列的是大雁，一会儿排成"人"字，一会儿排成"一"字，能清晰地看到头雁与后面的雁换岗的情形。我曾经对女儿讲过我们小时候，孩子看到雁群都会大声喊叫，大雁大雁排成队，大雁大雁排成行。女儿说，什么样的雁啊，你们傻不傻啊。女儿的头顶从没飞过雁，她当然找不到我们儿时的那种兴奋。她现在已经二十一岁了，也去过好几个国家，想来她不会关注这些。今后我一定要提醒她看看天空中有没有雁队，一个天空中飞满雁队的国家才是最值得尊重的。因为这些追着太阳生存的精灵，它们的飞行高度可以超越喜马拉雅山峰。

四

德国的莱比锡是郑州的友好城市，我们这次德国之行还肩负着与友城进行文化交流的任务。我们领队有点看不起那个小地方，以为是类似我们省辖市的小城。后来我们挂在嘴边的一句话是，只有去了莱比锡，才会明白什么叫不遗憾。这座城市是温情的，宁静祥和，民众的脸上都挂着甜美，步子迈得不疾不徐。城市人口四十来万，城区面积却有我们两个甚至三个中等城市大。漫步莱比锡的市中心集市广场，可以看到气势恢宏的旧市政厅，已经有四百多年的历史了。不远处是托马斯教堂，这座华丽的殿堂建于十三世纪，典型的哥特式建筑，气势阔大，可以容纳上千人。巴赫在这里工作多年，彩绘玻璃窗上描绘着有关他在此活动的图片。这座城市被命名为音乐之城，教堂的乐团合唱团至今都是德国比较活跃的音乐团体。莱比锡的音乐大厅接待过世界各地很多著名演员，据说中国有几位著名歌唱家曾在这里演出过。

我觉得莱比锡的早餐是德国最好的早餐，意外的丰盛和讲究。在这里早餐不是吃，而是真正的享受。新鲜的小面包、鱼子酱、三文鱼、肉肠、奶酪，还有各种浆果。苹果和梨子都像是刚刚从树上摘下来，色泽红艳，个个饱满而气度非凡。咖啡自然不必说，吃完早餐还可以静心地喝杯早茶。茶是自己任意挑选冲泡，我数了案子上茶的品种，有十多种。餐厅是开放的，不查证件，来者都是客，全凭口一张，礼仪小姐只是问声早安便不再管了。像这样的败家子，在国内的五星级宾馆也不好找。

　　这也许就是莱比锡市民脸上那种笃定的原因，带有明显的软实力特质，不知要经过几代人的历练才能如此。现在完全有理由相信，各国之间的竞争主要体现在餐桌上下和内外。

　　在莱比锡我们还吃了一顿上海人做的中餐，主要是饺子。我们申请再来一盘，被告知没有了。导游说，中国的饺子，因为是手工包制，很贵。我们糊涂着表示认可，好像我们在中国吃到的饺子都是机器制造。是机器制造吗？

　　从莱比锡出发，大约两小时就到了德国的首都柏林。我对柏林的印象就是勃兰登堡门，它是德国复杂多变的历史见证人。1961 年，柏林墙建立之后，东西方阵营在此一劈两瓣。1989 年墙倒之后，东方阵营一地鸡毛，德国统一。国会大厦现在是联邦议会的所在地，穹形的圆顶已经成为柏林城新地标。因为太冷，我几乎对这个城市失去知觉。在北京我们分明还穿着衬衣，在这里，温度却降到零度，身体的每一块肌肉都是僵硬的。对它的前世今生，东方的我们失去耐心和从容，在柏林墙下匆匆而过。

五

波茨坦相当于柏林的郊区，却是省会的所在地。在这里，看到的依然全是树，或许我的眼睛一直盯着这些树。这个城市其实可以作为德国的植物园，没有看到城市和建筑物，葳蕤的树木花草，覆盖着每一寸土地。我更喜欢香苏栖宫的葡萄，它们是建筑的一部分，年代久远，精灵一样散发着诡谲的气息。这座仿造法国的凡尔赛宫建造的皇家宫殿，处处充斥着阴柔和耐心，植物在每一个细节上占据上风，而宫殿和宫殿里四处悬挂的世界名画，则略显苍白起来。

西西里宫之所以著名，一个重要的原因是二战时期曾经在这里召开过中美英三国首脑会议，并签署了举世瞩目的《波茨坦公告》。当时在绿呢桌前谈笑风生纵横捭阖的蒋介石、杜鲁门和丘吉尔，都已经先后被装入狭窄的盒子里，成为"一把健康的骨灰"，空留下历史在这里踱步，就像吸烟的人走后留下满屋子的烟雾。

西西里宫较之别的宫廷建筑，更朴实无华，整体风格用现在的眼光看，具有后现代简洁的艺术个性。宫殿内部设施完全保持原貌，签约时的桌椅家具、壁画、瓷器都保存完好。苏俄当年专门为会议制作的宫灯，历经六十几个春秋，依然把持着重要的位置，在大厅的上空流布着悠远的皇家气派。

西西里宫长在森林中央，古木参天，让观者顿生敬意。一个总是坐在历史前排的国度，步步都是历史，而参天的树木，好像是它坚定的证人（又说到树，可这绝不是车轱辘话）。

从柏林返回法兰克福，我们改乘火车。导游告诉我们，到德国一定要感受火车。

关于火车，我曾经写过数千言的文字，童年的小火车像蛇一样在某处蜿蜒而行，它所带来的对于遥远的远方的向往，在幼小的心间疼痛。远方在何方？相隔了几十年后，在地球的另一侧，却回到儿时，像是寂寞的午后，眼睛凝望远天，大片的鸟儿盘旋着，消隐于天的尽头。在这时，在遥远的异乡，我们脆弱的心灵依然无处停靠。在飞速穿行的德国火车上，我恍然生出哭泣的悲凉：我们还要走多长的路，才能抵达我们心的远方？

野 的 草

　　事情的起因是这样的：去北京学习之前，我特别交代老公，每隔两天浇一下花；除了浇水，任何地方都不要动。不要动！这句话说得好像要怎么样似的。

　　我的那些花，是我生活里的重大事务，但凡我在，日日照拂，是不肯让别人染指的。在北方的屋子里，一年四季草木葳蕤，足以令许多朋友嫉妒。我在县上挂职时结识一个朋友，他是学林木的，中南林大的高才生，当过校学生会主席，写过一本关于花木的书。只是我常常取笑他，书本里的英雄，不懂茶（茶被我视作花木的一种），且不会养花。他每年送我一盆半开的花，色彩不同于寻常，有时是绿色的玫瑰，有时是珊瑚色的蝴蝶兰。照这个林木专家的说法，这花放在他的书桌上，断乎开不过一个月去，也就败了。花到了我这儿，我摸准它们的习性和需要，兰花都能开上大半年。不是实出无奈，浇水这等大事，哪能交于老公。

　　一个多月后我回来，发现那些花活得好好的，说明他真是没动过——他喜欢折腾，不是换土把一棵花折磨得九死一生，就是把喜阴的植物搬到阳台上晒死。他的折腾劲儿遗传自我的婆婆，她更是一个喜欢让事物不断调整秩序的人，以表达对家庭事务的有效统治，而且以此为乐。

看花的时候，还是让我有了惊奇：在一盆富贵子背阴的地方，竟然生出了一棵草。细碎的、扁豆形的叶子，很像含羞草，但又不是，这种草到现在我也叫不出它的名字来。拍了照片问度娘，也没查到。它稳稳地从花盆里仄歪着身子垂下去，又在靠近窗户玻璃的地方，顽强地向上生长。那姿态甚是决绝，抑或是顽皮。我不禁轻轻地笑了起来，为这个卑贱而自信的生命。

它是藏在泥土里来到我们家的，其实这对于专业养花者，是一次巨大的冒险——在它生长出来的那一刻，肯定就会送命了。真正爱花的人，都是以这样严酷的态度对待野草——这多像一桩庄严而忠贞的爱情，以爱的名义毫无顾忌地施放着排他的恨。我常常心疼花盆里的草，它们在我的纵容里长大，长成另一道景观，寒冬里的一抹新绿，多么让人不舍得。不仅仅是为这一点野性的勃勃生机，卑贱的生命也是生命，这是它们可以活下去的充分理由。我记得小时候在我姥姥家，他们家的水缸后面生长出一棵桐树苗。从来不进厨房的姥爷，那一次不知道为什么进去了，看到这个树苗，非要砍掉不可。姥姥说，它都长那么大了，你砍它干吗？姥爷看了看确实不小了，只得作罢，后来它就活下来了，姥爷还把草房的房顶扒个窟窿，让它长成了一棵大树。

这个不速之客让我格外欢喜，它来到我们家，躲在一棵并不名贵的花后面，静悄悄的，也没有妨碍谁，让人怜惜得不行。但它也让我纠结，要不要拔掉？它长得太快，根茎粗壮，恣肆地铺展身姿，很有超过那盆花的趋势。所谓"有心栽花花不发，无心插柳柳成荫"，看来这种说法其来有自。

谁说生死有命？有时候不过是一念之差。但在一念之间，终究还是没拔掉，看着它每天茁壮地生长，甚至渐渐有了暗喜，对它的关注，也远远超过了那盆富贵子。毕竟，这种欢喜，是意外的，而意外的东西我们总是觉得值得珍惜，会紧紧抓住它不放。那些计划之中东西，那些我们可以花钱买来的东西，只要我们愿意做出计划，愿意花钱，它们都会如约而来。不过，那些东西带给我们的最多是满足，但绝对不是惊喜。我记得一个朋友这么说过，如果到年终，单位给你发一万元的奖金，你最多高兴一会儿，撮一顿就过去了；如果中了一万元的大奖，一辈子你都不会忘记，每次想起来都会高兴得合不拢嘴。人，往往就是这么贱。

　　草每天都在长，甚至我都记得它长出的每一片新叶。朋友们不管谁来了，我都兴冲冲地指给他们看，说，你看这野草长的！说这话的时候，我觉得自己的舌头尖都翘起来了。我觉得朋友们也跟我一样惊喜，赞叹着，抚摸着，像对待一只宠物。我在他们的惊喜里更加得意，人都需要在别人的态度里肯定自己。所以，过不了几天我就把它拍下来发朋友圈，告诉朋友们它的生长情况。总是会收获那么多的赞，他们赞美草的漂亮，赞美我的爱心，赞美我的童趣，所以我就更觉得自己做得对。想想也是，在我们如此庸常而逼仄的生活里，谁会为一棵野草牵肠挂肚呢？这样的生活姿态，要有多么优雅才做得到？甚至还可以往大里说：相较于平淡无奇的日子，也许仅仅有一棵野草，就能改变我们的生活态度呢。

　　其实，仔细想想，野草之所以只能做野草，可能跟它的习性有关系。它就是生命力顽强，在多么严酷的环境里都能够活下来，因此也就不值得我们珍惜了。这又多么像乡下人养孩子，那些孩子不是在疼爱中，而是在丢弃中长大的，他们没有暖气空调，温饱不均，但是从不会生病，像这些野草一样生命力旺盛。

但是，问题到底还是来了，草的生长速度太快，不但很快遮蔽住了富贵子的大部分，而且还跟它争夺养料。富贵子叶子在逐渐发黄，还有一枝叶子整个落光了。野草露出了它的狰狞。所有的浪漫和美好，倏忽之间都不见了。

那天我们楼下的花工过来帮我料理家里的花草，看到这棵草，他笑了笑，毫不迟疑，伸手就要拔它。我吃惊地叫了起来。看着我复杂的表情，他也没说什么，只是摇摇头笑了笑。

花工走了之后，我心里突然涌出一种莫名其妙的沮丧，也不仅仅是为了这棵草。那天我在楼下的操场上走了很久，一直在想着这棵叫不出名字来的野草，它多像我们旁逸斜出的欲望啊，明明知道它是错的，但恰恰因为它的错，才对我们产生那么大的吸引力。也可能是，因为只有在私密空间里它才能生长，好像特意为我们而来；等到我们发现不对头，想去拔掉的时候，它已经蔚为壮观，尾大不掉了。

这个尴尬的结局，不也是生活吗？对于我们庸常的生活，尽管有时候觉得它的秩序和安排未必合理，但它就是生活本身。所以，任何违逆不但会打破秩序，也会破坏生活内容，当我们发现这一点并要修正它的时候，那就必须下狠手。尽管，这一点都不浪漫。

春天来了，这株草活过了一个长长的季节。最终我会把它拔下来，恢复人类对自然界的统治秩序。

物质女人

一

越来越沉迷于一些真实的物质。为了给一块几乎没有经济价值的石头或者木头拴一根绳，我学着打各种结，配上跑遍全国甚至从国外收集来的各种小配饰。我总有办法，让它们不同凡响。

几小时几小时就这样过去了。

我变成了一个漫无目的的手工匠人，事实上，我越来越渴望成为一个这样的人。

经年累月，我在这些物质里浮游沉迷，终致混沌不开。接下来，我计划做一本书，配上插图，说说它们的故事。往常，我的枕畔、书桌、座侧处处放置着的一些小物件，它们安静却又栩栩如生地活着，如同我生命的一部分。

物质不老。有一天我死去，它们依然活着，趸进我孩子的生活，或者一个新的主人的生活之中。

佛祖拈花，迦叶一笑。

有人写成迦叶微笑，这微笑，终不如一笑。

道生于一。

吾道一以贯之。

1993 年，我第一次去新疆，想看看葡萄沟的葡萄和达坂城姑娘的辫子，结果被一个朋友带进一间玉器店，我在那里待了五个多小时。第二天去喀什，我直接去了又一家玉器店。无法描述当时的感觉，完整地回想起童年往事，用过的一只粗瓷青花碗，一个用餐时放筷子的瓷托——跟着母亲去朋友家做客，因为实在太过喜欢，将一只瓷白鹅筷托儿偷偷装进衣服口袋，很长一段时间，晚上躲进被窝里把玩。

童年的生活没有金银，更没有玉器，那是系统的、成规模的阉割文化时期。一片灰烬，连看过的书里都没有提及过这些物什。当我立在琳琅的和田玉之间，那种撼动，实在是情窦顿开的惊愕。

女人是精神的，但又最无法抗拒物质，何况是玉！何况是和田玉！

1993 年，鸡蛋大小的和田玉籽料，大体也就三两千元的样子，白度润度均属上乘。我花五千元给自己买了一只直板平面的镯子，宽大厚重。那时，没有年轻的女性肯委屈自己戴镯子——它们已经死在旧时代，而且死了两次，都是以"解放"之名——她们宁可多花一些钱，给自己买块进口手表，或者是一条金光灿灿的手链。我的玉镯在好几年时间里，只能在枕边寂寞横陈。

陪伴久长，我的欢喜和哀伤，那只镯大抵是懂得的。重要的时刻，我惦记它的归属。远行的日子，我不断地叮嘱自己，有它在家中等我。若干年后，我曾经为它写下一首小诗。那诗道：

环佩叮当

牵着尘世的心

是一只镯

手的空隙

是我们

最绵密的留白

　　二十多年的工夫，新疆的和田玉翻了上百倍。青海玉和南阳的独山玉，价格都涨得惊心。当初我并不懂得收藏，多有斩获亦无非随心所欲，结果却是无心插柳，样样细致。就有朋友羡慕嫉妒恨，赚了啊，怎么就有那长远的眼光呢？

　　心突然有点凉痛，如果仅仅因为价值，眼光是长还是短了？对这些石头的怜爱，也全然变了味道。谁能拿自个儿的骨头称重呢！

　　到了今天，无论翠玉，无论沉香，无论蜜蜡，无论碧玺，还有南红、珍珠、珊瑚、绿松石——不知不觉中，我以自己的生命书写的石头记，倒也有了些谁解其中味的沧桑。种种故事，一唱三叹；个中滋味，欲语还休。

　　极有可能，我散失过许多贵重的物件，留下的恰是不具价值的那些。我仍觉欢喜，这是我与它们的缘。

　　价格对于喜好，并不是充分条件；人们依照自身的好恶，给各种物质标上价签，可它们依然是它们，它们难道不还是它们吗？

　　给物质标上价格，其实就是给欲望标价。但我只能在森严的欲望的罅隙里，伺机而动，始终能避开昂贵的物件。真心为着它们的品质，而不是它们的价签。如果生活落魄到要靠变卖首饰度过，于我，肯定心比身先死。

28

我写下这些文字的时刻，窝在手心里的，是一只被称作水沫子的镯子。它漂亮的程度，不亚于翡翠，且仿佛是那种飘着蓝花的极品翡翠。从去年，我开始寻找一种生长在戈壁滩里的石头，做成叫戈壁玉的饰品，精美的程度堪比白玉。

它们都被欲望冷落。

我用各种石头和木头做项链和手串：菩提根、椰子壳、小叶紫檀、南国生的红豆、橄榄核——有时候难免暗自窃喜，它们以自己的生命为我的生命扩容，我岂不是也是用自己的生命为它们背书？我要将我与它们的每一件故事写下，那在暗处缓慢生长起来的力量，忽然之间是如此庞大和耀眼！

一年一年地，这些被琢磨出来的生命的光亮，安静地陪伴着我，不会因为我的衰老和迟滞减损丝毫精致。为着它们，我也奋力地让自己光彩起来。

二

我相信，对物质没有价值观念从我母亲时代就开始了。

我出生在豫东南部，一个三省交界的小城镇。父亲在那里做党政主官。小镇给我留下的最清晰的记忆，是关于一个叫张老万的大地主的故事。张家富甲一方，方圆百里无人能出其右。解放前夕，这家人举家迁往香港，独一个姨太太带着儿子留了下来。原因不明，不可胡说乱道。据说，后来这个女人是改嫁做了张家车夫的老婆，这差不多是事实。关于他们家的传说，件件都是神秘的，但又没有任何一件事情是有头有尾的，好像都悬在半空中，即使灰尘扑面，也迟迟不肯落下来。这对于我们小孩子来说，就更增加了神秘感，总觉得会有什么事情发生。

张老财的孙女儿比我大上几年，独来独往，想必是美貌的。惶惑中见过，她穿着整齐得体的棉布衣，安静地走在边道上，没有想象中的地主崽子那样的猥琐和畏葸。枯枝败叶的冬天，她穿着那种深蓝色的带帽子的棉袄，白里透红的脸庞在寒冬里煞是鲜艳，像是《红楼梦》里的妙玉。妙玉是什么样子我当然不会知道，只是觉得与她相像。她从不和人讲话，声音想必是娇嫩的，应如那娇嫩的脸蛋。满镇子的人都称呼她风雪帽。她住在什么地方？生活得怎么样？我一无所知，但又充满着好奇。

我这么详尽地讲述一个财主是有原因的。青石铺地的一整条街都是张家的宅邸，政府的各个办公机关占据了每一处院落——那是革命和解放最耀眼的徽章。作为革命者的父母及孩子们，享受了政府机关内部的一个四合院，那正是张老万的家居之所。房间并不阔大，三间正房，东西各两间厢房。青砖灰瓦，廊檐肃然，门楣和窗框上各有精致的木雕砖雕，朴实整齐的北方建筑。

我要讲述的重点到了。一屋子的家具摆设，全是黄花梨木，做工之精致，场面之气派，现在想来真是不可思议。但当时的感觉却有点怪怪的，说不清楚是混沌、困惑、迷茫、忧伤、温暖、喧闹、肃静。大一点，读《红楼梦》，书中虚构的人和事，我似乎总能触摸到现实的质地。这些年，我常常思量，我们兄妹，多有绘画的天赋；我和小哥，后来还成了作家，这些与童年那样的生活环境是否有关？

正屋的当间，贴墙靠着长长的条几，几面滑若凝脂。周遭尽是繁复精美的雕饰，各色人等，器宇轩昂，煞有介事却又互不相干，好像每个人都有自己的心事或差事。条几东西展开，两边做成圆润的拱边，似是画幅的卷轴。紧挨着条几的，是一张方方正正的八仙

30

桌，纹理清晰却又面如明镜。只是不知何时被何人落下几处划痕，瞬间升起怜惜之心。有几处深色的圆疤，问我母亲，她说是装了开水的搪瓷茶缸烙下的烫痕。从此凡是温热的东西，再也没靠近过桌子。东家以及尊贵的客人，大抵是要在桌上用膳食的，恐怕常常是满桌子的山珍海味。不过那全是凭自己的想象，何为山珍？何为海味？只有天知道。现实的占据者，不过是母亲的瓶瓶罐罐，开始的小心翼翼，终被清寒粗粝的生活磨去了耐心。繁华散尽，精致不再，六只配套的圆凳在寂寞中随处散放。桌的两边安放着两把沉重的太师椅，我父亲不爱坐那椅子，他也没闲暇的时间坐。倒是我的两个哥哥，爬上爬下充装大人，正襟危坐时，竟也有威严富贵模样。

父母带着我住在正屋的东间。屋里箱柜齐全，高低有致。母亲的衣服极少，铺盖也都团在床上。大柜子基本都空着，很快变成了道具，供孩子们藏躲玩耍。靠北墙，安放着一张满工雕花的拔步床——这个名称，当然是后来我在资料中查找到的——从床顶、床柱、床帮到床腿，天上飞的，地上长的，人物花草，飞鸟走兽，绵密得让人透不过气来。那种铺天盖地的感觉，现在还能让我感受到压迫，可见当时我那幼小的感官，曾经经受过怎样的冲击！每当母亲坐在床边给我们做鞋服的时候，就会感叹道，纳一只鞋底就要这大半天，这一床架子的活计，不知木匠要花几年的工夫！

六岁那年，父亲被一纸命令调到另一个县城任职，一辆空荡荡的解放牌卡车，拉走了我们全部的家。一个完全未知的去处，小小的孩童的梦幻世界，刚刚打开一扇门，突然被粗暴地关上。没有铺垫，也没有解释，就像忽然被从一个深沉的梦中猛然拉起。那时我还不懂得哭，可能也不敢哭，只是惊愕，还有深深的、到现在都有的失爱之痛。

爱，用在这里，一点都不铺张。

后来我才知道，那满屋子的家具是可以带走的，公家是估价过的，三百元。后来的后来，我曾经无数次责问母亲，为什么我们不买下呢？母亲说，那时穷，哪里有三百元的闲钱买家具？终于有一天，我不再追问了。纵使有闲钱，我的母亲也断乎不会买一项巨大的雕花大床，因为，那是地主的家什！仅此一项，就足以让我父亲从台上跌下来，让他的儿女们陷在无休无止的羞辱中。当然，对于他们这些职业革命者而言，睡什么样的床，也仅只是睡觉而已。我母亲说，天明忙到天黑，累狠了才躺着。睡着了，哪还顾得上睡在啥样的床上！

几年前，我先生遭遇一场波折，我独自一人守着一套拥挤而寂寞的屋。我想，房子再大点，它仍然会是拥挤的。整个世界压迫着我，我只想有一个更小、更安全、更静的空间。陡然想起，原本商定好的要换一张新床。这个想法不知道是让我欢欣还是悲哀，但我被这个念头鼓舞着，花了一整天的时间逛家具市场，买下了一家店铺里价格最贵的一张床。第二天，再去逛床品商店，购置了一套富安娜顶级被单床罩。银灰色，细碎的黑色纹路，高贵而端庄。我和我的母亲想法不同，毕竟人生在床上，死在床上，况且有三分之一的生命，是要在床上度过的。既然如此，怎能不顾及睡在啥样的床上！

三

好久不见的一位朋友来访，说他最近正埋头学茶。一时竟无语。茶艺或曰茶道可以学习，茶却是既需要功夫，也需要工夫的，要不怎么叫"功夫茶"呢？"功夫茶"其实也是"工夫茶"，是经年累月，一口一口地咂摸出来的。

我大约喝了二十年茶，仍然不敢妄谈茶，总是怕露出破绽。有时候，也仅仅是凭了口感，心底里知晓茶的好坏，而已。有几个朋友，知道我喜欢茶，常常赠茶予我。但要说到茶的价格，如何金贵，我却不肯轻易相信。茶道亦世道，鱼龙混杂，泥沙俱下，非价格所能厘清。遇一二知己，坐下来喝几道，反复品咂，方才有了优劣定论，也未必准。

这些年，攒下几个做茶的朋友，每每受邀尝茶，虽可吹嘘试过世间百味，但终究讳莫如深，甚至守口如瓶。毕竟，口味是越来越刁，但嘴巴却少了刻薄，多了厚道。夏虫不可以语冰，与善辩者饶舌，倒不如与善饮者默契。既然已经惯坏了舌头，很难遇到可心之物，倒不如省了认真，不走心，不表态度。而且，逆旅之中，饭饱酒足之后，所谓喝茶，不过儿戏，当不得真。大多是半推半就，拂了茶意，顺了人情，解渴亦解乏，两相自得。

我曾极力为吃货辩护，好吃之人，大多厚道。太多的心思用于饕餮，整日里花大量时间思想，吃什么，如何吃，又每每被美食撑胀得五迷三道，心满意足。不消说再有害人之心，回击害人者的心思都在酒足饭饱后消弭。能吃饱喝足，便天下安平，还有什么不可原谅的人和事？

如今再说起茶人，毕竟不是陆羽东坡的时代，能扑下身子喝茶者，应该多是爱惜自己之人——或形象，或身体，或名声。以我偏见，比较起南北方的民众，北方农人不善喝茶，纵然厚道，也是不拘小节，行止无当，多粗犷不羁。南方人善饮，劳力之人亦有雅像，有茶的底子。围着琐碎的茶叶子，仔细地冲泡之间，那火候、时间、

33

程序、品味……都是一个用心的过程，终致人渐渐细腻有加。

前年去泉州采风，收获意外惊喜，发现客家人的村庄里，竟然有专门的煮茶老人，负责给闲暇时扎堆的村人煮茶。"煮茶"这词儿，横亘中国文化几千年，那意境，该为仙风道骨者所独享。现在即使文化人，也很难把它挂在嘴上。但在山野之间，却被大喇喇地说着，甚是意外地痛快！不过，说是煮茶，只是在山脚下平出一块场地，将瓦罐用几块石头支离地面，用柴火烘着，放一把天然的野生粗茶进去，并没有什么仪式感。我被带去体验，看到那铁观音常常陈放了好些个年头，虽然面相老旧，且味道涩苦了些，却意外地回甘无穷。毕竟，是地地道道的高山茶，且用了新鲜的山泉水，物料地道。后来才知道，烧燃的柴火，竟是四处寻来的棺材板子，朽糟沤烂的那种，一根火柴就能点燃。据说这种木头烧煮的茶，更有滋味——我约莫着，这滋味情感大于口感。想起小时候在乡下生活得来的经验，但凡挖到古墓，很多乡下人都去抢那棺材里的衬布，说是小孩子穿了好，估计与此一脉相承吧。茶文化茶文化，想来煮的喝的多半是文化——周围喝茶的多是老人，生死契阔，风轻云淡，无异茶烟。因此，说起话来，神仙一般从容，哲人一般淡定。

吃茶，当配此心态。

再说城市里的滚滚红尘之中，能神闲气定地坐下来喝茶者，多少应是有些出息的。茶让人的节奏缓下来，细想一些来不及思考的问题。欲杀人解恨者，暂时放下利器，找个茶馆，吃一阵工夫茶再行，喝出一身的冷汗也未可知。待汗下去了，心中之怒也放下大半。

说起南方人，我们常常以阴盛阳衰哂之。其实，盛，往往是虚火，成事不足，败事有余；而衰，倒是文明之功课，是修谦谦君子之正途。

说穿了，我们的拼搏，无非是为了出落得有面子些；喝茶本来就是一件体面的事，诸事搅扰着的身心，被几杯茶安抚，说是福报，是功德，是缘分，都没错。

这些年，细嚼慢品过来，攒了几款好茶。但人前不敢说好，只是私下里认为合适我的脾胃。红的绿的，生的熟的；十年二十年的有，新茶也藏；红茶，白茶，茯砖，大致有三五十种。这两年又流行陈年的铁观音，也收了一些。闲来便阅兵一般地欣赏，遇着个懂茶的，更是如逢知己，装作漫不经心，其实心中凤吹般得意，一一请出来炫示。其实这些年，性情越来越孤僻，不肯让人到家里来。不期而至的生熟客人，最多是一杯清茶，或者干脆白水。不是吝啬，匆匆行事者，喝什么样的茶都不会走心。若人心不在茶里，岂不是冒犯了茶？

喝茶的仪式感，我觉得不亚于茶。出差带了杯具，断不肯让别人染指，宁可被人骂作强迫症，一定要亲力亲为才可。独一人在家中，烫壶温杯，一步都不肯少。既然是喝茶，便要换了合适的衣裳，洗手净口，烫杯温壶，一道一道地悉心品味。我家的先生，虽然是个老茶客，但常常粗枝大叶不拘小节，一杯浓烈的绿茶，亦能对付半晌。有时唤我泡茶，自己却满屋子忙着别的事情，刹那间就坏了兴致，断不肯陪他敷衍了事。

一起喝过酒的朋友，我大多记不得。一起喝过茶，特别是上品的茶头，感受过，感慨过，赞叹过，这些茶事，差不多都会烙在心中。

遇到最好的茶事，是在一位兄长家中，节日里团聚，酒足饭饱，仍然觉得兴致盎然。兄长撤去壶中上品的正山堂，说他尚有好茶。去了好大一会儿，方拿出一粒普洱小坨，陈年的生茶。接过来闻一

35

闻，暗香慢来。再打开看，指肚大的包装纸上，有私人的钤印，果然精致异常。兄长说，此茶是某大领导的专茶，转送给另外一位大领导，偶然的际遇，这位领导转了几粒给他。

闻听此言，兴致顿时矮了很多。我自视段数高，也从不信所谓领导之烟酒茶有多好之类。但兄长为人低调内敛，更不喜借人肩膀抬高自己。所以，将信将疑，淡淡地看他——将程序走完。衔杯入口，果然不俗，再入口，甚是香味夺人。茶的绵厚馥郁，竟一时无法言说。这无法言说，既有不得不说之意，也有不能多说之意，且对这道茶的感受，断不是一个好字所能概括。如此琢磨，这大领导中，也有真正的茶君子呢。

有一年的四月初，中国作家协会组织全国著名作家到信阳采风。正是摘茶季节，鸡公山的泉水冲泡新炒出的信阳毛尖，鲜到令人销魂。组织者安排我们采茶，一二十人，分发了竹编的帽子和筐子，迤逦上山。开始还觉得好玩儿，毕竟是游戏，唯觉浪漫。不久大伙儿就暗中铆了劲儿比试，都想争个第一第二。谁知两个小时下来，肩酸背痛，哀鸿遍野。收拾起所有良莠不分的叶子，竟然不足两斤。问那炒茶的师傅，师傅说最多能做出三四两粗茶；真正的好茶，要有六七万个芽头，也就是说，要采六七万下，四斤多鲜叶子，才制得一斤好茶。一片咋舌，那一回，所有的参与者，自此对茶肯定都会存了敬畏之心。

常常光顾茶城、茶馆、茶会所，一两一两地买，一斤一斤地攒，竟然学会那茶东家的吝啬鬼样儿，爱惜每一根茶棒，每一泡茶都要喝到乏，惜汤如金。

春节贪了口愉，假期过完竟重了几公斤。咬牙吃得素淡一点，竟致饥肠辘辘。这时寻了茶来喝，竟然款款寡淡。离开美食，茶大致也终是无趣的。由此想到东坡居士，先生是饮茶的高人，却又时时大啖红烧肉，美食佳茗相伴，自不待言。但先生即使"贫病苦饥"，需要"撑肠拄腹"之时，仍然"但愿一瓯常及睡足日高时"，却是我辈望尘莫及的。由此想到南方人爱吃肉，年关家家杀猪，为了便于存放，就腊了、熏了，没有冰箱的年代，可以吃上大半年。山人说，不吃肉没力气，不喝茶没精神。南人好吃肉，这大约是因为饮茶的缘故；善饮茶，也是吃肉所致。茶水刮肠，肠胃里积蓄了油水，才好饮茶。此消彼长，相生相克，由此看来，茶道真真就是世道。

四

四十岁之前，几乎是不染酒的，一是不喜欢，二是没理由。快乐、忧伤、欢庆、孤独……喝酒的理由甚多，可是这样的时候，我总是排斥酒，与它距离着。

蹉跎人生，很多事始料未及，终致某一天与酒劈面相逢，但不知深浅，一下就喝大了。那次醉酒的滋味，至今想起来痛苦万状，针扎一般地刺激，翻江倒海般地难过。但说来也怪，越是难以拿捏的事物，越是对我有吸引力。自从之后，慢慢地，竟然与酒有了默契。而且，喝得多了，方才有了自觉，哪怕是为了麻醉自己，也要缓缓地来，清醒地把握住感觉，喝到微醺，人慢慢快乐起来。有时也会哭，酒是催泪水，委屈瞬间来袭。不过，酒带给更多人的还是愉悦，莫名地兴奋，喝点酒抑制不住话多，复读机一样，一件相同的事情，可以反复絮叨无数遍。

也难以苛责，毕竟像我们这些凡夫俗子，喝大一次，营造一个与现世不一样的世界，并在里面沉浸片刻，用以抵御严酷的生活，也不能算是苟且。过去，我父亲就是这样，清醒的时候极其严厉，喝了酒性子就变得柔和，好像酒能返老还童似的。国人的酒文化，历来酒场就是战场，是商场，也是情场。酒桌上谈事，比正经场合还正经，虽然往往是谦恭有礼地开场，狼狈不堪地收场，但大着舌头说出的话，总比一本正经地说出来的有效。

白酒的香醇，常常是经历了一次次的疼痛和伤害之后，苦尽甘来的感知。所谓会喝酒与不会喝酒，会，应是千锤百炼过来的，是好了伤疤忘了的痛。有狼狈，也有收成，因为诸事泅在酒里，也因此有回味。

这些年，往国外走了不少趟，总觉得西方人喝酒完全是为了取悦自己，很少见人扎堆儿喝酒。那些绅士们，旁若无人地沉浸在自己的酒里，巨大的高脚水晶杯，一点点的酒水，一整个晚上就那么擎着，想来那姿态就是他们的生活。更让人不解的是，他们将酗酒者视为病人，尤其对中国人类似集体自杀般的拼酒方式大惑不解。其实，东西方文化，何必讲优劣长短？理性固然好，但一辈子理性也很寡淡，"醉里乾坤大，壶中日月长"也未必真那么丑陋。上面我说过，在逼仄的生活缝隙里，活色生香地辟出一段飘飘然的经验，很见可爱。对在酒精里躲避苦难烦恼的人，尤不能苛责，得过且过，亦是人生。况且，对于很多国人来说，酒是一种药，既可以治疗身病，又可以治疗心病。因此，酒文化这东西，文化应该在前，酒在后。

过去我对酒知之甚少，不过是闲暇时作为尝试，先是节假日朋友小聚，开酒助兴。后来两夫妻闲暇时，也开一瓶，慢慢地咂，竟也喝出一点酒的美意来。酒这东西，很多时候很像狗，你对它好点，它都会回报你。

好朋友开了红酒行，常常一本正经地被邀请去品酒，为的是让给酒写写评。时间长了，倒也练出些功夫，尝一口，就能知道酒的品格好坏。后来，喝得多了，写得多了，周围的朋友有好酒，总是要拉上我凑热闹，俨然成了一个品酒师。那时拉菲刚成规模进入中国市场，口碑是不错的，也的确好喝。关键是当时生存状态好，诸事顺遂，酒也显得格外好。

渐渐地，我的书架被各式的酒瓶填充，喜欢的，有故事的，就留一瓶收着，仍然不为收藏。哪一天高兴，或者有不期而至的朋友，就开一瓶。酒不曾入口，已经被情绪渲染得晕乎乎的。因为是一瓶一瓶攒起的，非寻常，自然是看得金贵。有一瓶置放了十多年的五十年老装茅台，前些日子我外出，被先生拿给不知道什么劳什子人喝去了，气得杀人的心都有了，几乎要拿离婚说事。

好品质的红酒未必是价格贵的，那年去杭州参加笔会，宴请者用的是一款智利干红，不同寻常地好喝，留意拍了图片收藏。过了一段时间，在北京机场候机，机场的洋酒专卖店里看见这种酒，标价四百二十元人民币，遂买了两瓶。年轻的售货员小姑娘告诉我，可以邮购，并给了名片。赶了一个梨花开的日子，邀朋友们尝了，评价甚是好。于是给那女孩打电话，未接；再看那名片下面有总店的电话，于是直接打过去，接电话的仍是一女子，似是更高一级的经理。说明意图，只是随口问可能优惠，实在未料想，女经理爽快地说，你们整箱邮购，就按批发价发货，二百六十元一瓶。这差价？惊得眼珠子险些掉下来。遂把这事情当故事讲，一做西餐的朋友便要了名片去。过了几日，朋友打电话来，说他买了几箱，价钱已讲成一百六十元。接下来口口相传，朋友的朋友再要了名片去，后来购了十箱，每瓶一百二十元。

一直比较喜欢智利酒，总之是与这次酒事有关。

其实是我们自己宠坏了法国、意大利的酒，无非取其贵。在澳洲，新世界的酒，品质很不错，价格也就大约一百元人民币左右。据说澳洲酒口感新鲜，但不适宜长时间存放，也没考究真假。倒是我有一大学同学，移民去了澳大利亚，因为喜欢红酒，因为常常帮朋友带酒，索性就做了代理。据说仅卖酒一项，便成了千万富翁。因缘巧合，难有定数。虽然懂得正经场合别拿酒说事儿，但也别不把酒当事儿。

五

年纪渐长，对食物的要求愈加精细，在外吃饭，总是怕食材不好，怕蔬菜清洗不干净，更怕地沟油损害了身体。说到底，是性格孤独了，煎熬不住热闹的场面，宁可自己在家中随心所欲。时间总是不够用，大部分又总是被吃喝占去了，常常为一锅土豆烧牛肉，一顿老鸭汤烩面，把一个上午的时间就搭进去了。这倒也没多大错，食色，人之大欲存，早就有圣人背书。

有一回，开车去北京。司机是个对烹饪感兴趣的，聊起菜，从郑州一直说到京城。下车时小伙子打趣说，不开车了，回去开饭店，光我一路上传授给他的几十道菜就能独撑门面。

我颇自负，天生是个做厨子的料，有的菜式是我日常做熟了的，有的却是被人家拎出的食材所迫，临时在脑子里虚构，但做出的东西大致是不会太离谱的，间或还有小创新。

还有一回在北京，女儿一定要去某办事处吃麻辣小鲍鱼。偌大的一盘子辣椒碎，埋了几只可怜的鲍鱼仔，几百元一份，因可惜路途遥远之盘费，常常要吃双份。我划拉一下佐料，不外乎是那几样。回到家便要家里的小姑娘去海鲜市场买来活鲜鲍，以清水养上一日，滚水活烫，收拾干净后切片，姜葱加新鲜的青花椒，辣椒一定要选鲜红的。准备完备，下锅翻炒，五分钟后即可出菜，色香味俱佳。厨师的关键当然是火候把握得当，吃过我这道菜的人，神情一定是偷吃了国宴那样子的。

北方人喜面食。包子饺子，但凡带馅的食物，我一定要自己亲手调配，食材一点不肯马虎。有天一位朋友打电话，说想吃饺子，又怕麻烦，准备去饺子馆买一份。我告诉他，去楼下菜铺子里买一撮细韭菜，越细小越出味道。韭菜洗净切碎备用，在煎锅里用橄榄油旋两张鸡蛋皮，一把泡发的干虾仁，几颗香菇，切碎混合。其他调料都不用放，只要一点麻油和细盐。朋友在我的指导下操作，大赞此物非人间寻常。其实，此物寻常到家，他也只是尝试了一种。新鲜的荠菜、笋瓜、荆芥，皆可用来做馅。不消一个小时的工夫既得美味，尤其是做的过程，依然是一种享受。

我非常享受制作食物的过程，对于一个写作者，未必不是一种生活体验。著名作家龙一曾经与我交流过这方面的心得，他更甚，为了写饥饿状态下吃皮带的感受，自己在家中做实验，试了 N 种工序，最终证明了皮带确实是可以吃的。这个妇男，家里吃什么盐他都要经管，常常给我发微信，介绍淘宝上某种不含碘的盐，对身体有诸般好处，或者一种小牛肉的制作工序，鸡丁的另外一种做法，云云。

为熬煮一个汤，要用几个小时的工夫，可那几个小时享受到的幸福可真是无与伦比。炉火上，砂锅慢炖，香气四溢，主人候在餐桌边读一本书，那一刻，对生命充满着感激。由此再读孔圣人的"食不厌精，脍不厌细。食饐而餲，鱼馁而肉败，不食。色恶，不食。臭恶，不食。失饪，不食。不时，不食。割不正，不食。不得其酱，不食"，更是"夫子言之，于我心有戚戚焉"！

我是个晚上习惯熬夜的人，而且大多也是为着那一餐美味的消夜。先将中午的剩饭裹一个鸡蛋炒出半碗，就着炒锅，丢几颗扇贝放一碗清水煮上片刻，切进半个西红柿，一朵香菇，出锅时加几片黄瓜或者几片鲜菜叶，一碗鲜汤就成了。我教导女儿的原则是，饭可以不做，但不可以不会做，懂得做才能真正懂得吃。这样的女人，任何状态下，都不会委屈自己。

朋友的女儿从澳大利亚归国，在我家小住两天，我便变了花样做给她。几天饕餮的日子过下来，走时真是恨不能借了我的手去。临出发，非要再喝一碗我熬的土鸡汤，险些误了飞机。回去不无调侃地发来微信：阿姨，你每天吃的饭，比月子餐都精致。

最能安慰自己的，当属吃货，当然也常常为好吃者辩护。常常有人称赞谁谁身材好，皮肤细腻。我思忖，如果没有好吃与吃好这档子事，哪来的好身材和细腻的皮肤？

我婆婆是个乡村妇女，她一生靠自己的双手把五个孩子送进了大学。她不识字，对生活的最高要求就是吃好穿好。在最饥馑的年代，她依仗自己的裁缝手艺，硬是土里刨食，撑过了灾年。手中但凡有一点余钱，便买些鸡鸭鱼肉补贴伙食。四邻八坊的都瞧不上她，说，这样的女人不是过日子的，早晚得吃穷！好吃的婆婆，从不喜欢节俭的孩子，说，这样的人一辈子没出息！她也是这样实践的，一路吃过来，日子倒是越过越红火。如今，婆婆儿孙绕膝，儿女们生活在天南地北好几个城市里，都是小有成就的人物；孙辈里还有几个在西方国家生活和发展。当年笑话她的那些邻居，大多依然生活在乡下，依然节俭度日，依然寒瑟。婆婆每次回去，都要去看他们，回来又跟我们絮叨，嘴里抠食，靠筷子头儿是省不成富人的。算起来她今年已经八十八岁了，跟着做律师的小儿子在海口生活。如今她只关心吃饭这一档子事儿了，一天几只鸡蛋，吃鱼还是吃鸡，她得说了算。坚持每天散步，锻炼身体，然后就去逛超市，推着一车子食材招摇过市。每天晚上睡觉前，要把次日的生活仔细谋划好，所需的材料必须亲自置办。我想，她快九十的人了，耳聪目明，寝食皆安，估计跟梦里梦外的那么多食物有关。记得她常常教育我们说，人像一盘磨，睡着不渴也不饿。那不渴不饿，肯定还是吃出来的。

仔细想来，有必要把我婆婆养生的秘密武器公开一下，每天早晚两顿饭，必得有粥，河南人叫喝稀饭。稀饭可以是米糊糊，也可以是面汤。无论春夏秋冬，无论主菜多么稀奇金贵，哪怕刚在外面吃了大餐回来，若是没有喝口稀饭，对她来说就不能算是吃饭。就连坐月子期间，她也要强迫儿媳妇喝这种面糊。不过，一碗面糊里差不多要卧上十来只荷包蛋。据说大婆姐生孩子的时候，每天三顿饭均是稀饭卧荷包蛋，每顿二十几个蛋，一口气儿吃了四十多天，想想都瘆人。对这种方式，婆婆的儿女们早已习惯并欣然接受，我与后来加入的弟媳颇不以为然。然而，几十年过去了，我发现自己也染上了这个习惯，偶有不适，也会做这种鸡蛋穗面汤，早晚喝上一碗，肠胃的确舒服了许多。

婆婆做鸡，不红烧，也不白灼。自己去市场上挑一只当年的嫩鸡，收拾好拿回来切成鸡块，拿盐和作料腌一会儿，用面粉裹了，先在锅里煎至两面焦黄，加汤炖煮，炖时稍微放一点醋，半个小时可食。她的理论是，醋嫩肉，肉离骨则骨头好啃。我一直拿这种做鸡的方法当笑料，看着黏糊糊的汤汁就倒胃口。跟她在一起的时间长了，却也慢慢喜欢上那种味道，许久不吃甚是想念。可见，多年的媳妇熬成婆绝非妄言。实在忍无可忍，就去买来嫩鸡，依法炮制，效果难以想象的好。只是，我把醋换成黄酒，加入更多的调料，是为改良菜系，取名"婆媳面鸡"。前年偶尔翻看开封民间食物谱，发现自宋代起就有这种做鸡的方法，谓之"面炕鸡"，自是中国文化之一种，不禁哑然失笑。

八十年代初期，不记得在什么书上看到过这样的文字：负责任的家长，每周要带孩子到品质好的饭店吃一餐饭，培养孩子的社交礼仪和生活品位。我大为惊讶，那个时期，中国人还没有去餐馆吃饭的能力，每周到铺有桌布、配有餐巾的餐馆去吃一餐饭，简直就是梦。也就十年八年的工夫，普罗大众就进入了梦境。好的饭店，特别是一些品牌餐馆，常常人满为患，带孩子去的父母也不在少数。感受的过程亦是学习的过程，我就认为味觉是身体的第一感受。全世界的美食，各个省份各个民族的特色，多大的学问啊！古人行万里路，无非也就饱眼福口福而已吧？

当下，是一个以瘦为美的时代，全民减肥。俊男美女们说到吃，都退避三舍，明星们更恨不能把自己饿成木乃伊，主食不能吃，肉食不能吃，水果蔬菜都不能放开了吃。有一个新说法：想要美丽，什么难吃吃什么。这些高大上族群，在味蕾最好的青壮年时期，味觉尽失。关于美食，有一天会不会变成一种传说呢？

食色，人之大欲存焉，而且民以食为天，食更在色之上。想吃的时候就放开了吃，别到哪天吃不动了，想吃也成为一种奢望。凡是上帝给予的，一定有它的道理，别用一己之私，去拂逆神的一番好意。所以我说，只有吃货靠神祇最近。

<h1 style="text-align:center">六</h1>

又到了乱花渐欲迷人眼的季节，若是不担心荷包，索性就咬咬牙，买件看得入眼的品牌衣裙。我觉得，衣食二字与女人的生命等长，舍此还有欲望，似乎就过了界。一件有品质的大衣，可以穿二十年，仍旧不会落伍。倒是那种经年的旧意，折叠着风云故事，更让人觉得有一种沉淀很久的尊贵。记不得唐人是谁的诗了，其中一句倒是让人念着旧衣的好，"衣上泪痕和酒痕"，有点伤感，有点浪漫，还有点小颓废。而且，这些都是我喜欢的。

一次和朋友一起出差，路途上她突然说一句，这次出来感觉特别舒服，就因为脖子里围了一条羊绒围巾。一条围巾能给旅途带来如此大的愉悦？我尝试她那种感觉，真的是柔软了许多，无时无刻不被暖融融地包围着，如婴儿般放松。女人需要被温暖和呵护，是精神的，也是物质的。

多年以来，我一直保留一个很好的习惯，买衣服一定要三思而行，不能让衣柜一下子满起来，一年一年地攒。冬天的大衣，夏天的连衣裙，十年前的我仍然在穿。每年买一两件，十几年下来，挂起来甚是可观。而那些品质精良的衣服的款式和色彩，似乎比我们更自信更持久，始终不会让人心生厌倦。

当然，好东西也未必全是价格昂贵的，有时候碰巧遇见一块质地好的棉布，花色也漂亮，自己也会动手做一条休闲的裙子。偶尔在某一个城市某一个小店买的一件格子衬衫，朋友送的一套喜欢的睡衣裤，这些被自己洗濯得柔软的贴心之物，搬几次家，清理多少次衣柜，仍然是保留着。衣服浸染了身体的味道，就变成了另一张皮肤，贴身也贴心。

　　我在文章里多次写到我的母亲，她一辈子都习惯穿自己缝制的衣物。母亲八十多岁了，她年轻的时候正赶上穿衣纯粹靠手工的时代。她养育了四个儿女，都是靠自己的一针一线把他们包裹起来。仔细想想，那个时代的女人有多辛苦，白天满怀激情地干革命，晚上还要不辞劳苦地为一大家子人做衣衫鞋袜。回忆起往事，偶尔她会说，睡到半夜听见起风了，看看外面，树叶子扑簌扑簌落在地上，就赶紧爬起来，把大人孩子的棉衣都找出来，一件一件絮好，不然穿出去会让人笑话了。她的话点落在怕人笑话上，虽轻描淡写，然想来却十分心酸。即使在那样瓜菜代的年代，不管多清贫，人们希望的也还是生活得体面些。童年的记忆中，女人的持家本领，是可以从一家人衣饰上打量出来的。遇到人家的孩子，总是要看看鞋子，胸口盘的纽扣什么的。看到做得周正的鞋子，还会追到人家去讨鞋样子。

　　母亲退休后，经济条件自然是很好了，可她仍然坚持穿自己缝制的衣衫。我每年帮她买几件好衣服，她要么关在柜子里，要么拿出来送亲戚。她晚年跟妹妹一家在深圳生活，我抱怨她，住在高端社区，穿得太不像样，会让人觉得儿女不孝敬——这岂不是跟母亲年轻时的想法一样，不过是怕被人笑话。可是母亲却说，管人家干吗啊，自己穿着舒服就行，况且二十年不买衣服都有得穿，人要懂得惜福。母亲至今都是亲力亲为，总是把自己简单的棉布衣饰洗得干干净净，头发剪得短短的，指甲修得干净整齐。她性格好，对任何人都和颜悦色，所以小区里的人都喜欢她，也尊重她。这样的母亲，她的体面，都是在骨子里。

小时候，母亲做一双鞋子要花好几天的工夫，所以每穿一双新鞋子，她总要告诫我们，走路的姿势一定要周正，要会看道儿，女孩子更不能踢踢打打的。这种教导，其实是让我们有了一种自然的教养。我从小就爱惜东西，鞋子只有穿小了、穿旧了，很少有穿坏的。一直到今天，我仍然是爱惜每一双鞋子，悉心地打理呵护，总要穿上十年八年的。还在读高中的时候，喜欢听侯德健和程琳唱《新鞋子旧鞋子》，歌里大致说的是老人和孩子对鞋子的态度，蛮喜兴，也蛮斗争的。从这首歌里，可以看出鞋子也是历史的见证，而且，历史上好像没有任何一个时期像现在这么在乎鞋子的，五花八门，光怪陆离，目不暇接。所以，选鞋子的时候，我尽力选择品质好的。好品质的鞋子是有生命的，你费心爱惜它，它都懂得，也会还报你。这样的鞋子能穿很多年，搭配不同的衣服，总有不同的韵味儿，耐看。走路的时候，选择一双旧鞋子，那种舒适，脚会告诉你。

这几年，除了自己动手做几件休闲的服饰，我还常常逛一些布衣店。那些简单的棉质布料，做工精良让人感叹，选好了，能穿出非同寻常的效果。

说是人帮衣，衣也帮人，其实衣服有时候也罪人。菲律宾那个叫马科斯的总统的老婆，就是这个罪，衣服鞋子多，但是细节都记不得了。宫廷这些事，不是我们寻常百姓所能理解得了的。只是把这些鸡毛蒜皮的事都抖搂出来，对双方都未必体面。

我还差不多是个围巾控，收藏的围巾有一百多条，各种价位、各种款式、各种面料，卷在一个透明的整理箱中，换季的时候，挑拣出一些摆在床边箱柜上，是为赏心悦目。更欢喜着这每一个换季的时节，一件一件整理服饰时的熨帖，心都跟着香艳。

我以为，穿得体面，是对身边人的一种尊重，也会换回别人对自己的敬意。有时候，穿着丝绸长裙，踩着高跟鞋去小店打包一份热干面。店里吃饭的客人会顷刻之间安静了许多。厨子会停下来，耐心地询问你的需求。老板娘说话的声音也低了下来。这是我的亲历，若是不信，你不妨试一试。时常觉得，换洗衣服、保养皮肤、护理头发，是自己一个人的需要，其实和悦的是周围的世界，别人会因为你的出现而感受美好。穿衣的进步，应是人类文明重要的组成部分。

　　女儿小时候，我对她的穿着从来不肯马虎，哭闹也不妥协，不肯任她随意。还没几年的工夫，女儿开始和我调了个儿，教导我如何穿着打扮，什么合适什么不合适。女儿成人了，母亲可不就变成了老人？女儿说，你自己不把自己当老人，你就永远不会是老人。她让我看她的钢琴老师，七十多岁的中央音乐学院的教授，发如银丝，皮肤纵然有了小皱纹，却也细腻光亮。当她穿着碎花连衣裙，声音甜美，快乐地指导学生上课的时候，你觉得她就是一个少女。老师说，她每天晚上坚持给脸部敷面膜，早晨起床第一件事就是梳洗化妆，几十年她都坚持穿连衣裙、长筒丝袜和高跟鞋。在家里给学生上课，从来不懈怠对自己的修饰。我觉得她教会孩子的不仅仅是钢琴的技能，更是教会了她们做女人的气质。

　　女人的精细和奢华并没有必然的关系，有时候，偶尔窥视到一个外表朴素的女子，内衣却极为整洁严肃，让人忍不住心存敬意。反而是对外表奢华，肯几百几千地为自己添置外套，内里却粗俗不堪的女人，有一种说不出的嫌恶。这种人，进入私人空间就蓬头垢面，没有不带洞的袜子，褪色的内衣裤胡乱地堆放。不知道她是怎么想的，舍得买价格昂贵的羊毛外套，却不肯换一件贴身的背心。

这说明，她们只会取悦别人，而从不取悦自己，这样的女人虽然有钱，却没有尊贵。在西方电影里，常常看到落难的贵族女子，简单的衣饰，一定是整洁干净的，即使生存在破旧的房子里，每天都要清洗头发和身体，睡觉前把衣服整齐地叠放在枕畔。这样的女子，身处什么样的恶劣环境，她们的心灵都足够尊贵优雅。甚至可以说，贵族的尊贵，放在优渥的环境里并不觉得有什么，只有在逼仄的环境里，才真正显现出来。尤其是当一个人独处时的优雅，才是真正的优雅，尽管可能是用孤独打的底子。

七

前年随团去墨西哥访问，在印第安人的手工作坊，我发现了一直心心念念想要的桌布。黑黄交织，虽醒目但不显张扬。黑是纯粹的黑，黄是明黄，大胆的图案设计，华美的配色、朴拙而又尊贵的质地，样样都让人爱不释手。二十美元，我毫不犹豫地买了两块。因为过于厚重，行李箱塞不下，手提一个大购物袋在国外长途奔波，狼狈之相可以想见，至今想起来还忍俊不禁。幸而同团的两位男士体恤，一路不辞辛苦出手相助，终于遂了心愿。

地毯、桌布、床单、披巾，这些好像无关紧要的物品，对我却一直有着无法遏制的魅惑。

对于家居摆设，我喜欢简洁明快的风格，所有的物什都强调简单，但客厅地板上若置放一块羊毛地毯，感觉一下子就起来了。若要用一个词儿形容这感觉，却又说不得，很难表达到位，就是既很洋气，又很浪漫那种，很像过年穿新衣新鞋那样的感觉。平面直角的餐桌，木制的，笨重的，看上去很闷，若是铺一块雅致的餐桌布，效果立刻就不同寻常了。坐在餐桌前的人，亦会不自觉地端庄了许多。一碗面，或者素白的米饭，在铺开的桌布上享用，能感觉到别样的滋味。更甚之，泡一杯茶，坐在临大窗的餐桌前看一本书，时间过得从容而优裕。

对房子的装修，我似乎没有更多的要求，用环保的涂料粉刷墙壁，柜子直接拼接在墙上，寥寥几幅朋友的字画。窗帘是纱质的，即便是合上也能有微光透入。我喜欢这样的感觉，夜间关上灯，仍能感受到城市之光和她的温度。我唯一固执的，就是对地板的苛刻。木地板给我一种安全感，阻隔了与钢筋水泥的直接面对，在很大程度上缓解了情绪的焦虑。我也喜欢养狗，狗肆意地卧仰，总觉得活动在木地板上的狗是舒适的，身体更健康。有时候，我也会坐在地板上看书，当然，也是在大窗下，一本一本地摊开，四周全是书，想起谁写的"我坐在一大堆阳光和书中间"，那种满足感瞬间爆棚。

我始终拒绝在卫生间阅读，所有的书都不允许家庭成员携带入厕。纸质书是吸味的，沾了杂味的书籍如何能再安然阅之？

我喜茶，其实泡茶无须繁复，只需一套简单的杯具。不过，说来简单，喜茶的人，总是会喜欢茶具，尽管每次都抑制住自己的冲动，但总还是忍不住添置一些茶碗和玻璃茶器，只是觉得赏心悦目。天长日久，茶碗倒是成了一道景观。

不管什么样的居住状况，清洁一定是必须的。经常会有朋友倾诉，两夫妻为做家事而怨愤。我十分诧异，做家事对女人不是一种享受吗？你想啊，偌大的一个世界，仅有这一片是属于自己的私人空间，悉心地打理，一桌一椅慢慢拂拭，如对话般体贴，不是像赏宝一样心怡吗？

少年时，常和院子里一个叫小咏的女孩儿玩。他们一家子过去在长沙，父亲从部队转业回到北方家乡，全家人都带了回来。母亲是一个丰腴漂亮的少妇。外婆气质也不凡，一眼就能看得出是在城市生活惯了的人。第一次吃到盐渍的话梅就是外婆给的，只一颗，放在小手心里，轻声叮嘱：握住，不要掉落了。想想我姥姥给孩子们发糖果，从来不这样，她总是抓上一把，胡乱地塞进人家的口袋。因此心中格外诧异，觉得那外婆不凡，既小气又洋气，而这洋气因此而霸气，怪不得我们在她跟前绝对不敢造次。

有时我去找小咏玩，她会突然嘟着嘴说：我妈妈说了，想出去玩可以，必须先抹了房才能去！好奇心一下子被吊得高高的。抹房？房子如何抹得？立在人家的门口看，见那孩子拿了蘸水毛巾，在屋子里认真擦拭。小小的个子，不过十来岁的年纪。我一个人甚是无趣，便学了她的样子，自回家去，打一盆清水，找来一条旧毛巾，上蹿下跳地折腾，且越干越来劲，直到一个陈旧的家被我弄得亮堂堂的。母亲下班回来，自然猛烈地赞扬。自此，像一个辛勤的童工，打扫卫生的活计就归了我。若是小咏唤我玩耍，我也极为郑重地告之，我得抹了房，才可以去玩。

好习惯和坏习惯，但凡养成，都能跟人一辈子。每次出差住宾馆，也会不自觉地整理房间，退房时，一定会飞快地把卫生间清洁干净。几乎变成一种强迫症，总担心给别人留下不好的印象，纵使是不相干的人。去年冬天，在北京鲁迅文学院待了三个半月，我想我会是做保洁的大姐最喜欢的学员。晨起的第一件事，就是把小屋子整理干净，连地板和卫生间都仔细地擦出来。每天看见大姐，她总会一脸灿容，笑得花开一样，说，若是都像你，我们可就轻省了。

我从不要求我家的先生给我送花，这样也让粗枝大叶的他省心。送花只是一种仪式，未必所赠之花又有多大的用途。我隔三岔五会到花市上逛一逛，有时单买几株喜欢的闲花野草，有时看到刚从南方空运过来的玫瑰，极为新鲜，如同买菜一样，一整捆掂回家去，再细细地择了，弄大大的一束，插在阔口的瓶中，不用任何缀饰，美得怡然大方。待花瓣掉落，收进玻璃碗中，下面添了水，漂在水面上的花瓣，比起一枝枝的玫瑰，更加炫丽。净色的床罩上，放一朵玫瑰，一间卧室都喜气洋洋的。干玫瑰花瓣，用布袋子装起来，置放在床头，无论多久都会散发出异香——呵呵，原本不值得一说的故事，不知不觉竟说得如此香艳！

其实，把花事摆弄好，也是生活。尤其是在北方的冬天，万木凋零，满眼都是破败的气象，这时买两盆半开的蝴蝶兰，就等于换了季，又换了心情。我喜爱深紫色的，或者红粉相间的蝴蝶兰，悉心照护，能开四五个月。再配几盆绿色的植物，忽然间就对人生没有了苛责。这周遭有很多葱葱郁郁的生命，在我们的忽视里无怨无悔地生长和凋零。

姥爷的渔网

姥爷的渔网是真实的网，既不是我小说中的虚构，更不象征其他什么。从记得我姥爷起，他就一直在织网，夏天在院子里织，冬天猫在屋子里织。他不是渔民，他只是喜欢打鱼，就像有人喜欢旅游、有人喜欢赌博一样。

我姥爷不抽烟不喝酒，他唯一的喜好就是打鱼。我姥姥说，你姥爷买网线的钱都够挖个鱼塘了，养下的鱼怕得有几千斤。我们都笑，因为谁都没见过姥爷的网打到过一条大鱼。小鱼倒是打过不少，但那不是渔网的功劳，按我舅舅的说法，拿个簸箕去河里，也能捉到这种鱼。但这丝毫也不影响他织网的热情，整天织啊织的，晴天晒网，雨天修网，与其说是他喜欢打鱼，倒不如说是喜欢他的渔网。

姥爷的渔网是真真实实的存在，从我能认出他那一天起，他就一直在织网，即使直到有一天河水干涸，有水的河流里也完全没有鱼了，他也一直在织网。可能到这个时候，我可以说姥爷的渔网的确有点象征的意味了。正常人的思维是，河里水都干了，结哪门子网？打鱼，毕竟是结网的一个理由。我猜测，固执的姥爷肯定是这样想的：河里还会有水，水里还会有鱼。

53

生活在七十年代县城的居民，几乎可以用一贫如洗定义。我们更羡慕乡下的孩子，有田野，有河流，有树木，有瓜果，有狗……再穷的家庭都有条狗。我至今喜欢那种土狗，高大威猛、漂亮、灵敏异常，更重要的是忠诚，常常跟在一个或者几个孩子后面，跟兄弟们似的。

一整个学期，我们都小心翼翼地看着妈妈的脸色，只有她高兴了，才会给我们买一张去姥姥家度寒暑假的车票。我们下了火车，还要走很长一段公路和土路，没有电话，因此没有人知道我们的到来。而姥爷家的狗却会跑几里路接到我们，实在想不明白，它是如何知道的呢？

姥姥家有个果园，种了桃和杏，更多的还是柿子树。果园边上还有个小菜园，种的菜足够一家人吃。我对植物非常敏感，六七岁上就认识地里所有的菜和草，什么能吃什么不能吃摸得门儿清。村里的孩子都在玩耍，我一个人能割一整筐猪草，手上打了血泡，为的就是让姥姥夸一句这闺女就是中用。我的两个哥哥则喜欢跟着姥爷去打鱼。我有时也去，我惦记的是鱼篓里的鱼虾够不够烧一锅汤，哥哥们在意的却是那种打鱼的仪式感。姥爷每朝水面上撒一次网，不管网里有鱼没鱼，他们都能兴奋得像狗一样疯狂。除了渔网，姥爷有时还用鱼叉，偶尔也能叉上一条大点的鱼。小哥哥为了练习投掷鱼叉，胳膊肿得像棒槌一样。

快到春节的时候，正是枯水期，村子里会组织集体捕鱼。我姥爷是村支书，他招呼一声，很多人就蜂拥而去。那简直是一场盛大的狂欢，大人们在前面走，小孩子和狗们在后面跟，人欢马叫，煞是壮观。河水可真好，一个村子周围能有两三条河流环绕。在我们小小人儿的眼睛里，的确是一条大河波浪宽，风吹麦花香两岸。

男人们拉起十几米的渔网，将整条河拦腰截断。几个时辰后，另有一拨人从上游赶过来，拉着一张网朝下赶鱼。不明就里的鱼，被渔网和撼天动地的喊声追逐着往下游跑，活蹦乱跳，直到一头撞在网上，才明白已经穷途末路，于是更加吃劲地蹦跳起来。

两只网终于合围了。捉到的鱼可真不少，参加逮鱼的人每人能分到半脸盆。看热闹的也给一点，小孩子也给一点，狗也扔给一条。狗不吃鱼，衔在口中飞快地送回自己家去。走在回家的路上，保不准也能捡上一条。

有些淘气的孩子，将几条活鱼丢进吃水的井中。我站在井边，替那些鱼着急。井里黑咕隆咚的，它们一下子看不见光亮了，还不得活活急死。反正我是怕黑，即使睡着，也得开着灯。

还有一次，我看到他们捉到一只鳖，大得一个脸盆都扣不住，于是就抱一个小孩坐脸盆上。那鳖就驮着脸盆和孩子呼呼啦啦地跑动，到末了也没有人愿意要一只鳖，晦气，后来只好重新把它放回河里。河好像是乡里人的冰箱，想要什么，随时就能来取。

逮回去的鱼常常让女人看着发愁，农村缺食用油，而且很多人嫌鱼腥。北方人不懂吃，不知道鱼是可以清炖的。我姥爷逮了一辈子鱼，从不吃鱼，做过鱼的锅都得给他重新刷了才能用。我们吃鱼都得躲他远远的，他闻不了那腥味。他上一辈子一定是和鱼有仇，这辈子就是专门回来捉拿鱼的。

乡下人，除了干农活，一辈子也没多少乐子。如果我写我姥爷逮鱼的时候，身后总有一个女人的影子，或者隔壁村子里有我母亲一个同父异母的兄弟，那一定是我编的。几百年的村史都是靠规矩写出来的，面子比天大。我姥爷从织网到捕鱼，都是他一个人的事儿，不做给任何人看，他快乐着自己的快乐，满足着自己的满足。

他活到九十七岁，那叫一个端正，在村子里一句闲言都没有落下。

后来，我念了中学，功课忙得昏天暗地，再没去过姥爷的村庄。九十年代，我们在城里的舅舅家给姥爷过生日。喝酒的时候，我哥哥问及他的渔网。姥爷只顾喝酒，也不搭理他。我舅舅说，要网干吗？人老几辈都有水的村子，现在说干都干了，有一点水的河也不长鱼了。

姥爷说，要真是鱼都没有了，人活着还有啥意思？

我舅舅说，鱼怎么会没有？前些日子不是带您钓鱼去了？鱼竿买了好几套，只是没让您撒网，您老不高兴是吧？姥爷重重地放下筷子，说，那鱼能钓吗？满塘都是，鱼钩还没下去，鱼都跟着上来了，伸着脑袋让人捉，那能叫逮鱼吗？

姥爷去世的时候，我跟着母亲回去了。看见他的渔网还挂在堂屋的山墙上。小时候站在姥爷的身后看他结网，觉得渔网是那么大。现在看起来，就那么松松软软的一小把儿，像一堆干水草。渔网下面的坠子也都生锈了，突然想起来有一年冬天，小哥哥拿网坠子练准头，把邻居家的狗腿打伤了，害得姥姥跟人家赔了半天不是。

衣装亦庄

前些日子开一个非关妇女的大会，但其间有许多女性参与，各种年龄、各种品位的妇女们。有人注意到魏小姐的腕子上戴了一只冰翠的镯子，一个饭局间，有好多人隔着桌子关注着那只镯子，懂行的都在心中暗估，价格大约得六位数以上了。待脱去大衣，她的颈项上又闪出一粒镶钻的南珠，应该差不多有二十毫米吧。魏小姐已经过了四十，未婚，虽非寻常，却也不是绝色。但由这两件首饰装备，陡然让她升高了几个段数。再去揣摩她的神情，仿佛依然透露出少女的矜持和高贵。比衬得我们这几位整日里相夫教子，已经向生活缴械投降的妇女好像天天都被烟熏火燎似的。她的配饰使她的服饰也显得雅致，让她在整个会议期间闪闪发光，的确让人惊艳。待到次日，再从各自的房间出来，众人不约而同地换了行头，都在暗暗较劲儿，争奇斗艳。

有个名人说，女人只是女人，而男人是猪。话虽然糙了点，但与宝玉所谓"女人是水做的，男人是泥做的"也大体差不多。流水不腐，水做的女人就应该多扎堆儿，从彼此身上映照到自己的优长和不足。最近日子稍微有点松散，我也能得闲到处转转，因此有了一点经验，女人还应该多找些时间逛逛街，看看试衣间里放大的赘肉，在衣服和身体之间明察真相，提醒自我修身的必要。只不过三五年的工夫，有些品牌或者某个款式，已经将某个年龄段的女人删除。不是牌子过时了，过时的是人物。

女人若是有幸成为女儿的母亲，那么母女将成为闺蜜。做母亲的会看上女儿的服饰，兴冲冲地穿在身上，却立马露了馅，完全不是那么回事儿。青葱一样的女儿哪怕蓬着头，脸也不洗不抹，T恤凉拖就冲到大街上去，简单到极致的装束，仍旧会收获到无数艳羡的目光。这阵势，母亲只会露怯，对自己严防死守，毫不懈怠，稍微有一点点的疏忽，就堕落成大妈了。这时候，你的闺蜜女儿就提醒你，置办几套有品质的衣裙，漂漂亮亮地出门；虽徐娘半老，当风韵犹存。

于是就摇头。于是就点头。于是就低头。

其实，真正不肯屈服到饶了自己，年龄也未必就是关键。前几年去日本韩国，留心街上的行人。这两国的家庭主妇，去趟菜市也必将浓妆艳抹，穿戴考究。她们很少有机会出入公众场合，每天去超市采买都是一次时装走秀。窃以为，一个注重仪容的人，尤其是女人，是对公众表达一份诚意。曾经历过一次颁奖典礼，临时让几个年轻姑娘充当礼仪小姐。日常的功课瞬间暴露无遗，有的女孩脱去外套就如同轻盈的蝴蝶，飘然走上舞台。却也有两个姑娘，棉衣里面的毛衫皱巴得完全无法示人，直接穿着鸭绒棉袄上来，灯光映照得越加愚笨。这大约就是曹雪芹笔下"上不得台面"的粗使丫头吧。可见，功夫在日常。打量一个人的服饰，虽然不是百分之百的准确，但是学识教养，出身背景，大致是可以探得的。当然，当下的世面，不乏假冒伪劣的"贵族"，但凡有稍长一点的接触，仔细观其细节，便会露出底色。经验过一个衣着讲究的女子，偶然与之同途差旅，其内衣尽显破旧驳杂，没有一双不带洞的袜子。再品味她，心中便遍生枝节，有了许多遗憾。

女人到了该对自己负责的年龄，端的就是一个得体，依据自己的经济能力，总是可以让服饰合适自己身份的。过了四十岁，宁可少几套花样，也要选择两件喝茶衣装，大方示人。打扮得细致得体的女人，可以省却一半话语，以独乐乐带动众乐乐。所谓人靠衣装，绝非只是衣帽取人。一个静雅得体的女人，擦肩之间，便会教人多些敬意。

中国女人，大多是职业的，要靠一份工作养家。这是妇女解放运动给女人带来的副产品，是福还是祸，真不好说。很多女人，在外面还是会装点自己，回到家中就极度地不周致，一件睡衣已经旧到没了颜色还在穿。地板擦得锃亮，门口的拖鞋却烂污到让人不敢涉足。常常会有同事笑谈，我老公哪看见我化妆出来什么样子，他早晨出门我还穿着睡衣做早餐，他晚上回来我又换上了睡衣准备晚饭了。这难道不是男人出轨的祸端？首先你自己抛弃了自己，轻贱了自己，怎么让老公待见你？他看别的女人都是俏娇娘，自己屋里却只寻见一个邋遢的厨娘——纵使是厨娘，也该是装扮得体俏皮可爱的。厨房有厨房的活泼，卧室有卧室的妩媚。让自己的男人看到的处处是对他的上心，任凭外面的世界多花哨，心里总还给自己的女人留着最重要的位置。

自零碎文字里，看那些旧时代的名媛，哪一个不是在装点上下足了功夫？秀外慧中，名留史册。五代时期的花蕊夫人，"刻意妆容，艳惊两朝"，先后为亡国之君后蜀孟昶和开国之君宋太祖赵匡胤两君专宠。但不要因此认为她是个花瓶，其《述国亡诗》，即使现在读来也荡气回肠，让多少男人汗颜："君王城上竖降旗，妾在深宫那得知？十四万人齐解甲，更无一个是男儿！"据宋美龄身边人说，她至死都是要日日装扮的，几十年坚持做护肤按摩，不化妆决不见客人。旗袍一直穿到老去，满翠的耳环手镯从不离身首，环佩叮当，步步惊心。这样的一个老人，到老也依然肤如凝脂，指若柔荑，令小她五十岁的人也会忍不住心生爱慕。想当年，她着一袭黑色旗袍，胸前绣一朵金色牡丹，会见前来劝降的希特勒的私人代表戈宁。当戈宁拿着希特勒的信件，要求国民政府与日本媾和、合力剿灭共产党时，宋美龄面不改色，字字千钧："我们中国有一句奉行了几千年的成语'兄弟阋于墙，外御其侮'，说的是两弟兄在家院里斗殴得很厉害，可是外面来了强盗，弟兄立刻停止斗殴，同心协力，去抵御强盗。今天，日本侵略者乃一江洋大盗，要亡吾人之国家，灭吾人之种族，我中华之全体国民，包括本党与中共，除了弘扬弟兄手足之情、同心同德共御日寇之外，别无选择！"

古往今来，衣装与时代、与政治有着千丝万缕的联系。子曰："微管仲，吾披发左衽矣！"可见，服饰也有关国家民族之尊严。赵武灵王推行胡服骑射，被梁启超认为是"自商、周以来四千余年""第一伟人"。曾几何时，我们举国上下几乎所有的妇女都着蓝黑衣裤。有次王光美随刘少奇出访，穿旗袍戴珍珠竟成为一项罪名。改革开放以后，首先改的是衣装，终于，中国的街道上也走来了佳人。再不似我母亲那个时代，满世界木讷的脸孔，笨拙单一的袄裤，让她们的整个青春像兜在一只没有棱角的包袱里。如此说来，我们真真是赶上了一个好时代。

水还在流

地　　震

　　五年前的八月，我和全国各地的一帮作家，应四川作家协会的邀请去了趟九寨沟，因此而懂得山里的冷。当然，山里也会很热，一座山可以怀揣四季，山上穿着厚厚的棉袍子，山下可以穿短裤和背心。热的记忆已经记不清楚了，那山上的冷却有些刻骨铭心。石头一样强硬的山风吹来，像狼牙撕扯皮肉，嚣张到不留余地。那一路下来，我照片上的表情几乎都因为冷而寒涩着，像从冰箱里刚扒出来的青白的鱼。吴克敬大哥总是操着浓浓的陕西方言说，这个娃娃怎么像是从广寒宫掰着月亮牙子下来的。大家笑，我也跟着笑，笑起来的样子肯定像冻土层。

　　五年后的八月，再应约去四川的四姑娘山，心思全花在衣服上了，厚毛衣、牛仔裤、棉毛裤和棉线袜子，旅游鞋肯定是早早穿在脚上的。当然，还要带上两条好看的裙子。赵玫姐姐说过，只要有可能，每天都要换换衣服，自己的心情和伙伴们的心情都会亮堂起来。很同意。

五年前的九寨沟走的是坦途，五年后的四姑娘山却是一次冒险之旅。

从成都出发，距四姑娘山只有两百公里的路程。依照我这个平原人的思维，三个小时的时间是高高的。却不知道那羊肠子一般曲折的路途是怎么计算的，盘上盘下，走老半天，仍是迈不过一座山去。即使这样计算山道，仍是以过去的方式思量，因为我们一行十几人并不清楚，我们要穿越的，是2008年震惊世界的"5·12"地震中心。车行两小时以后，高涨的情绪渐渐低落，到了后来，除去一半句梦魇般的惊乍，大家几乎鸦雀无声。举目所见，都是令人心痛的破碎，是比碎更碎的那种碎。桥像是一条条战死的长龙，惨痛地卧在地上，脊梁跌得粉碎。路一处处横断着，山半边半边地倾覆下来，泥石流使河道变得狭窄，河水被挤得缩着身子，仓皇地奔流着。

山河破碎——这在我生命的词典里第一次不再是以形容词出现。

一路上都飘着微雨，但是每一座桥梁，每一个路段，每一个隧道里，都有正在抢修的工人。巨大的标语牌上写着："任何困难都难不倒英雄的中国人民！"还有："战天，斗地，确保震后一年完成任务！"这些过去看起来让人热血喷涌的口号，在现场看起来却是一种无语的悲壮。道旁的石流随时都会倾覆，这些面目庄严的人时刻命悬一线。一路上好几处我们被迫停下来，等待那些工人用抓手把滚石移开。作业中的工人们会死去，行路的我们也会死去。生命偶然地来，也会偶然地去，因为生命的坚韧，要常常面对生活的残忍，人与自然的战斗，连平手都没打过。我们经过一座桥，据说已经反复修复，而后又反复被余震摧毁。它的肌体仿佛不再是钢筋水泥，而是生长出了筑路工人的骨肉。车子走在上面，我们感觉很痛。

"5·12震中"几个血红的大字，写在一块从山上飞来的巨大的石头上。我们下来拍照，意外地看到一辆小汽车追尾一辆拉木材的手扶拖拉机。没有听到响声，以为只是轻微的撞击，走过去帮忙，却发现拖拉机上的两根木头，从小汽车的挡风玻璃中致命地穿透进去，司机捡了条命，头被木头擦伤，满脸的鲜血涌出来。突然流出眼泪，内心地震似的恐惧着。我们只有把纸巾和湿巾递给他们，撇下他们等待前来救援的车子。

映秀镇中学和小学都在建设之中，仍然有垮塌一半的废墟立着。废墟上插着白色纸幡，一路上的石头中都插有这样的纸幡，看得久了，感觉好像是已经去了那个世界的人，身子还倔强地在那里站着，久久不肯离去，因而让我们生出敬意。孔子说："祭如在，祭神如神在。"我们走过他们身边的时候，心里默祷着最温馨的祝福。逝者安息，生者依然奔忙。

在路的拐弯处意外走来一家人，女人矮胖，极不合适地穿着一件不合身的紫红旗袍，丰硕的乳房在地震中心也不肯收敛，肚子固执地松弛着。男人浅笑着，头上的毛发像遭遇了一次滑坡。他们手中牵着的男孩收藏了他们的特点，只有七八岁的样子，衣服却比人老了许多。但是，他们的表情却是祥和温润的，逢到喜事般的满足。孩子要吃路边米皮车子里的东西，女人就去男人的口袋里翻找零钱，然后递给孩子。然后，他们莫名其妙地笑了起来。有"5·12"在旁边衬托着，这样的日子错位得让人心痛。如果放在一年前，如此幸福或许俗不可耐。地震已经过去，生活恢复了弹性，活着的生命就该像他们一样灿烂。

道路上的泥泞很深，车子打着滑，我们假装从容，扭头欣赏左边坡上的野花花，谁都不能坦然地看右侧的峡谷深渊。好像我们天生就该活在左边一样。

车子从成都出发，大约七个小时后我们抵达了四姑娘山下的日隆镇。

强烈的高原反应让我不能有所作为，躺在床上，内心忧伤四溢，却又被感动裹挟着。窗外流水的声音和着体内的节奏，想到我们一路走来，山河都碎了，水还一直在流，就像一个人，身体碎了，思想还在流淌。

那一夜，我在流水的劝说下睡得很沉。我静下来了。

我静下来了，这不是一句简单的事实陈述，而是走过生死场的顿悟。

早上睁开眼睛，不再有高原的不适。内心像蒸馏过一般纯净，但有足够的重量。

双 桥 沟

双桥沟的早晨霞光万丈。

我没有足够的能力赞叹这里的美，她还是一个天然的处子，冰清玉洁，仙气逼人，数千年伫立在这儿。等待着什么呢？她要等待的不是我微不足道的一声赞美，而是一万个人的一万种感叹。

站在木栈道道路的中央，是山的中央，水的中央，草的中央，树的中央，天空和云彩的中央。前面的人远去了，后面的人很久没有到来。天地之间，只有一个小小的人儿在用心寻找最细微的感受，安静和喧闹都穿透身心。闭上眼睛，身体的负载全部空掉了，上天正在重塑一个崭新的我。

我感谢来时那一路的艰辛，从废墟中走过来，爬过来，滚过来，却意外地寻见了人间最绝美的风景。

很难想象，就在几个小时以前，生命还如游丝般悬挂在悬崖峭壁上。

人生每一次劫难都似乎远远不是终点。终点总会在另一处光亮的地方等待着我们。

双桥沟的一天，可以完成一个人一生的精神旅行。我明白了双桥沟在等待什么，她是所有苦难和恐惧的终结者，等待你穿越生死之后，给你最后的爱抚。她不是天堂，可是在天堂隔壁。在这里，我终于为爱因斯坦说过的那句话找到了注脚："每个人都在世界的中央。"如果历史没有记错，这话确实就是在这儿说的，真的。

长 坪 沟

因为要从不同的角度去欣赏四姑娘山，长坪沟是一定要去的。导游说我们运气好，云雾缭绕的天气尽管能看到另一种景色，可窥见四姑娘山的真容还是极为难得。我们在山上的几天都是晴空碧透，天湛蓝到让人时刻都有流泪的冲动。

阳光暖暖地照在身上，风和悦起来，依稀忆起童年的时光，在老奶奶的臂弯里晒太阳的幸福。

相传四姑娘山在日本颇具影响，长坪沟那一路我们见到许多日本游客，他们的男人精瘦干练，女人把自己的脸包裹得像一个个采集蜂蜜的土著。偶尔会有人给我们打一个中国招呼：你好！我们亦笑着回应他们：你好！

上千年的沙棘树和松柏树上挂着丝丝缕缕的绿萝，溪水始终环绕着栈道，小鸟突然从哪一棵树上露出头来，啾地鸣一声，又寻不见了。必须扎堆儿走，一个人没有定力待在一个地方停留，会有今昔不知何年的惶惑。

骑马的人在岔道上走马道了，走栈道的人大约走三公里，行至枯树滩。这儿的海拔三千四百九十米，溪水中有大片的枯树。枯树滩得名于水中干枯的沙棘树，它们死而不倒，依然保持着优美挺拔的姿态。它们的脚下是洁净的溪水，头顶有白云蓝天，四周是雪山草地，无论从哪个角度欣赏都会是一幅绝妙的盆景画卷。我的这些著名的作家朋友们，文字能力仿佛全被屏蔽，只能反复诉说着一个字：美！

在枯树滩的观景台上，四姑娘山露出芳容。她们是并联的四座山峰，最高的一座是圣洁的，覆盖着终年不化的积雪。看不出山峰与姑娘的关联，我更愿意接受它的另一个名称：圣山。

故事说：很久很久以前，善良的山神阿巴郎依有四个貌美如花的女儿。四个仙女被一个叫墨尔多的恶魔垂涎，他梦想娶她们为妻妾。恶魔向阿巴郎依提亲。山神知道这个墨尔多凶残成性，不肯将女儿嫁给他。墨尔多恼羞成怒，打开天河毁坏田地村庄。阿巴郎依在与墨尔多搏斗中死去。看到父亲被害，为保护四方百姓，四姑娘手牵手抵挡洪水，化为四座雪山。四姑娘山也因此被百姓奉为圣山。

圣山上覆盖着亘古冰雪，圣洁千年的姿态。

海 子 沟

去长坪沟可以有骑马和走道两种选择，去海子沟就只有一条马道了。马道的狭窄处只有一尺来宽，而且要绕开路中间大大小小的石头。马道不是马路，是人和马踏出来的羊肠一样的崎岖小道。小道的一侧是繁花万点的山坡，另一侧仍然是繁花万点的山坡。眼睛只能朝一侧坡上的方向看，而不敢朝另一侧坡下的方向看。坡上是高峰，坡下是深壑，觉得稍微眨一下眼睛就会跌落谷底。我第一次走这样的路，而且竟然是第一次骑马，这是逼上圣山，要去海子沟只有这一条马道，让你别无选择。闭了眼睛，硬着头皮往上走，马却是出奇的稳。牵马的汉子告诉我，马往上走你就身子朝前倾，马往下走你就身子向后仰，马也舒适，人也舒适。试着做了，果然就妥帖起来。

马真的是灵性的动物，你抚摸一下它的脖子，它就会停下来吃两口草，慢慢地嚼，眼睛平和地看着远方。它怕我紧张，是要告诉我不要看它，看山上的美景去吧。它的鬃毛顺着头的右侧倾下去，沾满了花儿一样的青草骨朵。我问牵马的汉子，是故意沾上去的吗？汉子回答，是它吃草的时候给自己做的发型。这是匹爱美的小母马。

我骑着马儿行走山崖，观望着满目远远近近美到极致的景色，情绪慢慢地就放松了。将要走到山顶的时候，心中涌起一阵奇特的骄傲。和马没有关系，和山没有关系，只是为生命而生出的一种酷烈的骄傲。那在山脊上的一刹那间，突然会感谢生命中所拥有的全部。为生命的每一个环节，为生命中创建的业绩，为生命所承载的灾难。一个人的生命历程中，所拥有的灾难也是一种能力。

抵达锅庄坪的那一刻，心中装着竟是满满的感恩。下了马，是一片辽阔的高山草场，草地上处处开着小朵儿美艳的鲜花。朝前方看，就是没有任何遮挡的四座山峰，我们已经被圣山拥进了怀中。朋友们招呼我去绕山坡上的白塔为自己祈福，那顺时针环绕的三圈说是三世的命运。我的心中却完全空白着，我想不起自己的名字，想不起亲人，想不起朋友。完全是一种从未有过的声音自天顶涌入，一遍遍地借了我的口，念着：神啊，你造福给这个世界！

　　秋子几乎是突然间舞蹈起来的，那舞蹈灵动得让人揪心。她舞蹈的时候身体是被灵魂驱赶着的，是上苍赋予她把神的语言用美妙绝伦的姿态说出来。她无法停止，她在神的注视下尽情地诉说。一个朋友喊我拍照时，笑我面无表情，安静得像山一样。我喜欢他这句话，安静得像山一样。我愿意安静得像山一样，什么时候人才能安静得像山一样呢？朋友说，还是做个动作吧。我沉默着，打开双手，闭上眼睛，把思想贴在山坡上。身体里全是阳光和风，还有树和石头。我留在相机里的仅仅是一张被数字所编织的镜像，可在心中，我完成了与神的对接，那是我追随了一辈子的神。

　　我的身体里外都被阳光照耀着。阳光洒满美丽的四姑娘山。阳光洒满圣山。

你的母亲还剩多少

一

　　一个人认识自己的母亲是从什么时候、从哪个部位开始的？估计这是一个没有定论的问题，因为对孩子来说，当他成为一个独立的生命个体，最初感知自己的母亲，可能是一只乳头，或者是气味，然后是嘴、鼻子、眼睛、声音，最后才慢慢地拼成一个整体。开始的母亲就像积木，被孩子一块一块、一部分一部分地拼入记忆里。可是，有没有人想过这样的问题：母亲是一点一点地走进我们的生命里，也是一点一点地离开的？她不是一下子就走掉了，而是慢慢地，在我们的忽视里，像春天开河时的冰块，一点一点地融化、融化，然后有一天，突然就被河水卷走了。

　　那年春节假期我去南方看母亲。她跟着我的小妹一家在深圳生活，每年我都来个三两次。这次来我觉得她的样子有点不对头，走路、说话都慢了很多，好像上气不接下气。在我的坚持和反复劝说下，她同意去医院检查一下身体。结果出来，我们被告知她的心血

69

管已经堵塞了百分之六十。我不懂医，不知道这意味着什么。医生说，这说明她的心血管已经有一大半不能工作了，不过像她这样的年龄，也不算什么，很多人都是这样的。但是，他指着片子上的一个白点说，这个地方很危险，如果有一块斑点脱落把它堵住，就是在手术台前也会丢命的！

　　回来的路上，我一直拉着母亲的手，紧紧地靠着她，心里凄惶得厉害，五味杂陈。我的只剩下百分之四十心血管功能的母亲，今天怎么如此陌生！也许我们把这仅仅看作一个病，一个很多老年人都会遇到的病症。可是，往深处想想，事情却不是如此简单——我母亲的一大半心功能已经死掉了，她的生命只是靠另外一小半维持着。那么，如果把一个母亲作为一个整体来打量，谁的母亲经得起这样一笔一笔地计算呢？而且，在我母亲身上，死掉的只是这些吗？虽然很庆幸她身上没有任何一个部位被摘掉或者置换过，可是她的头发已经从满头浓密的黑发变成稀薄的白发，头皮依稀可见。她的牙齿有三分之二是假的。她的听力和视力，衰减得连维持正常的生活需要都很困难。还有，她这一生攒下的记忆，也被时间一点一点地偷去，只剩下一堆乱七八糟的零碎了。这是那个我们一块一块拼起来的母亲吗？是或者不是呢？是那个行如风，坐如钟，大小事情都能拿得起放得下的母亲吗？总有一天，她会与我们相见不相识，也总有一天，她会把最后的肉身摆脱掉，沉入一个再也无法与我们相握的世界里。

　　那天走到小区外面我就带着母亲下了车。小区门口西边有一家老年人保健品专卖店，销售一种专门治疗各种老年病的磁疗垫。为了招揽顾客，这家店天天免费让老年人试用。母亲每天都跟着小区的老人排队等候，这次我过来她小声跟我说，想买一台这种机器。

我断然拒绝了，倒不是心疼它的价格可以啃去我半年工资，而是我明明知道这都是骗人的。我告诉她，中央电视台已经曝光多少次了，这是假的，没用。她说，我用着就是好，头也不晕心里也不闷了。我不再和她争执，给哥哥打电话要他们劝她，还让小妹专门从网上下载有关上当受骗者的资料拿给她看。她不再跟我提这事了，可是只要一有工夫，她就去小区外面排队等候。

今天，我想，即使他们是骗人的，我也心甘情愿地让他们骗一次，为了我这个残缺不全的母亲！就是每天都为了她而受骗，就这个风烛残年的母亲，还能被人骗几次呢？

二

每次与母亲通电话我总是问她，还好吧？当然，全天下的母亲都是说，我很好，没啥事。可是我们问这话有多少是为母亲、多少是为自己呢？因为她这句"我很好"，我们就可以心安理得了，像完成一件任务似的松口气。我最怕母亲反问我，你怎么样啊？因为母亲这句话，问的全部都是我，是我的全部，也全部是为了我，不是为她自己而问。我的一切，她既想知道结果，也想知道每一个细节。可是，我能告诉她吗？人到中年，百口莫辩。说我很好吧，自己都张不开嘴。而且自己的态度在那里摆着，母亲会看不见吗？没有笑过，三句话说不到头就发火。明明不是很好，明明是不好。胸中总有一股无名火让自己怒发冲冠，别扭得像走错了房间而找不到出口似的，怎么说我很好呢？

说我不好吗？我有什么不好呢？钱不比别人挣得少，职位不比人家低，一家人各就各位，各得其所，除了快乐，什么都不缺。可那不快乐也说不出口，仅仅是因为不快乐而不快乐，而已。明明地，知道自己是在作，知道自己是在跟这个世界发狠——你们再如何如何，我就死给你看！

这针锋相对的生活啊，怎么说与母亲听？况且她也未必能听得懂。

可是，跟母亲比起来，我的不快乐算什么呢？二十岁，母亲青枝绿叶地嫁到这个家。那时，她是一个干练的妇女干部，一个职业革命者。但不管在外面她有多光鲜，在家里她只是一个媳妇。当时她面对的是一个油瓶倒了都不会扶的丈夫、一个在大家族长大满脑子男尊女卑的公公、一个有洁癖又爱发脾气的婆婆。日子比树叶子还稠，我大哥还不会走，二哥已经在娘胎里了。然后是我。三个孩子加起来不满十岁，别说穿衣了，就是饭也吃不囫囵。没办法，母亲含泪把大哥送给乡下一个奶妈寄养。几年后从乡下把他接回来，没人能认得出这个浑身虱子骨瘦如柴的孩子，他再也没能融入这个家庭。好容易把我们拉扯得能跑着上学了，又赶上了"文革"。我父亲出身不好，脾气又倔，运动来了，今天被犁一遍，明天被耙一遍。打倒搞臭，再踏只脚；体无完肤，受尽屈辱。跟我父母一起参加革命的老干部，从县委书记到通讯员，跟参加接力赛似的投河上吊。可是母亲从来没怯懦过，一滴眼泪都没掉，她用一个固若金汤的家支撑着父亲摇摇欲坠的身体和精神。看见老战友死去，夜里父亲偷偷坐在她面前流泪。她一边纳鞋底子，一边留意着睡得乱七八糟的我们。她不能从自己怎么都挣不够的时间里，抽出片刻工夫去害怕和伤悲。

三

　　母亲突然老起来是在父亲去世之后。可能她从没想到父亲会死在她前面，或者说她没想到父亲会一言不发就死了。每当她说起父亲，总会痛哭不已。开始我们还陪她流泪，可是时间长了，我们都哭不出来了。我们就劝她说，人走了，生活还得继续。每当听到这话她都委屈得不得了，一脸枯萎的深情，说，你爸就是死，也得留点时间让我伺候他半年几个月，我也不至于这么亏欠他啊！

　　她亏欠了父亲什么，我们都想不明白。我的父亲，脑子里除了上级指示精神，就是国内外形势，他从来不会关心人。看着我母亲忙得像陀螺一般，他也不会过去帮她一把。有一次，母亲从粮店扛着一袋面粉回来，路上碰见父亲。父亲像没看见似的，夹着公文包低头走他的。每次他在外面应酬回来，不管多晚，母亲都得等着他，还得给他擀杂面条吃。他从来没问过我母亲累不累，也许在他眼里，我母亲的忙碌永远都不是问题，只有干不动活了才是问题。每天早上五点不到，母亲就得爬起来给一大家子人做好早饭，晚上不管多晚也得抽时间给老人孩子缝衣服做鞋子，那时候这些东西都是用手一针一线缝出来的。母亲和父亲一样是领导干部，要开会，要安排工作，要应付各种检查。可是，只要农村老家来了人，他不管我母亲有多忙多累，只管安排她做这做那，临走还得把家里的东西收拾一堆给人家带走。

　　母亲无论如何也不会想到，父亲在参加革命之前还娶过一个童养媳，生过一个女儿。等她知道这一切的时候，我二哥已经会走了。母亲没有过多地责怪父亲，每个月都从我们微薄的生活费里拿出二

73

十元钱，让父亲给那农村的娘俩捎回去。后来日子稍微宽松一些，母亲常常让父亲把我那姐姐接过来住几天，临走收拾一大包衣服吃食给她带回去。可是，母亲的一番好意，并不能被我的姐姐领会，总是有误解、摩擦、委屈。有时候我实在看不下去，就劝母亲不要迁就她，越惯她事儿越多。母亲说，要是你爸跟她们在一起，你心里啥味儿呢？

是啊，诚如是，我心里的滋味肯定也不好受。父亲去世的时候，我跟姐姐哭着抱成一团。那是母亲教会我品尝的另一番滋味，骨肉亲情的滋味。此情可待，也可被忽视和冒犯。

所以我永远弄不明白，母亲亏欠父亲什么呢？也许，在不着边际大而无当的革命道理之外，"三纲五常""五伦八德"，这影响我们几千年的东西，依然是每个人的日常和家常。没有对不对，只有好不好。它过去、现在和将来，都是我们民族血脉的主干。

我不相信我的父母之间有爱情，也不相信没有。她嫁给了他，就得为他生养孩子，赡养父母，伺候他一直到死。一辈子，他们之间就这么点子事儿，是功课，是事业，是道德，也是惩罚。

四

阴历四月二十六是我母亲的生日。算起来她今年已经整整八十岁了。我身体不好，心情也不好，于是打过电话后，又心安理得地在家里猫了一天。我坐在阳台上晒太阳，快日落的时候浇了浇花，中间还看了一段电视辩论。不知道为什么，这一天竟如卸下了重担般轻松。

不是卸下，是躲避。有时候，躲避比面对更需要勇气。

可是，母亲为什么不会躲避呢？她有的只是忍耐、忍耐、忍耐。忍耐是一种能力，也是一种人生。母亲这一生，不就是靠这种能力走过来的吗？有人说，中国人太软弱，太能忍。可是，如果套用我母亲的语气说，不忍又怎么样呢？不忍，国家要打仗，不管正义在谁手里，送死的都是平民的血肉之躯；不忍，家庭要破碎，不管挣到多大的自由，伤的都是自己的亲人；不忍，夫妻要离散，耗的是彼此的生命；不忍，朋友要反目，毁的是社会的资源。

这些个大道理小道理，我都懂。可是，我还是得活在自己的世界里。我再也走不进母亲的生活，只能眼睁睁地看着她老去，看着她的生命越来越小，越来越少。孝顺既不会成为我的职业，也不会成为我的生活。如果我摒弃一切去孝顺她，就是对她最大的不孝。诸君，我们的母亲啊，她想得到的不是这个，她不觉得我们欠她，该孝顺她。她只想我们比她活得更好，更体面，更省心。只要一息尚存，她就不会给我们添麻烦。如果她用这口气想一件事，那就是：孩子，你一定要好好地活给我看！她是这样想的。她一定是这样想的。只因为，她是我们的母亲。

姥姥和姥姥留下的菜谱

我记事时，我姥姥也就五十来岁，一个地道的乡下妇女。看起来，她那时已经很老了，小脚，裹绑腿，长发被一根银簪子盘在脑后，夏天穿白布衫子，其余的季节全是黑，或者深蓝。她一如既往地老，在我的记忆里从未年轻过。

我写文章也有二十几年了，从不写我姥姥。不是因为她不值得一写，而是很多作者笔下母亲的完美形象什么样，她就什么样。勤劳、朴素、聪慧、善良、美貌、隐忍、听观音菩萨的话……这些她都具备。

我乡下的姥姥，是足以撑得起美貌称谓的女人，椭圆的脸上，大眼睛，深眼窝，鼻梁挺直，嘴唇薄厚适当。我母亲和我小姨都是远近闻名的美人，她们长相都随了她们的母亲。而见过我母亲年轻时模样的人，都说我没能长过我母亲的相貌。

我之所以不写我姥姥，还有另外一个不好讲说的原因，真的觉得，一个没有缺陷的人，何以构成人物？我没有见过姥姥放纵地笑过，她总是微笑着，不与任何人生是非。姥姥的哭我倒是见过两次，一次是我姥爷的死。我姥爷九十七岁那年去世，他比我姥姥小三岁。

76

姥爷过了九十七岁坎儿，无病无痛地走了。其实半个世纪以前，人家算命的就告诉过姥姥我姥爷的死期。不知道她是不信还是给搞忘了，反正姥爷死的时候我姥姥哭了。我姥姥说，你死了，剩下我一个人可咋活？话里的意思好像是我姥爷欺骗了她似的。

这或许是她平生头一回肆无忌惮地大放悲声。我们一边陪着她哭，一边诧异地打量着突然间变得陌生的姥姥。

姥爷死后，姥姥远嫁到安徽的妹妹过来陪了她一些日子。老姐俩住在一套没有暖气的房子里，自己做饭做菜，过了一个干干净净的冬天。我姥姥一辈子不指靠儿女，也不跟任何子女住在一起。她说，但凡我能动弹，就不让人伺候。翻过春节，姥姥的妹妹，也就是我的姨姥姥回家去了。姨姥姥走后，姥姥再一次放声大哭，她清楚地知道，这是她们的最后一面。

老一辈的人，我姥姥活得最长，但也最难写。谁都懂得，一个没有缺陷的人，多么不容易写。我们更愿意描述一些有个性的人物。比如我的婆婆，她同我姥姥一样，在乡下劳作了大半辈子，养育了一大群儿女，不漂亮，坚韧，勤劳，把所有问题都自己扛。但她一言九鼎，性情暴烈，泼辣到一条街上都无人敢惹。再比如我，暴躁，拒绝沟通，固执，做错事情也不轻易道歉。但我姥姥不这样，一言以蔽之：所谓"妇道人家"该有的她全有，不该有的一样也没有。

姥爷死时，我七十多岁的母亲跟随我小妹在深圳生活。她给我多次打电话，说要回河南照顾姥姥。这个要求被我严词拒绝，理由是她心脏不好，不能劳动，也不能激动。况且母亲在河南的兄弟姊妹众多，三个舅加两个姨，哪一个都比母亲年轻。

姥姥兑现了不让人服侍她的诺言，她死于姥爷走后的第二年，收麦子的季节。她说，麦子熟了，饿不着人了。说完这句话，她放心地合上眼睛，再也不愿意睁开。我的母亲未能和她的母亲见上最后一面。天太热，我还曾试图阻止她回来参加葬礼，但未能成功。我一辈子性情平和的母亲，跟谁都没说，直接买机票飞了回来。我明白，我让她伤心的，远不止不让她参加她母亲葬礼这件事；不过至于有多少，到现在她也从未与任何人说过。

母亲的母亲死了，母亲的眼泪整整流了一年，只有悲伤，没有怨愤。我母亲的性情，也遗传了她母亲的大部分，要么选择忍让，要么选择遗忘。在姥姥的事情上，我或许欠母亲一个道歉，但我至今不肯给她。

姥姥在饮食上，似乎没有自己的喜好。她年轻时，公公婆婆和丈夫吃什么，她就跟着吃一口。及至自己老了，孩子们吃什么，她也是跟着吃点。她没有自己喜欢的吃食吗？很小的时候，跟着姥姥走亲戚，路上捡到一棵小葱，她剥了葱皮，直接塞进嘴里吃了。她牙不好，一棵葱嚼巴了一路。还有一次，我跟着她去大姨家。路过一片菜园，她让我在路边等着，自己进去找园子的主人，然后出来掐了一些地边上的小茴香叶子。那天中午，我们在大姨家吃到了用小茴香烙的菜馍。很多年后，我讲给我母亲听。母亲听后，半天没说话，后来终是抑制不住，哭了。她说，你姥她半辈子都饥着，嘴里是太缺味道了。

姥姥说她最会做的菜就是懒豆腐。她说，春天里，韭菜、荆芥、玉米菜、小白菜都是细菜，细菜要仔细着吃。到了秋天，一场秋雨，地里的萝卜白菜就长疯了。姥姥随便摘一些老菜梗子、红白萝卜叶子，回家洗了切了，打发眼前的小孩儿跑去豆腐坊讨几碗人家丢弃的豆腐渣。然后往锅里添些水，把青菜和豆腐渣放进去，多加几根柴火，慢慢熬，慢慢熬，一直熬出菜香。看到菜叶子与豆腐渣黏在一起了，起锅，把水沥干。捣一碗蒜汁，里面调和了盐和香油，泼在煮好的菜上，一份懒豆腐就做成了。姥姥拍拍手说，不限制，想吃多少吃多少。这就是她最拿手的菜，蒜汁拌懒豆腐，全部是边角废料做成。

我母亲说她记得起的，就是姥姥做的冬瓜。那时候粮食总是不够吃，还要先紧着干活出力气的男人。下雪天，孩子们都猫在家里，饿得不行。我姥姥就从床底下搬出一只肥硕的冬瓜，剖开，连皮切成块，仍然是放在大锅里熬煮，撒一把玉米糁子，只放盐，煮至软烂方可。我母亲说，一家人都围在灶火前，比过年还高兴，她一口气能吃三碗。

记忆中，我最爱吃的是姥姥做的豆腐白菜。豆腐切成方块，放柴火锅上煎至两面黄，加水，放姜丝和葱花。待汤水滚开，用手撕进一棵大白菜，一定要手撕。微火，熬煮到汤汁浓郁，香气扑鼻。这个菜我从未吃够过，后来自己也在家试过，可不管怎样就是做不出姥姥那样的味道。

姥姥还会做一道鱼汤。他们的村子前后都是河，那时水量也丰沛，河里沟里都能逮到鱼。我们从城里回去过寒暑假，只要看到我们进门，姥爷便顺手提个篮子筐子出去了。他到河边随便摆弄几下，就会弄半筐杂鱼回来。有时候还会打到老鳖，姥爷会把它扔出去老远，说是晦气。那时候乡下缺食用油，姥姥就把这些鱼用面裹了，放进锅里用小火烘焙，直至两面焦黄（后来有专家说，治大国如烹小鲜就是煎这样的小鱼，不知真假），再用姜葱辣椒和醋水熬炖。快起锅时，搅拌半碗面糊糊倒进去，出锅时再放一把荆芥或者香菜。这鱼汤我得了真传，家里来客人了，偶尔会露一小手，获得称赞一片。

我姥姥没见过大世面，反正不在灶台前，就在窗台前，睁开眼睛就给孩子们弄吃弄穿。夜晚孩子们睡了，她还待在油灯下做衣服纺棉花。待孩子们醒来，她又在忙活着做饭。她活到一百岁出头，从会做衣做饭，就一直重复着同样的日子——在一百多年里，安安心心地在一个院子和一个村子里干活，不知道该说伟大还是悲哀。她不会批评孩子，也没教育过他们人生的道理，就只是让他们吃饱穿暖。有一次她跟着我母亲来我们家住几天，看到我辅导孩子作业的时候态度急躁，便在孩子上学走了之后小声跟我说，你跟孩子说话，别那么大声音可好？

　　我姥姥的一生，好像就只留下了几个儿女和几道菜。别的，还真想不出什么了。

花间事 （一）

我乡下的姥姥只识得一种花——小桃红。桃花和杏花自然是不算的，它们开出花朵，原本是为了结果子用的。小桃红却是不一样的，它从四五月里初放，一直开到七八月间，只是为了好看。北方的庭院，鲜见花木，乡间的女人大多和我姥姥一样，讨来小桃红的种子，撒在房前屋后，甚至移几棵苗，栽在矮矮的泥巴墙垛上，不浇水，不施肥，它们大多都能长得小擀杖一般粗细。一大蓬红得发亮的枝干，碧绿狭长的叶子，开红花，开粉红花，开白花。有蜜蜂在花间传粉，到了来年，三种花色就开到一个枝条上去了。

我姥姥一辈子生了八个儿女，留在身边的有六个，病死一个，还有一个女孩，我应该叫二姨的，在陕西逃荒时为了给孩子讨个活路，送给了一户好人家。我妈说，解放后我姥爷去寻过，收养的人家早已不知去向。那边的街坊问，小孩子可有什么记号？我姥爷说，手上包着红指甲——那染红指甲的颜料，就是小桃红的花朵。

如果不张罗着找这个孩子，兴许就没什么事，可既然去了，就成了一桩心事。那一年，我姥姥整整害了一年心疼病，她总是一边做活计一边捂着胸口喊疼。好像有着某种心照不宣，那一年院子里的小桃红开得格外美艳，到院子里来的人，都会被那一蓬蓬鲜活的生命招惹得不能自已。但谁想采一朵都不行，姥姥仿佛要把所有的花留给那个失去的孩子。花儿败落了，花苞里的种子一包一包地收了藏了，一直到她死去，院子里的小桃红始终茂盛地开着。平常若是有人讨要，便只管摘了去。只是我妈和小姨们却从不动那些花朵，仿佛那是她们的姐妹。

记得我小的时候，我姥姥仔细地摘来眉豆叶子，将小桃红花砸成泥，加点白矾，悉心地包扎我的九个指甲。右手上的星星指（食指）是不能包的，包了会烂眼——我姥姥不信命，一辈子不让人看命，但她相信祖辈传下来的那些经验。每次给我包完指甲，却总是不停地絮聒，包了红指甲的孩子，会是有福气的孩子。小桃红辟邪，染了小桃红，孩子就会无病无灾了。

也许，唯一能给她安慰的，就是送人的那个孩子染了小桃红。

用小桃红染指甲，自然是很慢，得扎裹一天一夜，若是不小心脱落了，还得重新包一次。我们那个年纪的小女孩，指甲好像大部分都被小桃红染过。一定要有耐心，为了好看，一天一夜也小心忍着。小指甲被包得油润润的，红明透亮。小姑娘们见了面，不约而同地举起手来炫耀，美得如同小手开花。小桃红的汁液渗透到骨头里，怎么洗怎么磨都不会褪色，指甲被一圈一圈地剪去，指尖处剩下一轮红色的小月牙，像极了小桃红的芽苞。

算起来，被送人的那个姨若是活着，也七十多岁了。每次遇见西安的老乡，特别是富态好看的女人，我总是忍不住问人家，你是河南人吗？你家里种不种小桃红？

小桃红如同乡间的女人，不香不艳，不娇不媚。活得很认真，也很认命，一年生的草本植物，靠种子延续。也许正因为它的生命只有一年，所以才拼命地绽放，这朵败落另一朵随即打开。渺小的一生，起承转合竟也有滋有味。谁会相信背后没有一个伟大的神在照拂这一切？

旧时代里的女人，亦是如此活法，一个接一个地生孩子，直至过了季节，枯败了，才无可奈何地放弃孕育。这番轮回，恰似一首歌中唱的：女人如花花似梦——我猜想，这首歌的作者，一定完整地知道小桃红的花事。

我们上世纪六七十年代出生的这一茬人，碰巧赶上国家实行计划生育，只准生一个。我姥姥不服气，鼓动我再生一个，说再生一个，我偷着替你照看！她那年已经八十多岁了，这话说得好像为了生孩子就可以揭竿而起似的。其实也不是妄言，前些年那些数目庞大的盲流，不就是为了多生一个孩子而背井离乡吗？

光景好了，有饭吃有衣穿，怎么也该生一大堆孩子嘛！她说。那声音里不仅仅是惋惜。

晚年的姥姥，几个儿女都在城市生活，她却很少去城里住着。她说城里不养人，离了地气她就生病，她舍不得她的院子和小桃红。堂屋的当间供着观音，她每天起床的头一件事就是上香。在乡间，老人与老屋能过出真感情。她们那个时代嫁人，一个是看人，一个就是看屋子。每个老屋前面，都有一眼老井。一个女人如果一辈子只住一间老屋，吃一眼井里的水，堪称功德圆满。评价一个女人，说她吃过两眼井的水，她的人生立马就会打折。

姥姥守着老屋，天天祈祷孩子们在外面平平安安，心里肯定希望他们常回来看看；但真正看到他们回来了，又心疼得不行，一个劲责怪自己。

在小桃红开开落落的几十年里，姥姥走完了她的人生。她，不

83

过是一株多年生的草本植物。

我姥姥死后，乡下的小桃红也越来越少了。乡下的女孩子不再待在家里生儿育女，她们大多都跑到城市里讨生活，指甲上涂着耀眼的指甲油，她们不知道有小桃红这种植物。指甲油是个好东西，用小刷子轻轻一擦，指甲顷刻间就变得五彩缤纷。匆忙的生计里，省出了多少可以用来奔波的时间。乡间的女孩子怕是看不上小桃红的，她们更稀罕城里那些叫不上来名字，但是一年四季都能开的花，哪怕是开在道边，被灰尘蒙面。这些女孩子心甘情愿地挤在城市的角落，用化学药水涂抹周身，企图遮蔽自己的身份。她们祈盼嫁一个城里人，生出儿女华丽转身——终究像一朵花，还是要生儿育女的。若是有人说起乡村生活的好，她们就会露出鄙夷的神色，她们比别人更看不起过去的自己。她们知道，即使开再艳的花，一辈子守在一个地方，也是生不如死。也是，我姥姥从生到死在一个院落里过了一辈子，只识得一种叫小桃红的花，她的心中是否曾经有过华丽的梦想？

想起姥姥教过我的一首民谣：小闺女儿，坐门墩儿，嫁个小子进城根儿。不念书，不识字儿，生一大堆小小子儿。

我年龄大了，常常发愁一些不相干的事物。比如有了指甲油，小桃红这种植物会不会有一天绝迹？有一天忽然在朋友圈里看到一种天然的染发膏，说是在新疆，有一种叫哈尼罕的植物，花朵打碎了调成泥，可以染头发，将头发染成棕红。头发被花朵滋养，油润明亮，不褪色。仔细在网上去查那哈尼罕，可不就是我们北方的小桃红！不过几年，植物染发已经成为一种风尚。小桃红不但没有绝迹，竟然成为一种产业，令人始料不及。我幻想，有一天，我们的城市会不会腾出空地，供我们种植这种叫小桃红的花草，让城里的孩子也用花朵儿染红指甲。

　　2016 年 7 月，偶然到山西晋城的一座古寺庙里参观，意外发现庙里有一间娘娘殿，我捐了功德，虔敬地祈拜。转过身，惊喜地望见院落里有大株的小桃红。求得了方丈的许可，采了一包。归来，用了三天时间染我的指甲，端着指头什么也不做。那过程，时间中的慢节奏，让人想起这许多的旧事情，恍如端坐在矮凳上，安心地被姥姥细心浸染。这么安闲的时光，即使活成一棵草，又有什么遗憾呢？几十载的仓皇奔波，不过转瞬之间。那几天，花事跟心事纠缠在一起，简直让人意乱情迷。染指甲的工程完毕，我独自走到天台上，看着偌大的城市在暮色里慢慢沉没又被灯火重新点燃，竟然渐渐有了再生般的心情。

花间事 （二）

立了秋，夜间偶尔起一阵风，不知道触动了哪一根神经，等不得天亮，急煎煎地想去买一件纯色的衬衣。白色、米色、淡粉、藏蓝，纯棉或者亚麻，搭配真丝的半裙。我这怕是有点怀旧了，传统里的少女记忆。我告诉女儿，八十年代，女孩子们都这样穿着打扮。女儿说，妈妈你还真够时尚的，有一个英国牌子，叫玛格丽特威尔，端的就是这种味道呢。

时装是最能应验风水轮流转的魔咒，三十年前的款式，回过头来也未必不是时尚。

在我的少女时期，有那么长长几年时间，流行尖领的女式衬衫，都是上述那种纯色，只是面料有点奇怪，叫"的确良"。作为一种布的名称，"的确良"还是"的确凉"，当时我们真是搞不明白，而且更倾向于后者。那时候这种布是一种相当稀缺的奢侈品。还有很多扯不起布的人，用日本的尿素袋子充当的确良，照样招摇过市。

那会儿的衬衣裁剪简洁，除几粒白色的小扣子，不带任何装饰。配长裤或者长及脚踝的百褶裙，十几岁的女孩，绷着一张粉脸，雅致得一派天然大方。当然，时过经年，说是"天然大方"多具有主

86

观渲染，也可能是野心勃勃，正如鲁迅描写上海时髦女孩那样："凡有时髦女子所表现的神气，是在招摇，也在固守，在罗致，也在抵御，像一切异性的亲人，也像一切异性的敌人，她在喜欢，也正在恼怒。"呵呵，可能就是这个意思吧，谁知道呢！

那年代可不是稀罕纯色，而是缺少花色。一整个布匹柜台，只有笨笨的几匹料子，色泽单一。不记得是从谁开始，在衬衣的领尖袖口处绣一朵花，也是素淡的，有梅花，也有菊花。没有牡丹，在当时因为其大红大紫，还被归入俗艳一派。这些小小的花朵，如同丝巾里飘出的一缕秀发，骤然俏皮了许多，很有唐诗宋词里那种疏影横斜、暗香浮动的意境。

我便是那时学会刺绣的，与素描课的勾线一样，妈妈用一个时辰工夫，便教会了我基本的针法。极用功，初始在碎布头上反复演习，随后在自己的衣服上实验，渐入佳境，竟然帮了许多同学设计。绿衬衣上绣一片绿色的叶子，米黄色的领尖上绣一朵菊色的花朵，全靠丝线的光泽。不甚精湛的手艺，在衣服的某一处若隐若现，有着隐忍的嚣张。

十四岁那年，我得到人生的第一双皮鞋，妈妈托人从上海带回的礼物。黑色，亚光猪皮，简单的方口平跟皮鞋。这就足以让小伙伴们惊呆了。一群人围着一双鞋子相互传看，每一只脚都要伸进去尝试。过不了一个月，几乎每个女孩都有了同一种款式的猪皮鞋。穿同款的衣服和鞋袜，是那个年月的时代特色，多少新奇点的衣服便穿不出门——我们生活在集体主义的丛林里，它好像是一个安全的洞窟，只有不突出自己才能保护自己。换了女儿她们这一茬的作女，再怎么喜爱的衣服，若是不小心与同事撞衫，宁可在衣橱里放烂，绝不肯再穿第二次。我们对十几块钱一双的皮鞋，爱惜的程度无须详说，黑天白日用鞋油打磨，遇到雨天，真的会光脚提了鞋子走路。那些年，一双鞋子管好几个季节，搭配所有的衣服。

戴的第一块手表是念高中那会儿，小姨夫从海南岛买回来的走私表，英纳格。它只有五分的钱币大小，银色的钢表带，煞是好看。走私表价实货真，上发条的机械表，戴好多年都不坏。看见有人，就会不停地举手看表。姥姥看见，便不屑地说，这不就是我们年轻时戴的银镯子？姥姥若是活着，肯定会惊奇不已，这几年的女孩不怎么戴手表了，许多人喜欢戴只银镯子，说是好看，又有排毒功能。

许多年后，我在香港买了一只石榴石的戒指送给小姨，是为了报答小姨夫送的那块表，它让我在少女时光，拥有了一种物质自信。小姨夫那会子在海南岛服役，低级军官，料想手头也不会有几个钱，买那样一只坤表，不知道会攥湿多少张纸币。

这些事物，之所以记得如此清晰，是因为物质的匮乏和精神的单调。生命中有几个小小的惊喜和点缀，铺陈到很长的岁月里，竟然都成为成长的记号和回忆的路标。我们城市户口的小孩身上，好像都有几样宝贝物件。农村户口那些孩子则很少，或者根本没有。其实在那个时代里，阶级阵营已经十分明显。不管多漂亮，多优秀，只要你是农村户口，就注定在田地里终老一生。只有到了改革开放后，市场才把"公平"这个东西还给我们每个人。现在很多人都在怀旧，其实那样的旧是"做旧"，不是真实的历史。

还记得有一年春节，好容易凑够两块钱的压岁钱，直接跑去商店买一只看上很久的人造革钱包。钱包上印有两棵椰子树，旁边还缀着一颗又圆又黄的月亮。那是多么神奇的植物啊，那么高，那么俊秀，那么浪漫。就为这两棵树，两块钱换成一个空钱包，只享受到片刻的小资光阴，又迅速堕落成为"无产"阶级。后来，我便比照着钱包，将这两棵椰子树绣在一块白色的桌布上。妈妈看看说，你整天绣这些无用的东西干吗呢？其实我从她的语气里，看到了欣喜。估计她认为我在慢慢长成她所希望的样子——一个女人的样子吧！

再回到花事上。读高中时，我很要好的一个同学得了一件重磅真丝的短袖，淡蓝色。第一次知道有这样一种面料，纱纱的，柔柔的，那种感觉，竟是让人烦忧到无处可依。她一个夏天就只穿那一件衣服，晚上洗了怕不干，搭在老式的电风扇上吹。有一次，不知怎么的竟被风叶缠裹了进去。急慌慌地抢出来，前襟已经破了几个洞。当时她就哭了，那情形，估计比剪掉两条黑粗的大辫子还要难过。半夜托着衣服来敲我们家的门，那算是当年我所承揽的最大的工程，为了亲近那料子，当时毫不犹豫就答应了。我金贵着她的衣服，亲自跑去买来淡蓝色的丝线，比画了大半天，仍无从下手。后来还是妈妈艺高人胆大，主动帮我设计、施工。我们母女用了一个礼拜的空闲时间，愣是将这件残衣做成了精品。她再穿出去，反因此得了许多赞许。其实当时我之所以这样卖力，是企图将这个女同学说与我哥哥做媳妇儿。但最终还是未能玉成其事。看来修补人际关系，我还是个外行。

我妈妈到今天还做刺绣的活计，每一个孙子孙女出生，她都要做一双手绣的老虎头靴子，两件肚兜，等上了幼儿园，再给绣一只书包。我把这些绣品放在微信上，博得许多个赞。妈妈给我女儿和女儿的儿子的礼物，我都仔细地收着，哪一天说不准就成了艺术品。妈妈是一个干练的领导干部，退休后，才真正活成了妈妈、奶奶和外婆。这些琐碎的活计做起来，倒成了专业。网上说，这样精细的手工活，能预防老年痴呆。难怪八十多岁的老人家，比我们的脑子都好使。

今年夏天去开封采风，无意间参观了一间汴绣艺术学校。这个学校的校长是一个七十来岁的阿姨，她的代表作是一整幅的清明上河图，一针一线绣出一幅画卷。她掐着指头说，绣了整整三年。想一想，这样的民间艺术家，该得到多少分敬重。

再回到衣服上。这几年旗袍又渐渐回暖，脱了西式的裙装，换件传统款的半袖长袍，暗压着神情，立刻便有了中国的古典韵致。西式的衣裙缺少个人气质，不如旗袍，能让女人远远活过自己的年龄。比如宋美龄在美国为抗日募捐演讲时着旗袍的风采，那种东方风韵，沉甸甸的，着实有着几千年的分量；还有张爱玲旧照里各种旗袍的大气象，也是看得说不得，一说就走味儿。再后来，比如张曼玉出演的名为《旗袍》的电影，虽然表达了不下一万种风情，但却是浮面的、隔靴搔痒般的浅显。

尽管如此，但我们向传统致敬的努力，还是值得一书。经常看到寻常的家居女人，着棉质的半短格子袍，或者浅灰淡蓝的颜色，也自有小妇人的雅致。纵使是去趟菜市，素着表情，挎一只竹筐，亦很得体。传统活在民间，此言不虚。把它装在镜框里敬起来，岂有不死之理？

今年去苏州，一件手绣的旗袍竟然开价万元，仍是咬牙买了一件。纵使哪一天穿不得了，压在箱子底下，到了人老珠黄的年纪，偶然翻出来相看，估计也能寻到点儿"衣上泪痕和酒痕"的轻狂吧。

写下这些，是浮想了许多次，试着要给自己找一个刺绣老师，认真学习一门技艺。若是生在古代，不读书不识字，我会不会是一位出色的绣女呢？

既然秋天来了，那就坚决去买一件纯色的亚麻衬衣，而且一定要在袖口处绣一朵花，用来怀念一个时代。

年 之 下

一

　　下了火车走了没多远，天色便暗了下来。那暗却不是一个缓慢的过程，好像商量好了似的，天地瞬间被一块黑布蒙住。接我们的大人们便打开手电照着前面的路。走着走着，他们偶尔会朝天上照一下，一根光柱便呈扇面形撑开，亮光处竟然纷纷扬扬的，像下着雪，仿佛能听到吱吱的落雪声。那时候还没有高压输送线路，每到傍晚，生产队会用小柴油机发一会儿电。电流通过东拉西扯的各种电线传送到千家万户。灯泡被从屋梁上吊下的一根铁丝钩着，害哮喘似的忽闪忽闪亮着，像一只随时可能飞走的大鸟。但就是这样一点光，让乡里人的生活稍微有了现代感，农具、粮囤、八仙桌……都在灯光里蹲着，隐现之间好像有很多话要讲。我知道它们有很多故事，它们会以自己的故事告诉姥姥，再由她转述给我。稍晚一点，发电机就会熄火。晚睡的人家就点上了油灯。有人来串门，他们就把油灯举在自己的脸旁去开门，然后再去照亮对方的脸。在一团昏黄的光里，两张脸都笑得跟花一样。他们说着乡下人惯常而又毫无意义的话，直到临走才说明来意，大多是一些针头线脑的琐事。

我和两个哥哥跟着大人们，深一脚浅一脚地走着。我们的寒假就这样开始了。在半道上，月亮升起来了，天地又在瞬间亮了起来，万物都在晃晃荡荡地浮游，仿佛一切都被溶解在水里。那时候我就特别渴望尽快见到姥姥，她对天上的事情懂得真多。在她的故事里，"天"是我们的另一个家园，她对它的熟悉程度好像它就在邻村。关于月亮，关于星星……那故事饱满且晶莹剔透，像一只只熟透的柿子。我常常想，那么多星星，姥姥怎么会记得住它们的名字呢？那时候，姥姥就告诉我，天上一颗星对应地上一个人。我立即兴奋起来，真想知道哪一颗星星对应着我。

那时候我的野心像草一样疯长，我已经能自如地进出自己用词语搭建的世界，它连接姥姥讲述的世界，但又有很大的不同。我以自己喜欢的方式随意删改它们，从来不告诉任何人，以免他们干预我故事里的生活。

这几乎成为一个仪式：每到快过年的时候，我们就乘坐小火车到姥姥家去。那火车小得跟玩具差不多，只有五六节。后来我看电影《智取威虎山》，指着那列道具火车说，看！我们就是坐这个回的姥姥家！

二

那些不知道从哪儿冒出来的戏班子，每逢过年都会到各个村子演出。刚来的时候，他们悄没声儿地进村，住在村子东头自己搭建的帐篷里。

92

他们的到来给贫乏的乡村带来了欢乐，妇女和孩子围着他们，即使他们穿着平常人的衣服，也觉得他们不是常人。当然，他们也活在自我的世界里，对周围的人群视而不见。他们坐在马扎上，把鞋子脱下来，轻轻地磕掉沾在鞋帮上的土。有时候会突然站起来，扎着架子吼一嗓子，响遏行云。

我真的很羡慕他们。他们可以活在两个世界里，到了晚上，他们就是另外一些人了。一会儿他们是《野猪林》里面目狰狞的解差，一会儿又是《智取威虎山》里英姿飒爽的杨子荣。我喜欢《大祭桩》里大段的唱腔，虽然词听不太明白，故事也看不大懂，但那种悲伤却是真实的。唱到高潮处，台上的演员泪流满面，台下的听众也在哭泣。那时候，我把紧张得出汗的手放在姥姥的手心里，紧紧地靠着她，不知道在那个泪水涟涟的世界里，到底在发生什么。姥姥也把我搂在怀里，不停地摩挲着我的背，好像我是个被吓坏的孩子。晚上她搂着我睡，跟我讲起了戏里的李彦贵与黄桂英，讲他们的婚约和爱情……在她的讲述里，很快我就睡着了。戏里的那个世界和姥姥口述的世界，差别是那么大。我隐隐约约觉得，她枯树般的手和苍老的容颜，是跟这个戏格格不入的，或者说，姥姥已经苍老到没有资格讲述这个温暖的故事了。但她的心里是一种什么样的情感呢？她有过爱情吗？她和我姥爷，都差不多活到一百岁。从我记事起，好像他们就是这么老，一年到头都是黑衫黑裤，外面世界不管发生什么，他们从不打听，更不会为此而大喜大悲，一直到死都是这样。

在演员换台期间，有一个年轻的乐手吹起了双簧管，竟然是一支外国的曲子，那个旋律很多很多年我都记得，但始终不知道名字。有一年，我在香港机场转机，突然听到了这支曲子，竟让我呆呆地愣了半天。我想起了姥姥，想起了乡下过年期间的戏班子。还记得姥姥去世的前一年春节，她在我们家过年，那时候姥爷刚刚去世不久。我陪着她在电视机前看戏剧节目，是我最喜欢的张火丁的《锁麟囊》。我跟她讲薛湘灵，讲赵守贞和三让椅，讲因果报应。跟我小时候在她怀里一样，她在我压抑着情感的声音里，睡着了。

三

天还没亮，姥爷就带着渔具——鱼篓和鱼叉，还有他的一条黄狗下河去了。姥爷一直忙到中午才回来，带回一袋子大大小小的鱼虾。他把袋子扔在院子里，就出去了。

不用打听，姥爷肯定去了他最喜欢的牲口屋，那是村庄的文化娱乐中心。屋子里混合着牛粪、草料和烟草的味道。我跟着哥哥去找过姥爷几次，第一次看着他们在牛粪堆旁边席地而坐，大为惊骇。后来慢慢也习惯了，甚至喜欢上了那种特有的味道。

我还喜欢看那些牛吃草。它们静静地咀嚼着，不时拿眼看着你，潮湿的眼睛表示着它在向你示好。果真，有一次我去摸它的头，它就一动不动地闭着眼睛，支着脑袋让我抚摸。

那天姥爷中午很晚还没回来吃饭。姥姥指派我和哥哥去喊他。刚进院子，就看见一堆人围着一头牛。走近了，才发现是我摸过的那头牛，白脑门上飘着一朵黑花。

姥爷说，村里要杀几头耕不动地的老牛过年，让我们赶紧回家，不要等他。

大人们都撤很远，只有孩子们围得很近。杀牛的屠夫是个赤红脸的矮胖子，腰里围着油腻腻的围裙，看起来倒挺和善的。他过来

94

告诉我们，小孩子都要把手背起来，装作被捆着的样子。这样他在捆牛的时候，牛看到周围的人都被捆着，就不反抗了。

他捆牛的时候，我们都把手背在身后，牛果真一动不动。把牛捆好之后，他抄起一根长柄斧头，对着牛头小声念叨了几句什么。然后朝后退了几步，举起斧头，又一跃上前，朝牛头砍去。牛没蒙脸，拿眼睛直直地瞪着他。斧头砸在头上被弹了起来，它不但不扭头躲避，反而硬着脖子往上顶。

第二斧头又砍了下去。

牛终于倒在血泊里。大哥哭出了声，二哥也在偷偷抹眼泪。姥爷看了看我们，不让我们再继续看下去了。他拉着我的手，带着我们往家走。路上谁也没说什么。过年分到的牛肉，姥姥用盐腌了，煮成酱牛肉。两个哥哥坚决不吃。

过完年，我带了一大块回家，撕成一条一条的放在书包里，跟同学显摆我见过的世面。二哥用朱砂画了一个大大的牛头，眼里还流着泪，贴在我的床头，跟我的奖状粘在一起。我向妈妈告状，妈妈就把它撕下来扔掉了。过了不久，两个哥哥也开始吃妈妈做的牛肉了。

小 友 记

　　鲁院"深造班"结业一年有余了，那些性格迥异却个个才华横溢的同学，我仍会不时想起。毫无疑问，他们已经是今天中国文坛的中坚力量，我之所以用"小友"来称呼他们，不是倚老卖老，更不是觉得他们的文学表现依然"偏小"，是我由衷地觉得，他们在文学无限广阔的空间里可以恣意地生长，于是，"小"才成为了一种生长着的态势，成为可能性与希望的所在。我相信，"小友"们天各一方，终将撑起属于自己的那一方文学天空。

　　在学校期间，我就曾经写过他们，弋舟、王十月、东君、李浩……我称他们为"孩子们"，其用心，也是这"小友"之意。现在，我依然想以这样的心意，接着说说另外的几个"孩子"。

　　斯继东，这个被弋舟视为"义士"、被东君唤为"长人"的孩子，身在绍兴，平日里沉默寡言，但三杯两盏淡酒就能使他脱颖而出，宛若宝剑出鞘，灵光乍现。犹记得，冬夜里我们散了酒局，一行人蹒跚着回校，斯继东突然兴奋地抱起我，就地转圈。令他兴奋的，不仅仅是酒精，亦是我们正在谈论着的话题。那话题，当然是有关文学的，如今想来，也不知是哪句话令这孩子激动了起来——

其实具体的话语是可以忽略不计的，我只要记得，那种同道们谈论文学时的气氛，那雪夜里突然迸发的激情，就已经足感欣慰。似乎是，当时我夸赞了谁的小说，斯继东于是开始叨咕，一句接一句地跟我说：丽姐，你要看我的小说，你要看我的小说。我突然觉得很心痛，也很伤感，更深深地理解他这突然的激动。那是一个有尊严的沉默者开始向世界呼吁时的声音。他不是想要去炫耀什么，只是想证明给自己认可的朋友看——我的才华，配得上宝贵的情义。那一刻，我真的心生惭愧，为了没有关注过这个孩子的作品。那当然不是他的问题，是我的问题。想一想，我们不就是这样，在有限的视野里，错过了多少可贵的风景？那时，我的确没读过多少斯继东的小说，但就在他将我举起来的一瞬间，我已经信任了他的文学品质，我相信，那一瞬间我离地而起，将我托举起来的力量，是那么真实可靠而又有着金子般的质地，这是一个写作者最酣畅的表达。这样说，没有什么道理，它只是一种直觉，一种我从来都相信的文学的直觉。

我的直觉没有欺骗我。当我开始认真阅读斯继东的小说时，我所感到的，正是那种被什么力量托举而起的滋味。他的作品不是很多，但整体上质量不凡。短篇《西凉》在我看来颇能代表他的写作风格——不阔大，却也不逼仄，在两极之间游刃，却也各得其所。他的小说不是那种才子型的小说，虽然没有那些所谓的潇洒，但也不因为沉着而显得笨拙。这样的作品，有种独特的气质，它几乎是含蓄的，在平铺直叙中隐含着陡峭。

弋舟视斯继东为"义士"，说的是他的精神。东君称斯继东为"长人"，说的是他的身形。他们都对，但在我理解，这"义士"与"长人"之间也是可以互换的，犹如精神与身形的统一。他高而瘦，却不单薄也不霸蛮。他写小说，显然有现代主义的诉求，但古风凛然，有着古典"义士"的风骨。他不喧哗，却也能在酒后立于楼道里纵声长啸，这就像是他的文学境遇，不是那么引人注目，可一旦发声，亦铮铮然，亦铿铿然。

斯继东好酒，我好茶，对于这位小友，我当以品茶的心情来感受。知人论世，结业后渐渐和这些小友们有了更多的交流，这让我对斯继东有了更多的认识。我参加过他召集的文学活动，欣赏过他一笔卓然的书法，当然，也再次领略了他纵酒一刻宝剑出鞘般的豪情。

黄孝阳平日里同样沉默寡言，好像这是帝都之外的作家一贯的风格——平日里沉默，把一肚子的话憋着，一旦遇到相宜的契机，一腔话语才喷涌而出。想要斯继东开口，用酒来启动就好；想要黄孝阳发声，你只要跟他开个"量子文学观"的头就行。这"量子文学观"，是黄孝阳的文学主张，并且据说这一主张他已坚持多年。对此，老实说我是难以尽解其详的，每每看着黄孝阳被激发着滔滔不绝起来时，我不免都会为他捏一把汗——他所说的，大部分人听来会不会云山雾罩？当他把天文术语、物理公式、数学算法乃至经济、政治、科技进步统统拉入文学观念中时，我感到自己就是在面对浩瀚的宇宙——唯知其大，不端其详，但又有着文学欲罢不能的魅力。于是，这个时候我会让自己从一个听众变为观众。我观察黄孝阳，他说些什么已经不重要了，但他说话的态度却令人感动起来。

黄孝阳胖。他就职于一家大型出版机构，工作繁忙，加之那股"较劲"的禀性，让他的胖多少看起来有些虚胖，稍微爬几级台阶就气喘吁吁。于是，当他开始阐述自己的文学主张时，我眼里这个虚胖的小友无端地便会令我心生敬意。不错，就是"较劲"。他"较劲"地说着，面色渐渐苍白，汗珠也开始冒出来，听者也得跟着"较劲"，否则便会如坠云里雾里。可是，正是这样的"较劲"，才让人心生敬意，以为那就是文学的本意。我们不就是较劲地执着于某些意义，才提起了自己的笔吗？有些人将写作称为"玩儿"，很潇洒，也很自在，可是，文学在黄孝阳这里，是较劲，是费力气，是面色苍白，是汗流浃背。他经年沉浸在一个庞大如宇宙般的个人思绪中，这样的品性，在如今这个略显轻浅的世相里，本身就是宝贵的存在。

黄孝阳是骄傲的。这些孩子们谁又不是骄傲的呢？但是，这些已经为人父母的小友，如今都已经学会了难能可贵的谦逊。他们大约都已经明白，自己的那份骄傲，唯有兑现在写作当中，才是经得起检验的吧！

果不其然，随后黄孝阳拿出了自己的长篇小说《众生设计师》以证明"量子文学观"之真实存在。这部作品是 2016 年文坛引人注目的成绩之一，对它的评价已经不少，而我，除了叹服黄孝阳在这部长篇中做出各种努力，更多的，却是想要致敬他在小说中那份"友情世界"的目光。李敬泽老师发问"昔日马原今何在"时，为我们指认了奇崛褊狭的黄孝阳，这当然是洞见，但在这部《众生设计师》里，我看到了形式上奇崛褊狭的黄孝阳，也看到了精神上温和深情的黄孝阳。这就是我所说的小友们"成长的态势"。黄孝阳像说明他的"量子文学观"一样，为我们说明了一个优秀的作家将如何变得更加宽厚与平和。

周瑄璞有股"狠劲儿"，这既是说她的写作，也是说她唠嗑的本领。有一次她回河南我请她吃饭，整个饭局基本都是她在絮叨，不过也尽是"小说家言"。这位身量不高的小友，内里却蕴含着让人刮目相看的能量。证据就是那本"厚得像城墙砖"一样的《多湾》。这部长篇小说上学时就是班里的热点，周瑄璞捧着它开发布会，开研讨会，将它沉甸甸地交在你手里，犹如呈上了不能不令人郑重对待的一个"分量"。是的，那就是一个"分量"，那不仅仅是一部小说，而且，它令人郑重对待的，也不仅仅是厚度，我甚至会想，当周瑄璞呈上的是一张纸片时，我们也将感受到一种"分量"。这种"分量"就是她对于文学的那份态度。一群作家聚在一起，大家似乎都不用格外强调文学对自己的意义和价值，似乎那是不证自明的，有时候，似乎那还成了羞于启齿的，但这样的一群人中，有一个周瑄璞，她似乎永远在身体力行地强调着文学的高贵和庄重。她要用文学来证明自己，修养自己，力图让自己也高贵和庄重起来。这是沉甸甸的盼望，是沉甸甸的分量。尤其，当这份盼望和分量对应在身量不高的周瑄璞身上时，就显得格外地突出和动人了。

你可以将周瑄璞的文学抱负视为雄心甚至野心，她想成功，要成功，并且为之俯下身子，劳作一般地耕耘。如今谁还会用十几年时间写一部小说呢？周瑄璞会。仅仅如此，就已然宝贵，于是她的雄心和野心都深具精神的美感。这种风格，也许源于她身在陕西，也许源于她祖籍河南，她浸染了北方的奋斗之风，秉承了中原的不屈不挠之志。但我想，更多的，它只是源自这位身量不高的孩子深切的自尊。

自尊对于一个人何其重要。那是最可信赖的为人的动力，也是最可依赖的为文的保障。周瑄璞将自尊变成了"分量"，并且，将"分量"转化成了她文学的品质。一部《多湾》，可能是她那辈作家中的一个现实主义标高了。但她付出的代价之巨，也是很少有人能比的，十多年的专注耕耘，让她和风生水起的同辈比起来显得"晚熟"了一些，但这样一个面貌，也让她珍视的文学尊严经得起检验和推敲。

有时候我会心疼周瑄璞。她的小身量和大抱负都让人有些揪心。有时候，我也会为她有些隐隐的担忧——《多湾》之后，她怎么办？要知道，如今的文坛，靠一部作品长期说服世界已经几无可能，她难道还能潜心十多年再去耕耘另一部《多湾》吗？这样计算，是有些世故了，但是周瑄璞有这样的人间抱负，所以我不免要跟着她一同怀着人间的忧虑。好在，她有"狠劲儿"，好在，我相信她能把一张纸片也呈现出城墙砖一样的分量。

冬去春来，我的小友们各自在他们的文学世界里发声且发光。虽然他们散落在四方，但只要汇聚在一起，就是今天中国文学璀璨的星空。我知道，总有一天，我们会以"老友"相称，但内心里，我却顽固地希望他们永远是我的"小友"，希望他们永葆少年之气、孩子之气，永远以"小"的姿态领受不断成长的特权。这，其实就是梁启超先生当年《少年中国说》中美好的愿景。

关于蛇年的记忆及其他

在很多年里，我都不知道自己属蛇，其实是不知道有"蛇"这个属相——我小时候，正是破"四旧"、立"四新"的年代，父母们很少使用旧历。我和哥哥有时候跟着姥姥、有时候跟着奶奶生活，她们根本没有说过蛇年或蛇这个属相——在她们嘴里，只有一个"小龙"，我于是知道自己是属小龙的。

蛇这个小东西，在中国文化里很少有喜兴味道：与人有隙气不过，是男的便骂人蛇蝎心肠，女的则落个美女蛇称谓；天气不顺年景差，就责怪龙蛇之孽；遇到伪君子，常以佛口蛇心相赠。

在西方文化里，蛇更没落个什么好儿——虽然它是智慧的象征，可是对亚当夏娃的引诱，让所有人从出生起就带着原罪。估计这让很多人想不通，莫非血统论起源于《圣经》？如此说来，这耶稣的赎罪，跟拿人钱财替人消灾的江湖术士，并没有太大的区别。

不过蛇也有辉煌的时候，"刘邦斩白蛇起事"，刀下之鬼竟然是白帝之子，幸亏刘天子也是"太子党"——他是赤帝之子，否则事情会闹得不可收拾。听说，很多权杖（包括现在外交使节的权杖）上都雕着蛇，因为它是最高权力的象征。看来蛇也手眼通天，黑红两道通吃，横竖我们都得罪不起。

说远了。

小时候放假去姥姥家，姥爷带着我的俩哥哥为生产队看过瓜园，他们在地头搭一个三角形的小棚子，白天晚上都住在那里。哥哥常常带着我去给姥爷送饭。吃完饭，姥爷就坐在地铺上给我们讲故事。有时候会讲到蛇，如果是故事里的蛇，已经跟人没什么区别了，会走路、说话，也会爱——他说的是喜欢。青蛇、白蛇、老法海和许仙的故事，我就是那时候听到的。如果是现实中的蛇，则要凶险很多。姥爷说，蛇都是走弯路的，如果你带个竹竿，它就会很怕，远远地躲开你，因为它爬到竹竿上脊梁骨会撑断。还有，姥爷告诉我的哥哥们，游泳的时候遇到蛇，"那是水上漂，你只要别看它，它就不理你"——好像蛇也跟小流氓一样，只要不惹它，它就不会找你的碴儿。

有一次，姥爷用竹竿挑起一片瓜叶，让我们看盘在田垄里的一条小青蛇。那蛇非常干净，干净得让人浑身发冷，可能"冷血动物"这个词，就是从这儿来的吧。它把头一会儿搁在身体上，好像我们上课时那个懒洋洋的样子，一会儿抬起头来摇摇晃晃地东张西望，像喝醉了一样；不知道它有没有看清楚我们，它的眼睑像抹着一层淡绯色的眼影，眼皮眨都不眨一下，身子没动，也没有惊慌。看完之后，姥爷顺手摘了一个西瓜，到了棚子里切开，那瓜皮看起来竟然跟一条条蛇一样，让我的脊梁骨发冷。"过去啊——"姥爷的故事总是这样开头，然后会停很大一阵子，等着我们慢慢起急，让他的故事充满戏剧的张力，"我爷爷的爷爷，有一天在地上铺了个席子睡午觉，睡起来掀开席子一看……"

我赶紧爬起来，觉得屁股底下的席子非常靠不住。

说起戏剧《白蛇传》，最喜欢的还是张火丁演的那一出，我是2005年在现场看的。且不说唱腔余音绕梁，就是白娘子的一颦一笑，都是活脱脱的。不过总的说来，我喜欢张火丁胜于喜欢白娘子——人间事已经够烦忧的了，她又何必来插这一杠子，惹出一大笔孽债？后来我去河南的安阳搞调研，人家告诉我说，《白蛇传》的传说是源自当地的金山徐家沟村，到了宋室南迁时，被人带到了苏杭一带，才改编成戏剧。此说未必可靠，也未必牵强。我记得我在河南的汝南挂职管文化的副县长期间，曾邀请中国民间文艺家协会的专家们，把"梁祝之乡"的大匾，挂在了该县梁祝镇——人家梁、祝、马三家的坟茔，还都好好地在那里保存着，专家们即使有疑问也说不起嘴啊！

其实，既然是传说，就用不着那么较真儿，只要能为中国的文化大餐添堆儿，又"何必分襄阳南阳"呢？

只是有时候，仔细揣摩一下白素贞的简历，常常会有世事无常之慨，又会有"千里姻缘一线牵"之叹：

　　素贞我本不是凡间女，
　　妻原是峨眉山一蛇仙。
　　都只为思凡把山下，
　　与青儿来到了西湖边。

爱情这东西，不管是在西湖、峨眉山还是徐家沟，你只要给它点阳光，再怎么着它都会灿烂——这可不是传说。

旗 袍 秀

　　在我们那一代人里，我自认为对衣饰的要求还是比较讲究的。但偏于保守，要求品质而不要求新奇，中规中矩，什么季节穿什么衣服，春捂秋冻。就算是夏天，也不穿过于暴露的衣服。这是从我母亲那里学到的规矩，又用它教导我的女儿。三十岁之前，我甚至都不曾想象有一天我会穿上旗袍——这种对我来说过于吸睛的奇装异服。

　　这样说，并非是看不上，旗袍在我心中是很有分量的——过去过于沉重，后来则过于庄重，直到我用那种充满敬意的心态打量它，经典的、贵族式的、东方服装文化最优雅的表达。但我始终觉得它属于过去式，属于民国之前。

　　生活里的许多事情，都是在偶然中完成的。比如，我突然想写写旗袍。那一整天，对着窗外的天空发呆，偶尔有一架飞机从窗格子上划过。傍晚时分，会发现大片的寒鸦，不停地在渐渐暗下去的天空盘旋，看上去像飘落的黑色絮片。北方城市的冬天，差不多只有这一种鸟在顽强地生存着，它们寄居在那些老旧的行道树上，晚上像黑色的石头，白天则疯魔般地在城的上空攒动，尖利的鸣叫声，让人心生不祥。这种景象与旗袍和美女均无半点干系，只是这样的

105

暮色之城，很容易让我想起旧电影里的情节，天空之下自然不是今天钢筋水泥丛林中的街道，而是十里洋场的上海滩，抑或是灯红酒绿的秦淮河畔。纵然是在战乱期间，也总会有仪态万方或者花容失色的女人，穿着旗袍和高跟鞋，肩上有皮草。

这些旧电影里的老故事，总是暗合着冬日黄昏百无聊赖的心情。现实里，从十六楼望下去，街道间的女子大多衣衫笨拙而随意，她们匆忙地飘忽而过，为生计而奔波，神色模糊而坚定。为什么半天没见一个穿旗袍的女子呢？想必她们极少步行，应该是端坐在车子里。一个穿旗袍的女人，无端地在大街上胡乱走，让人难以置信。

即使是战乱时期的宋氏三姐妹，看她们行色匆忙时的老照片，也便是旗袍装居多，端庄贤淑，凛然不可犯，即使国难当头，也是从容面对。相比较而言，霭龄富贵，庆龄雅致，美龄的衣装则可以用裙裾飞扬来形容，几乎兜不住她的身体，更兜不住她火辣辣的一腔热血。她在美国国会的演讲照片，登载在著名的《时代》杂志上，让全世界为之惊艳。

其实，整个民国时代的名媛们，的确已经将旗袍的美与媚演绎到了极致，我觉得那也是一个国家的文化自信。她们用服饰、语音、文字和行为，垒砌了一个东方文化长城，除了宋家三姐妹，尚有那陆小曼、张乐怡，赵一荻、严幼韵、吴贻芳、唐瑛……一长串名字，个个都是中国近代史上的一抹亮彩，她们已毫无疑问地成为经典，成为魅力不散的东方传说。风姿绰约的背后，是暗暗生长的传统的文化力量在支撑，以至发散开来，或大气从容，或独立自信，或灵秀温婉。只是说不清楚她们与旗袍谁更衬托了谁。

我只是奇怪，若论民国女子的风头，林徽因当是首屈一指，却未见她着正规旗袍的图片，短款的袍子倒是有，也端丽大方。缺失的图片给人更多的遐想空间，却仍然是遗憾。反而在那些有数的美女之中，被徐志摩抛弃的前妻张幼仪却是典雅高贵，一派大方，她是真真能撑得起旗袍的女人。她留下的那款着旗袍的照片，既从容又大气，私下觉得徐志摩实在有些配不上她了。

张爱玲着旗袍，几乎是自信到了自负，看起来目空一切。她有自信的资本，漂亮，才华横溢。但从文字记载中看，现实中的她或许不那么妥帖，骨骼宽大，行动缺少从容，至少身姿不甚妩媚。连她的母亲都对她的仪态略感失望。但人家硬是穿出一片风景，所谓海派风格，看来其来有自。

我初识旗袍是上世纪八十年代初，我到了十四五岁，才陆续看到一批以《天涯歌女》为代表的老电影，旗袍让女人不同寻常地艳丽，让人心惊地妖冶。但根深蒂固地认为，那是资产阶级的东西，是旧时代里的事物，与当今的世事无涉。

不过二十年的工夫，女儿长大了。那一天她突然问我，妈妈结婚时穿婚纱还是旗袍？我的婚礼和婚纱、旗袍，就这样被突兀地摆在一起，令人瞠目结舌。面对这个穿洋装吃洋餐长大的孩子，我无法让她想象我们曾经的岁月。我的婚礼是上世纪八十年代末，在老公乡下的家中举办的。什么样的议程完全淡忘了，只记得流水席吃了三天，院子里摆放几十张桌子，大人小孩车轱辘般地走了一拨又来一拨。我婆婆是镇上著名的裁缝，我的婚礼服装是她亲手剪裁制作的。那时是初秋，她为我做了一套蓝灰色的西装，衬衣是艳俗的橙黄。我任由她摆布，听话地穿上了这套小镇礼服。这样的我，应该与小镇新娘最大程度地缩小了差距。公公是那个镇子上公立医院的院长，他和他的同事们都坐在主桌上。新婚夫妇敬酒，医院的一个医生指着我对我公公说，你家这儿媳妇将来会有出息，她不好穿！

这话让我迷惑了半天。后来我婆姐跟我解释说，他家的儿媳妇也是个城里人，大冬天的穿着毛呢裙子回来，下车不到半个小时就走人了，说太冷，吃不了乡下的苦。

旗袍和婚纱，距我的婚礼何其遥远！那时穿旗袍的新媳妇，怕极有可能被乡下人误解为不正经的女人。

女儿结婚前夕，在上海一家旗袍行定做了一件大红的新式旗袍，立领，无袖无肩。她高挑的身形，只有一尺七寸的腰身，穿上半短的紧身旗袍，配三寸高的红色皮鞋，像一条美丽的蛇妖。女儿为我选了一件淡蓝色手绣旗袍，长及脚踝，配白色的高跟皮鞋，我以此而惊艳，旗袍如此进入了我的生活！后来，我又做过几件不同场合的长款或是居家的半短袍子。我庆幸自己没有与旗袍错失，而且暗自自负，到了四十几岁的年纪，旗袍的味道倒是比青春的身体更契合。哪怕是冬天，穿一件毛料的长袖格子长袍，重灰与牙白相间，领口袖口镶了正红的边线。袍子把身形曲线衬托得恰到好处，外面套一件长款的咖色西式大衣，黑色的短靴子，处处让人熨帖。

2014 年，我在鲁迅文学院高研班学习。学校的文娱活动也是考核学习成果的一部分，每一次的联欢，都极其认真，老师和学员全员上台。我无有唱歌和舞蹈才艺，被老师和同学拉上台去走旗袍秀。平生第一次以表演的形式登台，绷不住要笑将出来，却又害羞紧张到窒息。到底是一群女才子，有气质文采做底子，每一个人有每一个人的气质神韵，每一款旗袍都是一首曼妙的诗，每一个穿上旗袍的女子都变成一阕花间词。这样的秀，给了我们也给了看我们的人特别的感触。本是小插曲，却将作为人生的大事件，在记忆中定格。

前年去苏州，在一家丝绸公司看了一场民国旗袍秀，一百多件收藏者收集到的各个时期的名女人的各式典礼旗袍，穿在模特身上，隆重登场。灯光、美女、华服，奢华到让人恍惚。然而，娇嫩的面目却终是负荷不了旧时代的分量，做这样的秀是需要足够的学养压阵的。比如电影《旗袍》，张曼玉换了一百多件旗袍，美到了极致，却仍是觉得轻飘，与世事隔开很大的距离。再比如电视剧《旗袍》，马苏也穿了几十件旗袍。马苏称得上漂亮，道具用的旗袍也是件件经典，却怎么看都有出演的感觉，仿佛那穿在她身上的衣服是借来的。旗袍的典雅气质，东方的含蓄之美，甚至是旧时代女人的羞怯抑或是秦淮河畔女子们独有的风流，都是在日常旦，被文化一点一滴熏蒸出来的。

时过经年，旗袍已经步入女人的日常生活，虽然不是人人必备，但不算考究更说不上精致的大众袍子，也渐渐穿堂入市。汶川地震一周年，随采风团去映秀镇访问。映秀是那次地震的中心，虽然各行各业都在重建中，但残垣断壁仍然随处可见。就在映秀小学的废墟旁，遇见那个穿旗袍的女人。她与她的丈夫和儿子走在一起，看起来是震后新组合的夫妻。女人一无所有地坦荡，矮胖，生动。旗袍绝非是量体裁衣，柔软的化纤面料，衩开得很低，一眼望之便是大个女人的长袍，生生被截去了一段。便是这样令人错愕的装束，这个面相模糊的穷苦女人，我也在她的眼睛里看到一种光，一种劫后余生的满足感。她的安心快乐，让那荒诞不经的袍子也变得温和得体起来，有着不容侵犯的尊严。

想起来偶尔在菜市上，碰见居家的小妇人，穿半短的素色袍子，挎着菜筐，因为市井里的光照，因为她神色的安详，你突然便发现了美。这样的美，与宴会厅堂中的妖冶相比较，更具血肉相融的人间气息。

当然，这样的市井颜色，需要耐心地打量，平常地端详，以及设身处地地比衬。

家庭菜事

　　小时候的女儿与她现在的儿子一样，极不爱吃青菜，我就给她讲我过去的故事。我们上大学那会儿，学校没有暖气，几个室友就凑钱买只煤火炉子。烧的蜂窝煤是从教室里拿来的，其实是偷，每人下课后偷偷装书包里一块煤球，六七个人加起来，足够一天取暖用了。有了热炉子，单只烤火取暖就太浪费了。我们就煮一些吃食，什么都煮，土豆红薯胡萝卜。也常买几棵几分钱一斤的大白菜放在床下，下了晚自习，将白菜剖开，叶子整片地码在烧开水的壶里，只放盐，清煮白菜，味道却鲜美无比。女儿听了，果然嘴馋，嚷嚷着要我也煮白菜给她吃。我专等她放了学，煮一锅子白菜汤，当然不是清水煮，用吊了半个下午的高汤，加一把干虾仁，放生姜葱白和她喜欢的红辣椒和花椒。这白菜汤她有滋有味地吃了一整个中学时期，只吃得颜面如画，身轻如燕，一路健康地把自己吃到大学里去了。

　　后来我遇到一个老将军，七十多岁的人了，看起来只有六十来岁。问他养生秘诀，他伸出两根指头说，两条，第一是每天一万步，第二是晚上不吃饭，清水煮白菜，加两个鸡蛋，盐都不放。呵呵。

我的青春期，整个北方冬天的素菜似乎只有萝卜白菜。妈妈换着法吃，白菜炖豆腐，萝卜丝炒粉条。遇着好日子，会有猪肉片、猪杂碎和海带木耳熬进白菜豆腐里，叫杂烩。杂烩当时是硬菜，谁家家里来了客人，就熬杂烩，那味道能香半条街。

我生女儿是阴历五月天，西红柿刚下来。我盼了一个冬春，就是想吃鸡蛋柿子面。婆婆到集上走了一趟，却回到家从床底下翻出一瓶自制的西红柿酱，装在输液用的盐水瓶里的那种。头茬的柿子贵，她舍不得买。这事，我笑话她许多年，说她吝啬。一直到现在，我也极爱吃西红柿酱，捞面条或者大米饭，就配这酱。将几只柿子切碎，炒锅里加少量清油，微火慢炒，直炒出一碗鲜红的西红柿糊，拌在菜和饭里，胜过任何调料。

时下物流迅捷，南北方的蔬菜果子五彩缤纷，任性的青菜也完全不顾及四季，一茬一茬地在大棚里疯长。秋葵鸡毛菜茼蒿折耳根，这些过去从来没听说过的菜，一种一种地吃过来，回过头来掂量，吃来吃去竟还是最爱那萝卜大白菜。就连包饺子，也还是猪肉白菜的味道鲜美。

我子孙满堂的母亲素来被人赞为治家理政的高手，在北方，她的厨艺就算比较好的了，也只不过会做几种家常的饭菜。我父亲最爱吃她做的芝麻叶杂面条，把红薯面和豆面和在一起，醒半个时辰，然后手擀。面揉得瓷实，擀出来薄如蝉翼，细若发丝。面扑撒得多点，下出来黏黏稠稠，除了放用葱花香油浸腌过的芝麻叶，也放一点小菠菜或者韭菜调味。这面条我父亲吃了一辈子也没吃够，哪怕在外面应酬吃大餐，母亲也总是擀了面等他。

父亲的晚年，有时候孩子们请他出去吃海鲜，吃鲍鱼海参。他可惜钱，强撑着把每一道菜吃完，却几乎每次都会吃病一场。他非常不屑地评价，什么鱼翅燕窝，不如吃一碗你妈炖的大锅菜顺口。有时回来还跟我们算账，你们请我吃一顿饭花五百块——他总是喜欢用手比画着五百块——交给你妈能买一家人半个月的菜，而且顿顿吃得得劲舒坦。我父亲除了崇拜我妈，一辈子没赞扬过别的女人。估计我的父亲母亲一生都没说过一句爱不爱的话，他们不过是平常的米面夫妻。但我们都深知父亲对母亲的依赖。他性情急躁暴烈，但和我母亲过了五十多年，从来没有过一次口角。虽然父亲从没说过，但我知道他很恐惧生命里缺少我母亲。母亲偶有不适，他总是跟在旁边，逼她吃各种药，害怕我母亲会先他死掉。父亲的眼中，这个世界，只有我母亲一个女人是会做手擀面的。如果没了她，他担心从此水深火热，没了饭吃。

女儿成家后请了阿姨做家务，自己却不学无术游手好闲，连碗面条都不会下。每次我去她家，都是专职厨娘。她爱吃我煮的汤，我做的饺子包子，我蒸的素面条和红烧肉饭。我有时会用一天的时间煲一只老鸭，鸭子捞出来拆成丝，用鸭汤煮小锅烩面，里面放上木耳黄花菜千张豆皮，起锅时滴一点麻油，放一撮香菜和蒜苗。女婿一口气能吃好几碗，意犹未尽地说，妈，我们可以在北京开个烩面馆了，保准生意好到爆棚！

其实我并没有专门学过做饭，只是母亲平时做饭，我比较留心罢了，所以我每次做饭都刻意让女儿在旁边瞧着。无奈，朽木一块，心完全不在锅灶之间。由不得感叹，这家传的手艺怕是传不下去了！你们想吃家常菜，有会做菜的妈妈，你们的儿女想吃的时候，他的妈妈还会做吗？女儿说，我儿子已经不家常了，他就爱吃西餐！

我听了后，一时怔忡。所谓传统，在他们眼里是一钱不值的，估计在他们后代眼里，就更不值得说道了。我觉得，现在需要讨论的是，传统已死还是传统必死？好像前一段时间，媒体上还在讨论为了迎合国际市场，怎么样才能使中餐标准化。中餐标准化是一剂毒药，就像中医一样，硕士博士满街走，可真正的中医大师哪里还有？

女作家潘向黎写过一篇小说《清水白菜》，有外遇的老公，因想念老婆的一碗下饭的汤，从而回心转意。我和我老公生活快三十年了，我们的婚姻还算和睦。我不清楚一直没有离婚的原因，是不是他尚且满意我这个能下得了厨房的老婆？虽然这是个家庭问题，但不知道是问得，还是问不得。

毛　尖

　　我家先生只喜欢喝一种茶，就是信阳毛尖。早饭后一杯浓浓的新绿，他说，一定要喝透。这"透"是什么意思到现在我也不明白，只见他喝完神清气爽。至于其他茶，台湾的高山乌龙还算凑合，至于曦瓜几号、牛栏坑肉桂、漳平水仙等等，无论价值几何，通不入他的口味。太平猴魁他嫌清寡，龙井他嫌浓郁。我每每拿珍藏的陈年普洱好生引诱他，他却怕中毒一样抵制，说，那红喇喇的汤水，人也喝得？别说树叶子，什么东西放置那么多年，除了细菌还有营养？

　　于是，我就给他讲茶，讲茶道，讲冈仓天心——他在其著名的《茶之书》里说："那些不能从自身伟大事物中发现渺小之处的人，大多也会忽视他处平凡之事中的伟大之处，茶道就是一个例子。"先生总是不听完就打断我，说，喝茶就是喝茶，把道理讲出来就不是茶了！

　　其实，如他这般喝茶的河南人中，捧着信阳毛尖喝一上午者，甚多。抓一把茶叶子放杯子里，水冲进去，茶叶占据杯子的一半以上。不常喝茶的人，估计抿一口就会苦得打个趔趄。他们一年四季只喝这一种茶，而且也只这一个喝法。有一次我让他改变这种喝法，他倒跟我理论起来了，说，你不懂，这叫细茶粗喝，粗茶细喝。意思就是，好茶要多放才有足够的味道，而孬茶要少放，不能把太多味道泡出来。

想想也有点道理，但我还是给差评，说他被毛尖的清烈弄坏了口。他回应我，不苦的茶还有甚茶意！无独有偶，一次去广州参加笔会，几位女伴关在房间拼茶。我带的是陈年的宫廷普洱，枣香扑鼻，并无一点仓储杂味，博得一片赞。湖北的作家方方却似灌了汤药，连说无甚味道，不好喝！不好喝！之后她到河南，我送了她一盒仰天雪绿——这仰天雪绿是信阳毛尖的一种，后面我还要专门去说。不料想，每回再见着，她都啧啧称赞，你那茶太好了，鲜得令人咋舌。

她说的鲜，在我看来就是苦。看来有一种喝茶人，真的只认绿茶。

我以这样不屑的口吻说那班只会喝绿茶的人，绝无贬低绿茶之意。若论其营养价值，绿茶在所有的茶品中当属老大。我的习惯是午睡小起，浓浓地泡一杯毛尖或者龙井，亦可福鼎或安吉白茶。两泡饮下去，一直到晚上都会心旷神怡，体态轻盈。但对于喜茶的我说来，还是嫌其口味单一。相比较而言，还是喜爱陈普的甘醇，肉桂的浓香，水仙的淡雅，正山小种的纯净馥郁。

这些还仅只是做茶饮比较，以我个人的实践，作为食材，毛尖不可替代，且听我道来。做五花肉饺子时，先取一两上好的毛尖，以开水涤过，待叶片舒展开来，剁入肉馅中，另加大葱和鲜姜，只要麻油、盐和生抽，不需加更多的调料。我的绝招是加入几朵香菇和一把泡发的虾仁。这样调出的饺子馅，味道可以凭你任意想象，一口下去，齿痕间满是茶香，余韵悠长。如果蒸米饭，可直接用第二道的鲜绿茶汤，蒸出的米饭晶莹剔透。我常常不吃下饭的菜，独吞半碗白饭，甘之如饴。写至此处，仍无限神往。我最好的茶餐发明，当讲茶面。就是用洗一道的毛尖冲泡康师傅方便面，叶子一起吃，清鲜脱俗。我敢说，所有的方便面中对身体有害的物质，可去除大半。呵呵，这个当可以申请康师傅的特殊专利。

对于信阳毛尖，我最爱的并不是传说中的黑龙潭白龙潭的"小浑淡"，当然这种茶条形漂亮，泡在透明的玻璃器皿中，亭亭玉立，优雅得如同二八美少女。四月间的新芽，尝鲜甚佳，但茶味毕竟薄了些，略微涩苦。常年喝得最多的是紫云苏山春，这苏山春中又另有苏山白茶，芽形不及小浑淡漂亮，但口感却好了许多，雅香悠长，回甘不尽。我以为，论其清香，比福鼎和安吉的白茶有过之而无不及。

这毛尖里最入我心的，便是我前边说到的仰天雪绿了。仰天雪绿产于固始的西九华山山顶，产量不多。那年春天我先生去固始任职，我们一路披荆斩棘，费尽千辛万苦攀登至山顶，观那鄂豫皖三省交界处的迷人风光。坐在当年人民公社留下来的茶场里，一杯新茶入口，犹如醍醐灌顶。细品之，味道深厚，独有的栗子香。陆羽在《茶经》里说："淮南茶，光州上，义阳郡、舒州（今安徽舒城）次，寿州下，蕲州（今湖北蕲春）、黄州（今湖北黄冈）又下。"固始在唐代属淮南光州，产好茶当属题中应有之义，只是这仰天雪绿藏于深山无人识。我因为懂茶，也因为爱此茶，便建议先生开发以茶为主的旅游。先生多方募集资金，修了一条水泥山道，羊肠子一样，十八道弯也不止。哪知此路修通不久，第二年，上级发来一纸公函，要采购一百斤此处的春茶，用于国家重要活动的接待。当时我在那里采风，真的见识了做此茶的讲究。选中的采茶女子要接受体检，不可有传染病，手足光洁，采茶期间不能使用任何化妆品，肥皂沐浴露都不得使用。其间不可下山，吃住均在山中茶场。如果再加之后来的精挑细选，那一斤茶的成本肯定是高得吓人。再喝之，敬畏之心顿生。这茶名儿，便是那获得过诸多茶奖的名品，仰天雪绿。

此事已经过去十多年，一日看央视旅游新闻，今日的固始百九华山，旅游大巴川流不息，游人摩肩接踵。估计其间诸多登临者，也是慕其茶而来吧。

如此说来，关于茶，关于信阳毛尖，我还真有资格说道说道呢。

到城市去

去年年末，我前往山西参加中国作协组织的一个作家采风团。这次去的是一个古村落，据说已经有一千多年历史了。在看完回来的颠簸的旅行车上，一个年轻的编辑——她是"90后"——跟我说，每当我看到你们讴歌乡村文明，煞有介事地宣泄自己的乡愁的时候，我就特别郁闷：你们干吗不回农村，干吗天天窝在城市里跟我们争夺资源和空间呢？

我大为惊异，她的话语几乎让我刚刚在古村落酝酿起来的温情瞬间变冷了。后来我仔细想想，她的这种观点，我的一个远房亲戚的女儿也曾经强烈地表达过。那段时间我身体一直不太好，她在我们家帮忙。一年后，她执意与老家定了亲的男友分了手，一定要我在城里帮她寻觅一个男朋友。后来她真的找了个打工青年，两个人共同打拼，在城里买了个二手房。她说，就是在城市里要饭，也不能再回农村了，不能再让自己的孩子过那样的生活！

"那样的生活"是一种怎样的生活呢？我觉得，如果没有既在农村又在城里生活过的切身体验，是很难说清楚的。在许多人眼里，城市简直成了万恶之源。因为有了城市，才有了传染病、贫穷、犯罪和人心不古、世风日下的罪愆。也因为有了城市，造成了乡村文明的衰落和故乡的凋零。这种看似简单直接的结论，影响了很多人，也成为很多作家最容易复发的心病。像哲学家一样，作家们对"乡愁"异常敏感，尤其是中国作家。毕竟我们享受工业文明的时间比较短，我们在这么短的时间里，很难充分建立起对城市的信任。然而，当我们哀叹"钢筋水泥的丛林"时，我们几乎没有想过这样一个问题：我们有可能从庞大得包罗万有的城市肌体上，摘下我们孱弱的身体吗？

其实，像大多数作家一样，我的写作也充满了城乡之间的挣扎。除了获奖的《明慧的圣诞》，前两年我还为《光明日报》副刊写了一个短篇小说，叫《北去的河》。小说的主旨就是反映城市和乡村尖锐的对立：春生和秋生是一对情同手足的堂兄弟，堂兄春生在老家当农民，堂弟秋生在北京某部委当司长。秋生为了帮助哥哥，就把春生的女儿雪雁弄到北京来，想着"跟他们三五年，给她在北京安排个工作，再找个婆家"，等堂兄堂嫂"他们老了也去北京"。这样的安排可谓既顺理成章又情深意长。"刚到北京的时候，雪雁是真欢喜。每次打电话回去，都要跟她娘叨叨半天，在电话里领着她娘把个北京城踢腾个遍。"谁知好景不长，雪雁"过不了多久，就开始闹情绪了，先是给娘诉苦，天太干，浑身像蛇蜕皮似的，一层一层往下掉皮。后来又说嗓子堵得难受，整天脖子像被人掐着喘不过气来。再后来，就直说了，想家，死活不在北京待了"。春生原以为秋生把他喊到北京来，是让他做做女儿的工作，不让她回去。谁知秋生的意思一是来让他看看女儿的生活环境，二是为了告诉他，"别说孩子，我都常常想啥都不干了，回咱们家种地去。在家里头过日子，快是个快，慢是个慢，心总有个落地的时候。哪像这里，天天急得跟赶黄昏集一样"！

于是，春生回到了故乡，突然发现家乡是如此美好，感悟到"家并不是光指房子、床铺和锅灶，它是土地，是树木，是水，是气味儿"。

这篇作品发表之后，得到了很多作家、编辑和读者的热烈反馈。还有人说这是我写得最好的一篇小说，因为它"说出了我们心里最想说出的话"。

可是，这样的故事真是我想说的吗？那是我对乡村的真情实感吗？小时候，每到寒暑假，我们就会被姥姥领到乡下去，姥姥说接接地气身体健康。城市生城市长的我们，看到辽阔的原野、清澈的河流和无边无际的丛林，心里总是觉得莫名其妙地感动和忧伤，就觉得这是老家，老家就应该是这个样子。但是，后来慢慢长大了，就有了隔阂和嫌弃，有了分别心。那种漫天蔽野的腐败气息，不知道是来自淋湿的柴火垛还是年久失修的屋顶，总是挥之不去。街道上随处可见的猪羊粪，让人避之唯恐不及。再到姥姥家，那种亲切感怎么都找不到了。凳子不敢坐，怕脏了自己的衣服；实在忍无可忍了，才会皱着眉头去一趟厕所；捏着鼻子吃一顿饭，也是为了安慰姥姥，饭后就逃也似的回城了。

有时候，我们还会被父亲逼迫着回他的老家，那是我们更为陌生的地方。每当他告诉我们说，这里就是你们的故乡的时候，我心里就非常别扭。我们既非生于斯，也非长于斯，凭什么它要成为我们的故乡呢？父亲去世后，每年的清明节，我倒是都要回到这个"故乡"。每当我看到它破败的村落、堆积如山的垃圾和越来越稀少的村民，我就清楚地知道，乡村的衰落，已经成为不可阻挡的历史巨流。

况且，我对城市的依恋，一点不比别人少，甚至可能更多。思乡恋旧这样的情怀，也只能反映在小说里吧。而且即使在小说里，除了一种未加深思的无病呻吟，也没有更多的东西要说。我看过贾平凹先生的一篇文章，他说，做饭的时候，到厨房里把水龙头一拧水就流出来了，一按煤气灶上的开关火就燃烧了，感觉如今水这么方便火这么方便，就十分快乐。

何止如此！城市除了给我们提供生活和交流的便利，也帮助我们迅速成长。那些我们素昧平生的人，在夜深人静的时候还在给我们运输蔬菜和鱼肉，睁开眼睛就给我们播报新闻，把最新鲜的牛奶放在我们门口的奶箱里。我们乘坐着各种车辆，穿过一个又一个街区，在意料的时间内到达我们想去的地方。所有忙碌的背后，是信息和财富的涌流，是一年比一年进步的繁荣。借助别人的经验，我们的眼界打开了，我们的人生边界不断拓展。城市就像一个温暖的家园，把我们每个人都收留在她宽大的怀抱里。

有时候，我觉得"等等灵魂"是一个莫名其妙的、软弱者的借口，它还带着农耕文明的胎记——那是一个以慢为美、日出而作日入而息的时代。人类的灵魂未必一直追逐在身体的后面，它有可能比身体走得更远。那些早期城市的规划、建造者们，他们以过人的胆识、超前的眼光和坚定不移的信念，把人类带入新的文明。正是因为有了城市，我们才有可能集聚起人口、财富、文化和天才，才有可能设计、规划和创造我们的未来。正如诗人华兹华斯在那首著名的歌颂城市的《写于威斯敏斯特桥上》的诗中所言：

世界没法展露更美的容颜：
谁若是看不见这壮丽美景，
那他的灵魂定是呆滞愚钝；

城市此刻披着美丽的晨衫，

披晨衫的城市质朴而恬然……

是的，没有城市，世界确实没法展露更美的容颜。

纸 裙 子

　　我女儿幺幺总爱缠着我，让给她讲我童年的趣事。事实上那寂寞、单调、让人孤独无依的生活往往使我战栗，以至于有很长一段时间我拒绝回忆。可那些林林总总的往事，却常常像春野里的青草，在不经意间长成茂密的一片，根子深深地扎在生命里的某个地方。

　　我的童年是在北方一个破败的小城度过的，那时候，父亲在那个地方当一把手。尽管我出生时正是最贫瘠的岁月，妈妈也总是千方百计地让我们穿得得体一些。我的同学和玩伴，都是些衣衫褴褛的农家娃娃，他们纯朴而又愚钝，善良而又狡黠。实际上，除了穿着有区别，那时候我们的童年是一样的——虽然在那个制度下，早晚有一天我们的生活会截然不同地分岔，但我们在一起的时候，是没有阶级界限的。我们整天奔跑在野地里，天高地阔，我们却很渺小，由此我们幼小的心里生满了敬畏。我们敬畏一切老的东西，一棵老得满身是洞的柏树，一头老牛，一座老房子。

　　没人玩儿的时候，我常常坐在夕阳下的田埂上望着哗哗的杨树林发呆。春天来了，河水在很远的地方默默地流着。我的思绪却总在逆光的地方闪烁，想象着一条蓝底白花的裙子，想象着一辆有着巨大轮子的卡车驮着我们远远逃离这卑琐破败的小地方。因为比他们读书多，我懵懵懂懂地知道了外面的世界，因此，我总是渴望过一种非凡的日子。童年的心里盛满了忧伤，早熟的心事常常在夜晚把枕头濡湿。

我出生在1965年那个青黄不接的岁月里，那时候，中国刚刚从饿殍遍地的噩梦里走出来，但是对饥饿的恐惧还远远没有消失。实际上，饥饿一直都蹲在每一家的门口，主宰着大部分人的生活。虽然我的父母都是领导干部，但是日子依然过得紧巴巴的。据母亲讲，因为怀我的时候营养不良，我出生时才三斤多重，胳膊只有拇指那么粗，看起来像一只猫仔，完全可以装进父亲那宽大的鞋子里。

因为我的出生，父母实在没有能力照顾三个孩子，最后由组织出面找了一个世代赤贫，"组织上信得过"的家庭，把我大哥送过去寄养。听到这个消息，大哥一声都没哭，木呆呆地坐在小板凳上，等着母亲为他收拾东西。那个年代，我们懂事特别早，都能从父母的眼睛里读出东西来。母亲带着为他收拾好的一个小包袱，把他送到单位派来的一辆车上拉走了。那时候，父亲不是正在被斗争，就是走在被斗争的路上，连挤出时间回家来跟大哥见一面的工夫都没有。送走大哥后，母亲坐在屋子里一直哭。父亲回来只问了一声，走了？母亲点点头。父亲就坐在床上拼命抽起烟来。那天中午全家人都没吃饭。

大哥去的是一户极好的人家，虽然穷困不堪，可是待大哥像自己的亲儿子一样。大哥刚过去的时候，喊那家女人奶妈，过了不久就开始喊娘了。两年后，大哥重新回到这个家来，像变了个人似的，整天闷着头不说话，跟全家人也都疏离得很，尤其是对父母，冷漠得像是陌生人。在学校里，如果他的弟弟我的二哥被人欺负，他连看都不看一眼。一直到他结婚生子，我觉得他都没有真正改变过——直到我父亲死，直到我家遭遇变故，他才真正找到在这个家的位置——逢年过节他都要去奶妈家，也许那才是他心中的家。

在随后的几年里，我一直长得很慢，但是对书本与生俱来的喜欢却迅速超过对食物的欲望。两个哥哥也喜欢读书和幻想，他们放学后用粉笔、毛笔把所有的院墙和家具涂满字画。因此，这直接刺激了我对汉字的亲切感，五六岁时我就能翻看父亲的报纸（也因此让我们父女反目成仇），把能找来的几本小人书读得倒背如流。因为家中无人照管，过了五岁我就跟着两个哥哥上学了。

我的姨父母都是上个世纪五十年代的高才生，他们拥有的大量藏书滋养着我们兄妹。说来让人难以置信，很多中外名著诸如《红楼梦》《青春之歌》《钢铁是怎样炼成的》，我都是在小学三年级以前似懂非懂地啃完的。也许这是那个时代最畸形的产物——我们所受的正规的教育，一直都没有正规过，而不正规的教育，却是最正规的。我们在课堂里读的课本，据说大都是手上长满厚茧的工农兵们编写的。在一片震耳欲聋的呼号声里，我独自坐在墙角，把一本本砖头一样的书吃进肚子里。保尔·柯察金那冻裂的伤口和冬妮娅厚厚的皮大衣，贾宝玉那凄凉的呼喊（"趁着你们都在眼前，我就死了，再能够你们哭我的眼泪，流成大河，把我的尸首漂起来，送到那鸦雀不到的幽僻去处，随风化了，自此再不托生为人，这就是我死的得时了"），像一幕幕活剧在那四面透着寒风的教室上演。

不过，那个时候我们几乎没有个人的梦想，不管是谁试图托举一个小小的梦，都会被粗暴的现实一脚踏碎——我们的梦想也是由国家包办的，当一名人民解放军去解放全人类，或者当一名工人，成为一颗祖国需要的螺丝钉。

从幺幺会玩玩具之后，买玩具几乎成了我的癖好，以至于她的房间成了玩具超市，而且还不断地更新。其实这玩具一半是买给她，一半是买给我那残缺不全的童年的。我们家和一对南方下放的知识分子夫妇处邻居，尽管他们家的生活也一样拮据，但偶尔会有包裹从一个叫"南京"的神秘地方寄来，有布娃娃、小汽车，还有一些乳酪干、奶糖之类的东西分给他们的三个女儿。那些洋里洋气的东西不管是说起来还是听起来，都好像来自另外一个世界，让我们惊羡得眼睛发绿，也成为我童年遗憾的渊薮。唯一让我得到补偿的，是我的小哥哥会用黄泥制作许多有轮的小汽车、驳壳枪，还有各式各样的"饼干"。偶尔我们吃到的饼干，把它称为面疙瘩更恰如其分，面粉里放点糖（后来知道大部分是糖精），烘烤一下就是饼干。糖块也只有用红薯熬制的硬黑的小方块，跟我们口袋里擦黑了的橡皮差不多。我常常偷一些妈妈装在瓶子里的白糖（放在橱柜最顶端的那一格，用从医院里淘来的治疗蛔虫药的广口瓶装着）当零食，偶尔吃到一次牛肉，就偷着切一块放在口袋里，一丝一丝地撕着吃。如果天气允许，能吃一个星期，味道实在是好极了。

我最开心的事情就是哥哥们找来一些小玻璃块，涂上色彩和人物，用手电筒照在墙上，一幕幻灯剧就在他们不伦不类的解说中上演了。有时候猪八戒还没下台，一个眉目不怎么清晰的解放军战士就上了场，他的枪和猪八戒的耙子还真不好分辨，让我常常搞混。他们除了开电影公司，还办报纸，不过发行量仅限于我们三个人。大哥写发刊词，然后就抄上一些三句半对口词之类的。二哥负责画插图。最辉煌的一次，是我那别出心裁的二哥用一张大牛皮纸给我做了一条带褶的长裙子，用蜡笔画上图案，我穿上在屋子里飘飘欲飞，稀里哗啦地绕圈子。他们前仰后合地评论着，让我的表演更具现场感。估计那是中国最早的时装秀，想来如果我的哥哥搞设计，能够进军米兰时装周也未可知。我非常喜欢这条纸裙子，放了很长时间都舍不得扔掉，后来还是在一次次搬家的时候弄丢了，让我伤心不已。

每搬一次家，父亲就爱在门口开垦一片小菜园。不管到哪里，他都习惯带着他的土地和农民生活方式。我们趁机在他菜园的田埂上种上甜瓜和花生，在等待瓜果成熟的日子里，我常常夜不能寐。

父亲和母亲总是无休止地开会，整晚整晚地把我们扔在家里。记忆里的母亲除了让我们吃饱穿暖之外，从没有时间爱抚我们，因而今天做了母亲的我也不会和女儿亲昵。我们没有任何一个孩子在父母面前撒过娇，那是不被允许的，不仅不被我的父母允许，在我的童年玩伴里，没有见过谁会撒娇，那是资产阶级的生活方式。我记得小姨他们相对象也是在众目睽睽之下进行的，大家都正襟危坐，每一句话都是经过慎重斟酌的，没有寒暄，也没有过门儿，双方只是煞有介事地把自己的基本情况如实交代一下，好像审案子一样。所以，我记忆里的母女程式根深蒂固地影响着我，幺幺小的时候在我面前撒娇，我也会一把把她推开。

最让我们兄妹头疼的，莫过于那个姗姗来迟的小妹。爸妈去开会，留下一群惊魂甫定的小孩子，还要照管一个更小的娃娃。大哥围上妈妈的头巾，背对着我们，小妹以为是妈妈，就会有片刻的安静，但一旦东窗事发就会有更凶的哭闹。气极了的时候我们便把妈妈洗衣用的大木盆反扣在地上，让她站上去，一边敲打木盆一边开批斗会，尽数她哭闹的无理——从父亲的身上，我们自小就明白了批斗会的厉害——小妹要么哭累了，要么吓怕了，最后终于合上困倦的眼。直到妈妈回来，我们才能像解放了似的逃回自己暖和的被窝，一边听窗外呼呼的风声，一边听妈妈纳鞋底子抽拉线绳的刺啦声。在这辉煌的乐章里，妈妈的身影被照在墙壁上，那样神圣，又那样温暖。

上中学的时候，刚刚十二三岁的我，正是被幻想追逐的年龄，整天梦想着走出去。北京、上海和南京在我心目中无异于圣殿一般，那么遥不可及。我一心一意地想考进去，但是梦想落空了。1979年的高考，我只考到了一个小城市读中专，1983年考进省城读了大学。到大城市读大学的渴望，就只能成为我心中永远的遗憾和梦想了。

我的爱情几乎是在我措手不及的时候猝然而至，使我迅速成了它温柔的俘虏。据说十七八岁的我曾经美丽飘逸，但我一天到晚都沉浸在书中的故事里，对所谓恋爱的说法漠然而视，觉得既很抽象离我又很遥远，我心中的爱人绝对不是个天天敲着饭盆往食堂跑的人。他英俊、温情、善解人意，他那漂亮的文笔和优雅的谈吐，就该像书中描绘的那样。就在这时，那个鼻梁上架着黑框眼镜的猎手终于出现了。我在他的箭矢面前马上失去了方向。我们开始书信来往，甜言蜜语，唇枪舌剑，经过六年的征伐，书信达数千封，百分之百的纸上谈兵。一直到现在，我们还习惯于书信交流，它的最大优越性表现在生气的时候，一页稿纸往往正面是我的劝降条件，背面是他的答辩和忏悔，从不需要别人调停。

十七八岁我就开始发表一些小小说之类的东西，辞藻华丽，内容空洞，充满幻想，因此被周围的人誉为才女。事实上我身上存在着一种与生俱来的自卑，从小学到大学我从没认为自己优秀过。不善言辞，不谙世事，羞于抛头露面，在众人面前往往词不达意，常常面对自己的内心一遍遍地清理是否做错或说错什么，甚至对例假这种事我也会惴惴不安。后来我把这些讲给老公听，他说这大约与我童年时父亲常常受到迫害，全家人受压抑有关，也可能与我六岁时无意中划破报纸上领袖的头像，吓得发了一场大烧有关。但是，他总结说，脑子与白痴相比，还有相当长一段距离，这完全可以从驯化他的手段上看出来。

那年三月先生从欧洲回来，给我带回一件温软的皮大衣。在纸裙子和皮大衣之间，我已经深深浅浅地走过近三十个年头，眼泪与微笑，光荣与梦想，所有的日子就像一炷燃烧的香火，光明的后边就是灰烬。在热切的期待之后我才突然明白，我渴望过一种更加平常的生活，先生不必出人头地，女儿也不用噙着眼泪争第一。我要让他们好好陪着我，爱我。

"茅台" 是一种酒

    每次参加作家们的活动，都要事先打探一下地点，以及参加人员。若有自己喜欢的伙伴，就会更欢喜。这次接到《人民文学》的活动邀请，只听到"茅台行"三个字，一秒钟之内就抢着答复，我要去！

    我已经随作家采风团三下贵州，唯有这次来纯粹是为着茅台。茅台镇在江湖上是一个传说，它与茅台的传说一起，芳香四处流传。在骨子里，对茅台镇是有一种神秘向往的，想看看那道著名的被称为美酒河的赤水。据说除了茅台镇的那段水，换了任何一个地方，用同一个配方酿出的都不再是茅台酒。想来那个神秘的小镇，夕烟晚照，云淡天青，连空气里都弥散着酒香，水流里点点滴滴都是甘醇。

    我可以说是伴着酒长大的。我出生时，一生好酒的父亲高兴得一口气喝下半斤白酒，把我像羔羊一样托在手上，一口酒气喷出我第一声啼哭。可是后来，世道苍茫，父亲虽始终疼我以爱，我却没有爱他以酒。只是记忆里，在那个经济凋敝的年代，哪怕桌上只有一碟小咸菜，他每天的二三两酒是必不可少的。父亲在很多事情上让着母亲，嗜酒是他的软肋。他总是小心翼翼地讨好，若是母亲不高兴了，给他添酒的时候就会生出很多枝节。父亲担忧母亲哪一天会突然断掉酒的供给，经常也会私藏一两瓶。有时候被我们发现了，便飞快地去告发。母亲笑笑说，知道了，却并不追究。喝了酒的父亲会变成另外一个人，像是这个家的大孩子一样，混在一群小孩子们中间，脸上除了胡子有点多以外，连笑容都跟我们相差无几。母亲做饭他就追到厨房去，母亲洗衣他就搬只小凳子在旁边坐着。他不会拉家常，反反复复的酒话多是头上一句脚上一句。母亲佯装呵斥他，语气里却渐渐有了度数和回甘。父亲在家里这样的修为，他的同事们是无论如何也想象不出的。他魁梧高大，脾气暴躁，工作雷厉风行，说话像钉钉子。我小时听我妈妈对我父亲说得最多的一句话就是，要是你这个月不喝，我就可以给孩子做件新棉袄，或者，你多喝几杯酒，孩子们就少吃一顿肉。父亲端酒的动作沉重起来，看看她，再看看我们。可母亲话是这么说，却始终不曾中断父亲的酒。

那时是六七十年代，父亲的羞辱贴满了整条大街，他的名字白纸黑字倒贴在墙上，并被打上了大大的红×，打倒了还要再踏上一只脚。放学的时候，我们兄妹几个都是躲开大街拣小路溜回家中。每次挨批回到家里，为父亲添酒的母亲会变得小心翼翼，并刻意弄一点好吃的佐他的酒。那是冬天，父亲喝干了杯子，家里的温度就高了一点。

我看见第一瓶茅台酒是在上世纪七十年代，我上小学。父亲一个从部队回来探亲的朋友给他带回了一瓶茅台酒。八块钱啊！母亲感叹着。它没有外包装，只是包了一层绵纸。我们全家都围着这瓶茅台，父亲把它郑重地递给了母亲。母亲把那瓶酒打开时，满屋子的香气从此就存活在我的记忆之中。我曾经生气父亲用酒这种奇怪而辛辣的液体侵略了我们的物质生活，那天我却记住了，茅台是酒的一种；它是一个节日，一次仪式。

父亲晚年，因为身体原因，医生嘱咐要控制酒。我们尽量让他喝一点好的，不让多喝，一瓶茅台能喝上十天半个月的，他似乎从没有喝痛快过。后来他癌症做了手术，干脆给他断掉了，企图让他的生命多延续一些时日。父亲断了酒，就再没有笑过，食不甘味，仿佛他是不得已为我们而活着。可断了酒并没有延长他的生命，父亲去世后，我们从他的小储藏室里，翻出了十几瓶茅台，同他喝酒的杯子整齐地排列在一起，想必他最后的时间，每天都要去看看摸摸，担心着我们的不高兴，终是不敢打开。这后来成为我生命中最为愧悔的事情。除了酒，他一生再没有别的嗜好。

父亲的第一个周年，我们回老家给他烧纸，老公执意要带上两瓶茅台。我边往地上浇酒边说，爸，你就放开喝吧！全家人的哭声突然放大了，好像父亲端着酒杯，又回到了我们身边。

那时候我知道，茅台不仅仅是一种酒，它是宗教。

在茅台镇的日子，董事长季克良先生每一顿都陪我们喝几杯。我们见识了真正的酒仙风采，眼瞅着七十多岁的老先生一桌一桌地喝，一个人一个人地碰杯，只喝得童颜鹤发，神采飘逸。想来好酒真的能延年益寿。季总的书法写得如行云流水，不知道每次润笔是不是先要喝上二两茅台？

在茅台集团酒库，集团公司的办公室主任、诗人姚辉为我们打开了一瓶五十年的茅台。酒香馥郁，色泽金黄，连一向不喝酒的毕飞宇先生也睁大了眼睛。姚辉为我们斟满面前的杯子，讲述品酒的要领：一闻其香，二观其色，三品其味；品的时候不能只沾口唇，要喝满口，让口腔的整个味蕾接触到酒，是为品。我们在他的引领下，一连喝了三杯，柔软的液体在口腔里沉默了一会儿，先是进入我的感觉，然后是心灵，然后我的身体浸满了它的存在。北京人说谁喝多了，总是说喝大了。那一刻我突然明白，真正的酒确实比人还要大。

我虽不善酒，随着年龄的增长，对美酒也有了一种沉迷，喜欢看别人喝酒，尤其是喝到微醺。其实，酒的文化是一种暗处的力量，它的外表看起来虽然不美，但却有用。一无所求，不过在眩晕里赚取几个小时的快乐，实在让人难以苛责。酒是人和人交流沟通不可替代的物质，老祖宗发明了它，一定是窥见了它的神奇的力量。我前两年到一个县挂职锻炼，有一次到百姓家串门，乡领导介绍一个老大爷和我相见，说，这是我们的女县长。不想那大爷拍了一下脑门，说，见过这闺女，在一起喝过！他的话，让我们所有的人都笑倒了。我想起，这位大爷是我们一位同事的父亲，他去看儿子时我陪他老人家吃过饭。他这样讲，便是一种异常的亲近。见过、吃过饭，哪里能比得上在一起喝过？我们的酒文化就是，一起喝了，醉了，再相见就是亲人。

当然，在一起喝过便是一个事儿，若是一起喝过茅台，那肯定是个大事儿。

我喝白酒的历史大约不超过两年，说得出的一点皮毛，也只不过是装腔作势而已。说至此，必然想到一件让我十分感念的事情。这两年家里发生了很多事，过去没有太多联络的朋友都会想方设法拉我出去吃饭。这是一种表达。席间会劝些酒，喝一两杯。我生来任性，不懂得酒，当然每次都点茅台。喝一点酒，大家都快乐起来了。一位素来被大家取笑特别吝啬的兄弟，和我碰杯后说，大家都希望你快乐起来，你想喝茅台就喝吧，往后你的茅台酒我承包了。这兄弟只是一个记者，不甚富足，他这一句酒话竟然让大家都湿了眼睛。那晚我喝了不少，执意要醉，但是越喝越清醒。

是啊，在你不能糊涂的时候，要想战胜自己心里另外那个孤傲的自己，却不容易。人到中年，总是喜欢再回首，凭借的要么是酒要么是茶。借酒浇愁，无非是怕清醒的苦楚；凭茶沉吟，却是不想拂去如烟的温暖。

我家的先生善酒，曾与很多朋友极饮大醉过，跟他喝过酒的多数朋友都成为他的铁哥们儿。关于他喝酒的种种的传说，不说也罢。只是大家每每谈起他的能力，笑说，这个人，把他放在任何地方，都是能挣来茅台酒钱的。在这里，茅台不单是金钱和权力的象征了，它还成了一种能力。

酒是如此地让人快乐而沉迷，更何况是茅台哪！在茅台集团的餐桌上，主人盛情款待，每顿都不能不喝几杯。但这次代表团里善饮者寡，所以这项光荣而艰巨的任务便交给了团长。好在团长身手不凡，不但量好，酒风也忒正，谈笑间让一桌人七歪八倒，人家依旧我自岿然不动。酒会在暗处改变人的性格，每个人喝几杯都会活泼起来，甚至任性。我和格非先生私底下喝了三杯，并没有过多的话语，把酒喝下去，相视一笑，心灵里已经有了许多默契，相信有了这三杯茅台垫底，这一生在何处见了，都会亲切。靠写小说谋生的我们，没谁能绕过格非，他始终站在小说的前沿，为中国的纯文学作注。毕飞宇先生素来掌握着女性隐秘世界的温柔一刀，这个比女人更懂女人的家伙素来酒不沾唇，在茅台镇那几天竟然也没能抵御住致命的诱惑。在这里，茅台又成了江湖上的一种势力。

在茅台集团的对话会上，我说了一句笑话，为什么在别处我只能喝一两，来到茅台我喝三两不醉，难道我们平日里喝的不是真茅台吗？我的玩笑里有满足，更多的却是珍惜。茅台是我们的国酒，是我们祖先贡献给全人类的一个大神奇，我们一定要以一颗虔敬之心倍加呵护。

在茅台集团的生产车间，我们参观了整个生产流程，全部手工制作，我们称之为"工艺"。在这里，最普通的一瓶酒，从提纯存放到出厂，过程至少也得五年以上。

再喝茅台，我觉得是带着一种敬畏了。

来到茅台镇之后我才知道，关于茅台的那些神话，都是真的，真神。不管你们信不信，反正我是信了。

一只怀旧的候鸟

一冬无雪，心绪翩然。怀旧如一剂解药，在疼痛中给予宽慰。

突然喜欢起写作，与我的怀旧情绪有直接关系，而我的怀旧情绪好像是与生俱来的。说到底，我是个喜欢往后看的悲观者。我记得打从少年时期我就开始怀旧，怀念我的童年时代，怀念外婆浆得发白的衣衫，怀念田野里被暑气蒸腾起来的那种青草味。蜻蜓贴着河面飞，隔岸的柿子红红地在那里招摇。到青年时期，我又开始怀念少年时代。此生第一双带贴花的棉皮鞋，坐在窗前静静等待的黄昏，一个让自己莫名其妙只想静静地哭一场的眼神。现在我又开始怀念青年时代，好像就只是打个盹的工夫，"青年时代"就滑过去了。那些苍白的誓言，涂满空洞口号的日记，令人扼腕叹息的梦想，倏忽之间就闪了。我变成了一个冷静的、会旁观和缄默的人，像一个熟透的果实，平常而又沉甸甸地挂在那里。

而且我的怀旧情绪是随着季节变化而变化的。春天的时候我容易骚动，喜欢回忆起我的初恋，喜欢写在作业本背面的那些躲躲闪闪的文字，爱情被淹没在大段大段的流行歌曲或名人名言的片段里。窗外的叶子绿着，窗内的心情也一直绿了过去。手被另一只手拉起来，天空蓝了，唱歌的声音忽然小起来。冬天到了，早上起来才发现厚厚的白雪忽然又围住了家门口，好像去了又来的燕子。想起去年哥哥们堆的雪人，在太阳底下一点一点融化。融化的还有我的心情，像一条小溪，在冰雪下愈流愈远。秋天的时候我喜欢独自坐在阳台上，听着一支老曲子，想起早该回复的一封信，让心事汪洋恣肆地泛滥，像失了线的风筝上下翻飞。而夏天常常蜷缩在外婆家的柿子树下，做着白日梦。河水在你的记忆之外叮咚地响着，风顽皮地刮过去又刮过来。周围草地上的花在忽视里全开了。

怀旧好像是我们这一代人，甚至还包括上一代人的集体症候。我们这一代人，生活在历史变迁的接壤处。对于老一代的人，我们没有那么多的苦难和阴影，我们不曾在死亡线上挣扎过，我们出生或者记得事的时候，历史已经走出了长长的、郁闷的政治隧道，人们已经可以在阳光下大声地说笑了。而对于新生代，我们又缺少了很多的轻松——他们是没有历史，也没有未来的一代，历史在他们眼里已经变成了一个可以任意打扮和拼贴的可有可无的人了。而未来，就像握在手里的鼠标，他们肆无忌惮地打开一个又一个窗口，然后又粗暴地关掉。一切都是随意的、不着痕迹和不负责任的。

忘记历史并不一定意味着背叛，但是失去了怀旧就有可能抛弃善良。古人能够一日三省，而我们，所能做的仅仅就是记住让我们感动的那一瞬间，并重新被感动。是的，也许保留着这份怀旧和感恩的心情，我们就会发现，已经渐渐沉睡的心灵，竟是如此地容易被颠覆。我以为我已经老了，已经不会激动了，可是，折叠在岁月深层里的记忆，还是经不住风吹草动。也许我就是栖息在枝头的一只候鸟，在季风来临的季节，就会闻风而动，贴着潮湿的记忆之地低飞。那留在纸上的点点滴滴，就是它匆忙地印在大地上忧伤的影子。

嘘， 说点音乐吧

　　对音乐的贪恋我是始终不敢招供的。原因很复杂，也许很简单。如果我们喜欢绘画或者书法，则完全可以轻易地脱口说，我们懂书法或者绘画。因为那本来就是仁者见仁智者见智的事情，好像并没有一个很好把握的标准。而唯独对音乐不可如此轻薄，懂音乐是一件很正大很严肃的事情，在一般人看来，没有经过专业训练，不具备专业素质的人，是不能随便说懂音乐的。要么你是附庸风雅，要么你是狂妄自大。好似只有亲手解剖了几个尸体之后，你才有资格说懂得人体。

　　而我确实是喜欢音乐，也可直白了说是懂音乐的。我对音乐的喜爱，发生在我的童年时期，那时虽然扑面而来的都是样板戏——那也曾经是让我们如痴如醉的音乐啊——音乐和被样板化了的地方音乐，但我依然喜欢。你想啊，全国有近十亿人都沉浸在这样的旋律里，几乎所有的人都能哼上几句。世界上没有任何音乐曾经有过这样的吸引力，哪怕它是最伟大的音乐！时过经年，现在如果在什么地方突然听到那种旋律，我都会停下来，而且很快就会沉醉到里面去，身体被一阵又一阵的激情覆盖着。那些浮面的政治化了的东

138

西都被岁月蒸发掉了，沉淀在里面的，是我们伤心而又悲壮的童年，就像母亲铰下来的鞋样子，扁扁地夹在发黄的岁月里，令人伤心而又温暖。

我最早接触西方音乐是在我新婚不久的一个冬季里。那个时候，有很多西方的艺术被介绍到中国来。我对录音机、磁带、轻音乐、邓丽君喜不自禁。其实那时的轻音乐在国外只是非常通俗的音乐，就像现在的POP音乐一样，只在音乐厅外演奏。但对于封闭视听多年的国度来说，无异于仙乐飘飘，我们国家级的乐团，也曾经煞有介事地在人民大会堂演奏这些东西。我和先生一起去北京出差，正赶上中央乐团演出，于是就买票去听了，那是在北京音乐厅，我第一次听到了《如歌的行板》，眼泪唰一下就出来了——幸福竟是如此简单。那时人们的需求是简单的也是快乐的，也许正如一个伟人所言，清贫和踌躇满志意味着你正在走近幸福的入口。我们满足于恣肆的泪水、煽情的呐喊和毫无顾忌的呻吟。因为，我们从漫长得不着边际的冬季走了出来。因为，我们刚刚迎来了可以自由度过的青春期。

后来我对柴可夫斯基的偏爱完全可以说是因为这样一场演出，在此之前，我对他的了解仅限于音乐普及课本上对他粗浅的介绍。后来我专门在电视上看了他的《天鹅湖》。我们在第一幕里仓促相遇，我一下子还认不出他来，我被面前翩翩起舞的天鹅们迷惑了，她们纷乱的脚步阻碍了我。直到第二幕，他才从场景音乐里现身。起初是如梦似幻的，寻寻觅觅的，然后是如泣如诉的陈述，王子和天鹅鱼贯而出……这个满脸抑郁随便地长着胡须的俄国人，他那伟大的心灵里装满了圣洁和忧伤，他沉重的叹息以排山倒海的态势在音乐里爆发出来。他把俄罗斯民族追求正义和光明，耽于幻想，然

139

而又敏感得像婴儿一样的性格表达得淋漓尽致。

老柴从此之后走入了我的生活，我们成了很好的朋友，几乎过不了多久，我们就会在音乐里重逢。我默默无语地伏在他的《一八一二》《悲怆》和《六月》里，孤独着他的孤独，静静地流泪，静静地想着心事。

第二个被我钟情的音乐家是意大利的维瓦尔第。他是巴洛克时期的代表人物之一，而巴洛克是我最心仪的时期。巴洛克以它的艳丽、细腻和放纵而独步世界艺术领域，是我们这些喜欢幻想，渴望奇遇和富丽堂皇，有一点喜欢被装点的虚荣心的人的梦乡。这个出生在威尼斯的红头发的孩子，自十五岁起就进入了教堂，成为一个神职人员。宗教把他的梦想托起来并发扬光大，而他的音乐则使宗教更具有了尘世的缠绵。他的一生是令人迷惑的一生——关于他的行踪，几乎没有多少资料可以查阅，而能够找到的部分，常常令我们大惑不解。他著作等身，但他又不断地吹嘘，谎报自己作品的数量；他一生富足，但又挥霍无度，死的时候一贫如洗。他活着的时候，就没怎么被人们记住，他死了之后，更不被人提起。只是在他去世近三百年后，人们才发现了这个伟大的天才——卓越的小提琴家，旷世的作曲家，他影响了包括贝多芬在内的许多音乐巨匠。

而他的作品又是紧紧地贴近我们的，我们一点也看不出他的骄矜和趾高气扬。他让音乐回到了人间，回到了自然里。他的最伟大的作品《四季》，让我们感受到音乐离我们是如此之近，几乎近到了我们的心灵里。为了让我们更清楚地懂得这些曲子，他甚至为每首曲子都写了一首十四行诗，告诉我们："春天来了，小鸟唱着欢快之歌迎春。""夏日炎炎，人畜困倦，松林像受着火的煎熬。"这些看来非常幼稚的做法，却使他在音乐的圣殿里高高地立起来，成为一个真正的音乐神父。不但如此，我们还可以在这以《春》《夏》《秋》《冬》为标题的《四季》里，贴切地感受到春的欢畅，夏的炎热，秋的丰硕和冬的冷冽。他让布谷在音乐里鸣唱，让牧羊犬低吠，让暴雨和冰雹稀里哗啦地流泻。也许他觉得音乐就应该这样旗帜鲜明，这样既出人意料，又在情理之中。

我只喜欢着我喜欢的音乐，我绝不会为了任何理由而装作喜欢我不喜欢的音乐。这也许和我做人的原则一样，我不想为了所谓的品位委屈自己——而我总觉得，喜欢什么样的音乐和怎么样喜欢音乐，只代表一个人的口味，而不能代表一个人的品位。有的时候，哪怕是很有名的有着数千元门票的音乐会，如果我不喜欢，或者是我听不懂，也会拂袖而去。可能这也是我迟迟不敢告诉人家我懂音乐的一个原因吧。

空　巢

　　今年孩子从北京回来过年，要我陪她去乡下给外公烧纸。久居城市，突然看见那灰突突的天空下裸露着的黄褐色的土地，感觉时间好像静止了。幸好路上还能遇到来往的车辆，否则真的有恍若隔世之感。车子在被风扬起的尘土里孤独地穿行，我在漫无边际的荒芜里渐渐困顿。如果不是那一刻我被孩子推醒，我想我们这次旅程将是一次乏善可陈的、也不会留下多少记忆的经历。

　　"妈妈你看，"女儿说，"树上那么多鸟巢！"

　　车窗外，田埂上光秃秃的树梢上露出很多鸟巢。也许是政府禁猎的缘故，鸟们比过去有了更大的生存空间，几乎每棵树上都有一个鸟巢。但我一直沿路看了很久，没看到一只鸟。可能那些为了生计四处奔波的鸟们，也像我在城市里看到的那些打工者一样，只有在黄昏时才会疲惫地飞回自己的家吧。

　　想到这些，突然间脑子激灵一下，睡意全无了。很多意象一下子涌到我的脑海里来。这些鸟巢不就像人们的家一样吗？也许不少的鸟巢里也都装着像我们这样的一个三口之家。

　　如果想象一下它们的日子，该是怎么走过来的？

故事先从两只鸟的结合开始。它们的结合也许非常平庸，在人类看来，无非是两只面目差不多的鸟的交配而已。但仔细想想，问题远没那么简单。这两只鸟遇到的问题将比人类遇到的类似问题更棘手——比如房子问题，居者有其屋对于鸟儿来说比人类还要急迫，而且不是应该，是必须。没有房子就不可能繁衍后代。鸟蛋只有搁在巢里才会有相对的安全，否则，即使放在空无人烟的荒漠，即使根本碰不上贪婪的人类，还有其他动物的糟蹋，还有虫子们的劫掠，这都是它们用生命换来的经验。

那么，建一栋房子就成为这对年轻夫妻的第一要务。首先它们要选址，这个工作虽然可以避开规划、城建、房管等列强，但并不会十分轻松。同样的，它们要经过大量的调查研究和数据分析才能确定下来。在它们看来，处在危机四伏的生存环境里，寻找一处安全舒适的居处至少要具备以下几个条件：第一，要远远躲开人类，那是最为反复无常凶猛异常的动物，今天他们还把你捧在手心里把玩，明天就可能燎尽你的羽毛或煎或炸或生吃了你。第二要找那些可靠的树，这个问题更为复杂，因为人类不可靠，树的可靠性大打折扣。人们斩伐这些绿色的生灵，是从来不会顾忌有一家鸟生活在这棵树上，需要拆迁和安置。第三要选择位置，就是在一棵树上，最安全的部位不一定适合建房，一般情况下，房子总是建在这棵树的最高处，这样才能最大限度地避免被袭扰。

选址完成之后紧跟着就是设计。鸟巢的设计是不完全一样的，或者说是完全不一样的，真正是摸着石头过河。因为没有完全相同的两棵树，就是有两棵完全相同的树，也不会有完全相同的建筑材料，所以套用别人的设计方案是根本不可行的。那么这两只急切建造房屋的鸟，就要细心商量，建一个什么样的家和怎么样建家。我们可以想象，对于没有建屋经验的它们，这个过程是如何繁杂和漫长。它们要一而再再而三地去考察远亲近邻的房屋模式，征询那些长者的经验，然后还要针对自己的特殊环境，不断更新和改进别人的设计。大量的智力和体力劳动，不亚于人类设计远程弹道导弹所付出的努力。

完成了设计，只是万里长征走了第一步，接下来的问题就是下基础了。抓基层打基础，我们天天耳提面命，原因在于基础不牢地动山摇。就说抗风问题吧，谁知道一个鸟巢要抗多少级风？这个问题可能已经超出了人类想象的极限，人类建造的茅草屋能抗住多大的风呢？以杜甫老先生的"秋风卷我数重茅"来算，大概有六七级的样子吧。而鸟巢是在树上，如果下面刮了六七级风，树梢上的风力那可不在八九级以上？而且除了风本身的抽打，还有树梢摇晃带来的二次或者多次打击，对基础坚固性的要求就可想而知了。

其次是这个房子在既定的条件下要建多大，这涉及取材和下基础的位置，需要精心地计算和准确地放线。等这些一一搞定之后，鸟才能"着嘴"实施这一行动。它们需要到处寻找适合做基础的树枝，这项工作也异常艰难，毕竟对于建筑材料，它们没有再加工能力。

各项准备工作结束之后，终于可以动工了。一只鸟衔着一根枯枝，扇动着翅膀，像一只巨大的运输机吊着一根横梁，反复地往预定的位置摆放。另一只鸟在旁边一边观察一边指挥，力争精益求精。第一根树枝终于落地了，但鸟们丝毫也不敢懈怠，因为这根树枝孤单单地躺在那里，随时都有被风扫下去的可能。第二根树枝也被小心翼翼地架上来，直到第三根树枝放妥，它们才能松下一口气来。因为到了这个时候，它们实践了人类经过数千年摸索、还要用许多公式和演算才能确定的一个定理：三角形具有稳定性。它们欣赏着自己的作品，互相啄一下对方的羽毛表示祝贺。

接下来的日子显然轻松多了。它们结伴而行，像两个快活的工匠，一遍遍穿行在田野和森林，在欢歌笑语里愉快地劳作。劳动的间隙，它们会从一根树枝跳到另一根树枝上，远远近近地打量着自己的新房，令人眩晕的幸福感不期而至。

浩大的工程是在一个平常的下午完成的。但这个平常的下午因为有了新房，因而显得格外地不平常。它们一次又一次飞翔起来，焦急地盼望着它们的邻居，也许还有它们年迈的父母，来参观新房。日落西山，暮色四合，邻居们回来了，喊喊喳喳地围着它们的新房，说着庆贺和羡慕的话。它们年迈的父母，躲在那些饶舌的邻居后面，无比欣慰地看着自己的孩子和它们的新家。

这两只年轻的鸟，这两只对未来充满无限期待的鸟可以开始新生活了。如果没有意外，它们完全可以与人为邻相安无事地过平常日子。但是我们谁也说不清楚，在越来越现代化的今天和明天，有多少只鸟的翅膀能阻挡住历史滚滚向前的车轮。它们更不知道今后的生活对它们意味着什么，面对着越来越强大的人类，和越来越脆弱的环境，可能更多的时候它们只能躲在自己的家里茫然四顾。但是，如果遇到这样的意外，比如说，它们或者它们的孩子，早上兴高采烈地出去觅食，下午突然死在一只弹弓下，或者倒在刚刚洒过农药的田野里，在家里苦苦等候的那只鸟，面对突然失去一口人的打击，怎么表达忧伤？肯定不会像人类一样掩面哭泣，只能用不间断的鸣叫来呼唤和哀鸣，而这恰恰可以被我们看作是它们愉快的歌唱。

走过鸟市，或者面对一盘红烧鹌鹑，谁会想到鸟们还有家人？

也许有一天，最后一只鸟也被捕杀。人们可能偶尔还可以看到鸟巢，但已经对那种飞翔和鸣唱失去记忆了。每次我经过北京奥运会主会馆鸟巢时，都会禁不住哀伤。人类的复制水平再高，但是在那里只能找到技术，而不是温暖。

看病简史

　　二十世纪六十年代，我父亲在县委工作，后来因为"文化大革命"受冲击被安排到一个偏远的农村公社任职。母亲的工作也调换到乡下，因此我们全家都搬了过去。那时一个公社没几个机关的孩子，说起来我们是城市人的身份，其实看起来跟农村孩子也没啥区别，最多是饭前便后洗洗手，一个月能理理发洗洗澡什么的。

　　那时候的孩子怎么那么皮实，现在想起来真是不可思议。大部分农村孩子都没怎么真正吃饱过，身子瘦得像竹竿。冬天冻得鼻子下滴流着两挂浓鼻涕，夏天身上驮着一身汗津津的油灰，可是从来没听说过谁有这病那病的。我记得好像只打过一次针，是防疫针。当时大家几乎都没有过打针的经历，说起来简直像做手术那么恐怖。到学校来打针的都是赤脚医生，当然，即使是当时的医学院毕业的学生，水平也高不到哪去。那时候有一个电影叫《春苗》，女主角春苗考医学院，文化水平太差没考上，一个农民拉着她的手朝一帮考官说，你们看看这只手上的老茧吧！这样的人不上大学谁有资格上大学?!

　　说实话，那些赤脚医生心是真红，手是真黑。虽然他们都是从苦大仇深根正苗红的贫下中农中选上来的，毕竟对别的阶级兄弟的身体尚没有培养出那么崇高的革命感情，哪会把别人的屁股当事儿。一大早我们就排队等候，快到中午了他们才从另一个学校匆匆赶来。"先把裤子扒下来等着！"还没放下药箱，他们就站在我们的队伍前吼道。队伍里有人嘤嘤地哭泣，这样的哭声在明晃晃的针头前会忽然放大，变成惨不忍听的号叫。那些赤脚医生用的针头，一般都是一号的粗针，这样打起来快。而且在打的过程中，从来不消毒，没有时间，也没有消毒设备。针头钝了，他们就像农村人纳鞋底子那样，拿针头在自家油腻腻的头发上摩擦一下，然后再扎下去的时候就顺溜多了。有的时候，针头卷刃了，会带出来一小块鲜红的肉，惹得我们队伍的周围，总是排着一圈又一圈鸡鸭猫狗的队伍，等着改善生活。孩子们被扎之后，有很长的时间半边屁股挂在凳子之外，需要扭着身子才能看黑板。不过也从来没听说谁感染或者留下打针的后遗症什么的。其实我家的隔壁住的就是一个医生，他是卫生院的院长，那时候没有特权，父母亲也从没想到打防疫针要走后门。隔壁这个院长是个中医，他的医疗器械只是一管银针，装在像钢笔那样的套子里，需要的时候就挑出一根来给人家扎上。在我的记忆里，虽然他从来不在头发上摩擦它们，但我也没见他消过毒。

那时候学生也没有课外作业，哥哥们下了学就跟着乡下的孩子们疯跑，下河捉鱼，上树掏雀，瓜果季节去地里摸人家几个西瓜。由于他们长期在野外作业，受伤也是在所难免的。好在他们的自救知识比较丰富，在树上受伤了，就跳下来找一堵风刮日晒百年不倒的土墙，刮下上面绿苔斑驳的墙土，碾碎了按在伤口上，过两天就自己结痂好了。如果是在河里受了伤，就自己撒一泡尿浇在伤口上，好了后连个疤都没有。伤风感冒没见谁吃过药，晚上一碗姜汤灌下去，蒙着被子出一身透汗，第二天像没事人一样。

粉碎"四人帮"后我们全家又回到了城里。条件好了，身体却差了，患了感冒光靠姜汤肯定拿不住了。不过那时候的药也便宜，感冒通不到一块钱一板，够全家人吃大半年的。如果发烧，就加一片阿司匹林，也只不过需要增加几分钱的成本罢了。

自从进入二十一世纪，身体是彻底不行了。只要一感冒，花钱不说，挂吊瓶不说，非得住院才能解决问题。过去休个产假才五十多天，做个流产最多给三天假。现在感冒休病假，不超过半个月根本不算病。前不久我患了感冒去医院，排队挂号的黑压压一片，估计半个城市的人都出动了，一问才知道又是一波流感。不过这个问题你要问医生，医生会告诉你，现在哪一天不是流感期？

我这次感冒症状是身懒口干，扁桃腺发炎，口腔溃疡，自己在家吃了十来天药没见效。医生看了，二话不说先开了住院手续。一天上下午各挂一次吊瓶，晚上还得做雾化，又治了十来天，没一点效果。到医院来的时候还是自己走来的，现在没人架着，走路腿都发飘。前天医生会诊，莫衷一是，最后说还是得往中西医结合的套路上走。会诊完了我跟我的主治医生聊天，说，现在这病怎么来之何速，去之何缓？医生说如果你这病都着急，那人家的病怎么办？你知道吗，三十五岁以下的夫妻，能自然怀孕的比例不到一半，大部分得靠人工授精。我愕然，然后问为什么。她笑了笑说，你想想为什么？看看咱们天天吃的什么，喝的什么，呼吸的什么？肉里有激素，奶里有抗生素，菜里有避孕素，水里有化学元素，空气里有毒素。就是全国人民都成为医生，这个社会病能够治好吗？

我想了想，觉得这话说得有点耸人听闻。不过我又想，也不一定是空穴来风。过去地方电视台做得最多的广告是无痛流产，而现

149

在，广告的内容大变，那就是专治不孕不育。过去我在县里挂职当副县长，分管计划生育，天天为那么多的孕妇发愁。现在，谁来为这么多不孕不育的妇女发愁？这到底也该算是一件国是吧。

生气的成本

　　去网上逛逛，会发现一个奇怪的现象：愤愤不平的人，远远多于平心静气的人，甚至多得不成比例。心中暗喜，中国人什么时候学会生气了？想想读龙应台女士的《中国人，你为什么不生气》是1984年，竟恍然有今夕何夕之感。于是，心有戚戚地回到现实里。但是在现实里更加吃惊，发现中国人和三十年前一样，依旧不生气。

　　于是就会这样想："周虽旧邦，其命维新。"有着五千年灿烂文明的中国，毕竟跟蛮夷有所不同，即使革新，这面子还得讲究。"读圣贤书，所学何事？"不是杀身以成仁，也不是舍生而取义——也许大部分人都会说，咱们不是不会生气，而是很会生气。外国人那哪叫生气？明明是斯文扫地嘛！动不动就在议会大厦拳脚相加，没有一点场面上的体面；一句话说不称心就去法庭，不是拿着国家的司法资源当儿戏吗？你看咱们中国人，正应了辣妹子王熙凤那句话，"胳膊折了放在袖子里"，就是恨得咬牙切齿，当面还得笑逐颜开。即使到了网络时代，这么好的一个时代，咱们也只是在网络上开个后门，生气的话当面不说，换个马甲再去网上吐槽。

　　不过说实话，咱们这种生气怎么看着都有点窝囊，有点心虚

——这哪是生人家的气？分明是在生自己的气嘛！真正有气，干吗不光明正大地发出来？

仔细想想其实不然，不生气自有不生气的道理，现实往往比想象来得残酷。认真地盘算盘算，中国人生气根本生不起——生气的成本实在太大了。我记得差不多是二十年前，我刚刚开始写作，那时我的一个女友在单位屡次受到上司的骚扰。同学聚会时，走投无路的她把这事告诉了我们。当时我义愤填膺，决计把这个事管到底。同学都劝我，说这事还是私下了结，真闹起来一来容易把水搅浑，二来肯定事与愿违。我不信这个邪，先是给她那个地方的一个领导打电话，把同学的情况写了个情况反映给他。领导说过问一下，然后就没了下文，估计在他心里，这事儿小得捡不起来。后来我又托当地检察院的一个朋友过问。朋友开始也挺热心，过了几天给我打电话说，你同学是不是精神有什么毛病啊？一个单位的同事，大家只是在一起开个玩笑，又没形成什么事实，怎么能当真？我说，这涉及尊严的事不当真还有什么事能当真？他笑了笑说，就这事不能当真，尊严又不是粮食，你挖一瓢少一瓢。就是人家真正"那个"了，咱们也"这个"一点，吃个哑巴亏，算了。

"这个""那个"，都是我们心知肚明的东西，是我们成熟和智慧的一部分。

那时还没有网络，普通老百姓有了气除了在公共厕所里胡乱划拉上几句国骂，又不能拿到大街上去吆喝。即使当了作家，把这些东西写出来，估计连个读者来信都算不上。正无计可施，同学反而跑到省城来找我，央求我说，别闹了，再闹她在那里就待不下去了。我问为什么，她说，不为什么，算我倒霉。

四目相对，只有唏嘘扼腕，无计可施。最后还是得向现实妥协，千方百计找人帮她调了一个单位，拉倒。

有一段时间我在北京学习，与我隔壁的著名作家 S 的女儿和侄女都在北京读大学，一到星期天，她们俩就到她的住处来。两人来的时候，都带着大包小包像搬家似的。我就问她们，干吗把这么多的东西都带来？她们说，不带来怎么行，不然明天回去什么都没有了。我非常吃惊，就问她们，难道大学还有人偷东西不成？她们俩哈哈大笑，说，岂止是偷啊？能偷的给你偷走，不能偷的就给你毁掉。谁的东西自己不看好，转眼就没了。我又问，你们怎么不举报啊？她们俩笑得更厉害了，举报？你还想不想在学校混了？

我扭头看着 S，她竟然一脸的平静。圈内都知道她脾气火暴，对这些她是怎么忍下来的？

让我吃惊的远远不止这些。俩孩子走后，她跟我说，你不知道现在学校都成什么了，同学之间，你恋爱了，那些没恋爱的跟你生气；你傍到大款了，没傍到的跟你生气；你买新衣服了，没买的跟你生气……

这世界怎么忽然就成了探春说的"一个个都像乌眼鸡似的，恨不得你吃了我，我吃了你"？

没理由。这世界没任何理由就成了这样，如果你非要讲个理由出来，那才是自己跟自己找气生。

江湖人言：人在江湖漂，谁能不挨刀？哪个不是上有老下有小一身的牵挂？况且自己也不是金刚不破之身。

你想想，这气谁还生得起？

迷失的家园

　　随着父亲年纪的增加，他越来越多地唠叨起他的故乡。后来，我工作变动，迁到一个新的城市，父亲激动地说，你离咱老家越来越近啦！他颤抖的手指在地图上寻找着，我却被他的心潮澎湃搞得莫名其妙，望着父亲那伏在地图上花白的头发，我真的不知该说什么好。

　　故乡其实只是父亲的故乡，故乡的茶饭没有喂养过我，故乡的臂弯里从来没枕过我童年的梦，故乡的泥土上也没留下过我的足痕。故乡和我唯一的维系仅仅是因为我的父亲曾经在那里生长过。

　　父亲的祖父母很早就故去，父亲的父母和亲人们也在随后的日子相继故去，故乡已经没有什么亲人了。父亲在他乡枝繁叶茂地生长，子孙成群。但无论那些生活过的地方给过他怎样的荣耀与辉煌，在他的意念里那永远不是家。我们无数次地听父亲讲述着一个神圣的村落——清凉的河水，碧绿的瓜田，飞的跑的各种动物，收获的季节果树飘香，青砖灰瓦的院舍，高大的秋树，土墙边上开着大片的指甲红……我两岁时曾随祖母回过一趟故乡，十几年后又随父亲回去安葬祖母。指甲红果然开满了村落，但当我突然向婶子奶奶们

154

提起院中硕大的石榴树时，大家都诧异地赞叹我的记忆力。我真的说不准，那些究竟是我亲眼所见，还是父亲在我记忆里种植的结果。

也许仅仅为了圆父亲的旧梦，又或者纯粹是玩味一种心情，我孝顺地跟着父亲一起回了趟故乡。父亲从显赫的芝麻官位置上退下来后，心灵已迅速地还原成为一个年迈的稚童，整天整天坐在某一个地方重温着往日的枝枝杈杈。他最爱说的一句话就是："我那时候……"他对时下的新鲜事颇为睥睨，对别人的辩驳也常常不屑一顾，跺一跺穿着圆口黑布鞋的脚，拂袖而去。

十月的原野一如一个卸了浓妆的老徐娘，姿色褪尽，只剩下一副衰败之相。父亲立在他的父母祖父母和祖上先人们的墓地旁，只一声"我回来了"便涕泪横流。我远远地看着父亲高大的身躯弯成一张弓，衣衫被秋风鼓胀着，花白的头发和祖母坟头上衰败的枯草一样在秋风中抖索。父亲老了，父亲再也不是那个无所不能的父亲。心突然间像被什么切割一样生疼。有一天我也会像父亲一样站在这里痛哭流涕，而陪伴左右的将是我那脸上永远开满笑容的女儿。

父亲要带几条好烟回去。家里已没什么亲人，村里人也未必知其烟的好坏，但父亲执意要带。父亲退下来后，家乡人上门的日渐稀少，但父亲那古道热肠依然千回百转。父亲是真正敬着故乡的人。其实，故乡在我儿时就与父亲有着千丝万缕的联系，常常在放学后，家里出现一拨拨的陌生人，带着黄豆、芝麻、花生、红薯之类的礼物，显眼地摆放在桌子上。父母亲忙着接待这些语言木讷、脸上刻满笑容的人。他们把屋子里搞得乱七八糟，像一个事故现场。有时候，他们不好意思在客厅吐痰，便跑到卧室里去吐。为此，我抗议过好多次，我那尖厉的叫喊，很让父亲尴尬，但父亲从来不说他们。他们说着诸如收成之类的陈旧话题，求医的，告状的，借钱的，购置建房材料化肥农药的，甚至为宅基地之类的纠纷断官司的。这就是故乡的人。他们那黧黑的面孔和羊一样的目光交替出现在我家门口。我常纳闷，为什么父亲走了一辈子，却从来没减少过那种好客的热情。父亲也做官，做了一辈子官却不知什么叫深沉。父亲走遍了大江南北长城内外，仿佛对所有的一切都保持着新鲜，从未见其乏味。父亲涉过的世事，比我活过的日子都多，但至今不懂得世故和玄虚。父亲经历了半个多世纪的纷繁复杂，父亲单纯依旧。十七岁离家的父亲其实仍旧是个十足的农民啊！我常说，父亲这个当领导的老农民始终不经意地保留着他农民的本色，包括吃饭、穿衣。也许是害怕距离故乡太远，每到一个地方他总是千方百计开垦出一片土地来从事农耕，推开我们的院门，总以为是走到试验田里。父亲太珍惜他对故乡的情感了。

站在这个被父亲涕泪横流地述说过的故乡，我实在幻化不出它在父亲故事里所描绘的秀丽模样。父亲的故乡距今至少有六十多年了，六十年前的土宅村落，草屋顶上纠集着淡淡的炊烟，也许会有一些古典的韵致，但1975年的那场史无前例的大洪水已扫荡了父亲故事里所有的一切。新规划的街道仍然高低不平，一些新建的房屋，妖冶地站在牛羊粪堆的旁边。穿着新衣的孩童，黢黑的手抓着白面馒头，躲在父母的身后不知所措。空气中弥漫着一种淋过雨的柴火与各种粪便混合的特殊气味，闭上眼睛也能嗅得出到了什么地方。这个村庄和所有乡村没有任何不一样。仅仅因为它是父亲的故乡，我们就要带着崇敬的心情回来，然后再如释重负地离开。

父亲皇帝巡查一样地审视着他的故乡，事实上他不得不承认早已寻不见往昔的踪影。父亲见人就要停车撒烟叙一叙辈分，村子里的人赶集一样地拥过来，父亲便不停地介绍着三叔、四大爷，似乎村里所有的人都和我们家沾亲带故。父亲和他们一样傻呵呵地乐着，很动情地说着陈芝麻烂豆子的往昔，沉浸在经年旧事的喜悦里。他们吃过同一眼井的水，也许在几十年前他们曾经手牵手走过一道又一道沟沟坎坎，平淡的历史在他们的比画里突然变得鲜活起来。回乡的滋味就是这样千篇一律而又无一例外的意味深长。无论你在其他地方生活时间多么绵长，你永远不可能有这样与生俱来的熟稔，这样无间的亲情。

吃饭似乎成了一个重大问题，各方相执不下，搞得父亲既无所适从又得意非凡，最后几十口子老少经过慎重商议，确定在我的一个堂嫂家里吃。堂嫂是村子里的顶尖人物，干净，能擀一手好面，烙一手好饼。十几年前她曾经带着一个小小的娃儿去我家借过钱，去时还是一个少妇。印象深刻的是晚上看家里那台十四寸的黑白电视，她瞅了半天突然指着墙角一个单桶洗衣机问："上面的人是不是从那机器里放映出来的？"那时我还是一个孩子，笑得满地打滚，但我惊讶她竟然会使用"放映"这个词。堂嫂收拾着各家各户源源不断地送来的菜肴，满面红光地忙着，面杖在她手里愉快地翻滚，风箱声和父亲他们的笑声穿插在院子里，真是一幅其乐融融的还乡图画。

村口记载祖谱的石碑上刻着，北宋年间的某一个日子，姓邵的两兄弟带着家眷从江浙迁徙此地，繁衍子孙，形成今天的前邵、后邵两个村子。我的曾祖父已不知是多少代了，但却是非常富有，及至我祖父仍是方圆闻名的大户人家。我父亲说解放前他到镇上和城里读书，从未吃过杂粮，倒是常偷偷地和别人换黑面窝头吃。解放后划成分时，幸亏父亲叔侄几人均是早年参加革命，解放后大大小小都当了地方官，竟然没有被划为地主，但也从不敢理直气壮。小时候我们写作文惯用的句子是："旧社会我家很穷，只有二亩薄田。"父亲直言不讳："二亩地？二百多亩呢！"父亲一生坎坷，历次运动无一幸免，大约和他从始至终直白的个性有着直接关系。但父亲接着声明："我们家大，人多，没有剥削过人。"我奶奶是带着一百多亩地的陪嫁来到我们家的。据老家的人说，奶奶是方圆闻名的美人，没干过粗重的活计，一直到死都细皮嫩肉的。都说我奶奶活着时是个大福之人，其实实在是徒有虚名，应了场景，奶奶一生素食，好吃的什么都没吃过，包括鸡蛋牛奶什么的。奶奶在我分配工作的第一个月去世，我还没来得及领到薪水。

　　故宅的后面环绕着一条宽阔的小河，当地人称作寨海子。海子里的水与村西的河水相接，四季丰盈，生长着大片的苇子，秋天里芦花下雪似的飘满了村子。六十多年前，父亲和他的伙伴们赤裸裸地在这里纵身入水，他们那劈波斩浪的雄姿与六十年后的苍老几乎是隔河相望。父亲的脚步迟迟疑疑地迈过小桥走向村外。大片大片的土地，朴素而静谧地躺在蓝天下。父亲的目光渐次抚慰着它们。也许是一声鸽哨，也许是一声温软的呼唤，在父亲的记忆深处响起来。父亲说："好哇！好哇！"父亲是仰望着天空说这句话的，声音小得只有我能听得见。

　　父亲就是这样快活而扎实地在故乡生活了十七年，十七年的生活给了他强壮的身体和坦荡的胸怀。父亲是在枪声中告别家园纵身投入这个纷纷扰扰的世界里，他经历人生的坎坷与争斗，肉体和灵魂都感到了疲倦。童年的一切无疑成了人生的快乐园。想想那些快乐的日子，田野是那么丰饶，河水是那么清澈，风景是那样充满香味，家园是如此温存……对于父亲，故乡恰似秋天夜里的一声古钟，既那样遥远，又那样绵长。

我们这一代人，已经越来越少使用"故乡"这个词了，我们真的不知哪儿该是我们的故乡。每当在各种表格中填"籍贯"的时候，我总是惯性地填上"××县"，其实既非生于斯也非长于斯，我们好似无根的一代。但父亲不是这样，父亲这一代人都不是这样，叶落归根这种愿望，几乎是他们步入老年之后的全部人生理想。其实他们思念的绝不是几间房子和满院子的老树，也不是唏嘘着递过来的青筋毕露的手。他们想挽留住的，是那样一个时代，是那些无忧无虑赤脚蹚河的日子。但那个时代已经一去不复返了，恰似村口那座石碑，被满载各种欲望的大车小辆，荡得灰头土脸，面目皆非。

我的父亲母亲

　　对于父母的婚事，我们作为孩子总不能指指点点。虽然后来能发表一些议论，但那已经远离了事件的中心，而且年代的确是有点太久远了。我们是用倒算账的方法来推测父母婚姻的，这容易造成信号失真，况且不管怎么讲，对父母都是大不敬的，也是不公平的。离开事情的背景去静态地分析它，会掩盖或歪曲历史原来的面目，使本来就很浑浊的事实，变得更加扑朔迷离。

　　但历史确实值得并需要回味和品尝，尤其是像父母这样革命者的历史。倒不是因为他们作为胜利者置身在成功的光环里而值得追忆，而是自始至终他们对自己的生活都糊糊涂涂地明白着，一直到现在——直到我父亲去世，母亲孤身一人——这的确让我饶有兴趣。

　　如果用"革命"这个充满暴力意味的词把父母拉扯在一起，显然是简单和粗暴的。但事情的确如此，是因为革命，他们才走到了一起。那个时候我年轻的父亲像邻村的那些年轻人一样，被一本泛黄的书籍鼓动着，中断了学业，在昏黄的油灯下经过短暂的培训和宣誓，就开始一知半解地理解并执行革命任务。其实他还不知道，他已经渺茫地走进职业革命者的历史里，政治的追光灯对他的映照

160

已经越来越清晰了。他警惕而机械地走在城市和乡村之间，口干舌燥地向木讷的人群宣讲着政治圣经，帮助惶恐不安的他们打开大户人家的粮仓，并把从他们过去"东家"的手上抢来的土地不由分说地送给他们，让他们从物质的意义上来图解革命。结局可想而知。革命成功了，父亲也成功了。

父亲认识母亲的时候，她才刚刚走出校门。对红色事业的追随让她站在了父亲身后，身影单薄而坚定。神圣的光芒穿透她纯洁的心灵，让她有了持久而轻微的震颤。对政治过度的敏感，是他们那个时期革命者的普遍症候，类似于低烧和触电的感觉。虽然他们都正值谈情说爱的年龄，但几乎没人关注这个问题，好像革命者都没有青春期。个人感情被搁置起来，那些偶然发生的青春骚动对自身的影响几乎可以忽略不计，或者被作为低级趣味排除掉。那时正处在破坏和建设的初期，百废待兴，几乎每天都有大事发生。爱情作为奢侈品从大众的生活里被流放了，生活因此而单纯起来，或许更加复杂。

是啊，"革命不是请客吃饭，不是做文章，不是绘画绣花，不能那样雅致，那样从容不迫文质彬彬，那样温良恭俭让"，天天就携带在他们的公文包里，除了"革命"，他们不知道生活还有什么意义，直到有一天，他们突然与婚姻短兵相接。

他们的婚姻是被他们共同的首长、也是后来的县委书记草率地决定的，当然这是我们现代人的眼光，在当时这也是一项政治任务。那是一个平常的月夜，平静而温婉的月光，也许让首长想到了自己的家乡，和远在千里之外的妻儿。他动情地回头看着身后的两个年轻人，然后有力地挥舞着手臂，斩钉截铁地说，你们结婚吧！

这是他们那个时代非常普遍的婚姻模式，不仅结婚如此，离婚也是如此斩钉截铁。强烈的时代特征，赋予婚姻极强的政治筋骨。先结婚后恋爱，或者是先结婚后认识，都是不足为奇的。他们来自五湖四海，为了一个共同的革命目标，走到一起来了。是革命把他们召唤到一起来的，那么，革命就有义务为他们组织一个"革命家庭"。

那时候，婚姻好像是一个人一生的定型剂，一旦沉入到里面，自己几十年的生活就会被反复复制。父母结婚之后，虽然仍然都沉浸在工作里，但生活更加白热化了。日子单调而充满激情，一个又一个孩子的到来，使他们艰难地在革命者和为人父母的双重角色之间泅渡。苦难的日子在他们身后次第展开，一次又一次政治运动冲刷着他们脆弱的神经，让他们在风浪里颠簸。他们的手在坚守和抗争里紧紧牵了起来，革命让他俩成亲，革命又让他俩成为亲人。母亲更加坚定地站在父亲的身后，有时候是站在他的前面。他们无法理解上层忽左忽右的政治风向，更无法理解邻居忽冷忽热的政治脸色。一切都是在革命的名义下进行的，因而，一切都是合理的。

他们首先成为同志，然后成为夫妻，后来才成为伙伴。他们忽略掉了谈情说爱的时间，对于今后几十年以沫相濡的日子而言，这是至关重要的考验。一个革命者，如果不是被自己打败，总是会认为真理在握，因而更具有生活的韧性。父母就是这样的人，他们从来没抱怨过什么，也没企求过什么，他们认为生活本来就是这个样子——政治运动来到的时候，父亲被打翻在地；运动过去了，组织上拍了拍他身上的土让他重新站起来——这种达观，让他们侥幸在巨大的车轮的碾压下逃生。

在那些饥馑的年代里，母亲用稚嫩的肩头扛起了这个家。灾荒绵延不断，苦难一望无际，但她都咬着牙自己一担一担地挑了过来，从来没有让父亲为生计而担忧。始终起早贪黑的父亲，总是把背影留给我们，有时候我们想起他会很模糊，只是一个指代和象征。

他们那一代人的生活，贫乏得一句话都可以说完，但是又丰富得像一条饱满的河流。也许可以说他们基本上没过过好日子，也可以说，好日子都让他们过完了。他们没有犹豫和彷徨过，他们习惯于服从和忍耐，但又会用热情锻造每一天。他们不会为一段虚无的感情而痛不欲生，更不会为彼此的忠诚而提心吊胆。有时候，他们会静静地坐在一起，半天都不会说一句话。他们不是无话可说，他们每一个细小的动作都是丰富的语言。他们都太了解对方了，因为从他们结婚的那一天起，彼此都活在对方的生命里，虽然是以革命的名义。

三月的蔡琴

前几天，朋友给我发来京剧《锁麟囊》的全剧视频，说是春节贺岁版的，程派六大传人轮番出场，"包括你最喜欢的张火丁和迟小秋"。最后她还叮嘱我说："这样的季节，猫在屋子里疯狂地泡一段名家名段，是最大的享受了。"

视频我一直没点开，一是没时间，二是没情致——听京戏要找到朝圣般的那种感觉，这样的感觉已经很久没有了，所以一直没听过戏。世事如磐，故事拆到最后，不是都能找到薛湘灵和赵守贞那样的善良和厚道。

大戏泡不成，小曲也是经常掐头去尾地听听。每当眼倦手乏，便泡上一壶绿茶，在潮水般的音乐里忘记自己。毕竟，以我这样的高龄，疯狂是做不到了。但我很同意朋友的观点，三月是听曲子的好季节。处在我们这样的纬度，二月里冷，四月里热，只有三月才能体会到春天的种种曼妙。

然而细细想来，能般配三月的歌手实在是屈指可数——三月可不是一个随便就能拿得起放得下的月令，那一苞一苞花蕾般的情绪，尚需怎样耐心地拆解。煞有介事的伤心和小模小样的爱怜，不听

164

也罢。

歌应该分季节来听并不是丝毫没有道理。拿苏芮的歌放在春天听，总觉得有那么点错位。春暖花开的时候，即使充耳便是"因为牵了手的手，来生还要一起走；所以有了伴的路，没有岁月可回头"，不但找不到温暖，反而是迫近黄昏的一腔沧桑；换上"谁能告诉我，是我们改变了世界还是世界改变了我和你"的怒问，效果也好不到哪里去——她的歌放在秋天里听，也许会和我们怔忪而又无处安放的心灵撞个正着。

但是蔡琴就不一样了，她的歌属于三月，那样一种通透，不管是委屈抑或是悲情，都被她用涤尽铅华的高贵和平静洗刷得平平淡淡。她的歌唱到哪里，哪里就是生活的现场。在《油麻菜籽》里，一句"才盼望你将我抱个满怀，日子就已荡呀荡地来到现在"，隐隐约约的那种戏剧张力里，你正等着悲催的情绪找到一个痛快的出口，谁知她轻轻折转，径自来到"经过了那些无奈和期待，我好高兴有了自己的将来"之境。

也许那就是她真实生活的写照吧！在感情生活上，虽然蔡琴并不是讳莫如深，但也不是清澈见底，尤其是她和杨德昌之间的被杨贬为"十年空白"的婚姻生活，自己却认为是"全部的付出"。不一样的蔡琴，即使在婚姻生活里也没有大喜大悲大起大落的癫狂表情，唱歌的态度就是她生活的态度，并因此真实得让人不敢相信。那千帆过尽的大气，也不是任何人都能般配的。爱情这东西，不能没有，但又不能常有。既然能拿得起，就要会放得下。

过日子，平平淡淡的铺排和一点都不能平淡的现实，是人生大开大阖的机关，毕竟谁都把握不了最合适的起承转合。可是，有多少人能弄懂这个呢？也许蔡琴从一开始就想开了——"想开了"，这是个多么残酷的词啊！人心九窍，世事万端，并不是好便是了了便是好的恒等式；长歌当哭，亦是痛定思痛之后，只有滤尽苦涩，才能说出平平淡淡的从容。一曲《爱情就是这样》，道尽了成熟的代价和残酷："听，心里的声音，是不是还熟悉？不，不要说话，受伤过失望过心碎过现在才安定"——没有悲哀，但是比悲哀更尖锐，她从来就是从里到外把自己翻出来让别人看的歌者，那是生命最本质的颜色。

　　对于三月，蔡琴也是情有独钟："读你千遍也不厌倦，读你的感觉像三月。浪漫的季节，醉人的诗篇。"她的歌永远是恒温的，波澜不惊，低回委婉，那是早已被我们遗忘了的古老心灵密码和语言表达，既有古典的浪漫，又有现代的优雅感伤。那种布尔乔亚情绪，配以她天鹅绒般的嗓音，只有在试音天碟里，才能找到这样的精致。

　　在鲁迅文学院学习期间，曾经听过一次蔡琴。现场中平淡的是歌手，激动的总是在歌声里徘徊不去的我们。"谁说我的命运像那油麻菜，只是你不知将它往哪里栽。就算我的命运像那油麻菜，但是我知道了怎样去爱。"

　　——即使卑微，也有如此的尊严；就是没有合适的三月，有了蔡琴相伴，还有什么可遗憾的呢？

玉　碎

　　大观园中，探春是一个拿得起放得下的主儿。先从她的拿得起说起：大内总管凤姐生病，园内的事务交由李纨和探春定夺，在下人看来，"便添了一个探春，也都想着不过是个未出闺阁的年轻小姐，且素日也最平和恬淡，因此都不在意，比凤姐儿前更懈怠了许多。只三四日后，几件事过手，渐觉探春精细处不让凤姐，只不过是言语安静、性情和顺而已"。

　　王夫人被人撺掇，决计抄检大观园，大家无不噤声。但到了探春这里，却遭到公开的抵制，而且从此可以看出探春的勇气和担当。"探春道：'我的东西倒许你们搜阅，要想搜我的丫头，这却不能。我原比众人歹毒，凡丫头所有的东西我都知道，都在我这里间收着，一针一线，她们也没的收藏，要搜，只管来搜我。你们不依，只管去回太太，只说我违背了太太，该怎么处治，我去自领。'"王善保家的不知深浅，竟然对探春搜身，换来的结果却是："只听拍的一声，王善保家的脸上早着了探春一掌。探春登时大怒，指着王善保家的问道：'你是什么东西，敢来拉扯我的衣裳！我不过看着太太的面上，你又有年纪，叫你一声妈妈，你就狗仗人势，天天作耗，专

167

管生事。如今越发不得了。你打量我是同你们姑娘那样好性儿，由着你们欺负她，你可就错了主意!'"

　　拿起就拿得风生水起，而放下则放得纹丝不动。探春被父亲定好一门亲事，要远嫁千里之外，虽然心里有百般的不愿，但还是毫不犹豫地答应。她怕众兄弟姐妹担忧，反而一一地安慰他们。"次日，探春将要起身，又来辞宝玉。宝玉自然难割难分。探春便将纲常大体的话说的宝玉始而低头不语，后来转悲作喜，似有醒悟之意。于是探春放心辞别众人，竟上轿登程，水舟车陆而去。"

　　这不仅仅是聪明，更是智慧，不仅仅是通透，还是练达。在她所生活的那个社会和环境之中，某些时候坚持就是放弃，而放弃就是坚持，探春深深地懂得这一点，这也是只有她在金陵十二钗里得以善终的主要原因吧。

　　十二钗里的妙玉与探春比起来，性子倒要暴烈得多。不管老少贫富，很少有人能入她的法眼，即使一言九鼎的贾母，她也并不十分放在眼里。贾母带刘姥姥和一干人等去她那里喝茶，她只让贾母用"旧年蠲的雨水"，而把黛玉、宝钗让到里面喝体己茶。后来被宝玉发现，反倒落了一顿奚落："宝玉细细吃了，果觉轻浮无比，赏赞不绝。妙玉正色道：'你这遭吃的茶是托他两个福，独你来了我是不给你吃的。'宝玉笑道：'我深知道的，我也不领你的情，只谢他二人便是了。'妙玉听了方说：'这话明白。'黛玉因问：'这也是旧年的雨水?'妙玉冷笑道：'你这么个人，竟是大俗人，连水也尝不出来。这是五年前我在玄墓蟠香寺住着，收的梅花上的雪，共得了那一鬼脸青的花瓮一瓮，总舍不得吃，埋在地下，今年夏天才开了。我只吃过一回，这是第二回了。你怎么尝不出来？隔年蠲的雨水那有这样轻浮，如何吃得?'"

168

这"如何吃得"四个字用得甚妙，活脱脱一个不食人间烟火的主儿。

茶杯仅仅因为刘姥姥用了一下，她就坚决不要了，而且放狠话说："这也罢了。幸而那杯子是我没吃过的，若我吃过的，我就砸碎了也不能给他。"

果然是"云空未必空"啊！遁入空门，却被满心的俗事拖累，只能是既无此岸，又无彼岸的恓惶。心比天高者则命比纸薄，最终还是落入"千红一哭、万艳同悲"的宿命里。表面上看来，她既非穷途末路，也不是无一技之长。之所以不低头，不过是自以为有所依凭罢了——有时候，盲目的恃才傲物，不过是把穷酸当成了清高。

如妙玉一般刚烈者，在红楼里比比皆是：黛玉、晴雯、金钏、尤氏姐妹……而与探春比起来，更会左右逢源者亦不少，比如宝钗。我觉得宝钗是一个始终被误读的人物，之所以被误读，主要是在《红楼梦》第二十七回里的一段描写，似乎让人窥出她的心机之深：

> 宝钗在外面听见这话，心中吃惊，想道："窗户一开了，见我在这里，她们岂不臊了。况才说话的语音儿，大似宝玉房里的红儿。她素昔眼空心大，最是个头等刁钻古怪的东西。今儿我听了她的短儿，一时人急造反，狗急跳墙，不但生事，而且我还没趣。如今便赶着躲了，料也躲不及，少不得要使个金蝉脱壳的法子。"犹未想完，只听咯吱一声，宝钗便故意放重了脚步，笑着叫道："颦儿，我看你往那里藏！"一面说，一面故意往前赶。那亭内的红玉、坠儿刚一推窗，只听宝钗如此说着往前赶，两个人都唬怔了。宝钗反向他二人笑道："你们把林姑娘藏在那里

了?"……一面说一面走，心中又好笑：这件事算遮过去了，不知他二人是怎么想。

谁知红玉听了宝钗的话，便信以为真，等宝钗去远，便拉坠儿道："了不得了！林姑娘蹲在这里，一定听了话去了！"坠儿听说，也半日不言语。红玉又道："这可怎么样呢？"坠儿道："便是听了，管谁筋疼，各人干各人的就完了。"红玉道："若是宝姑娘听见还倒罢了。林姑娘嘴里又爱刻薄人，心里又细，她一听见了，倘或走漏了风，怎么样呢？"

作为一个客居者，与黛玉比起来，宝钗与贾府的关系毕竟要远一点，所以担待也小很多。她处处小心，广积人脉，除了改善自己的生存环境，同时也能给别人取暖，何错之有？即使对待黛玉，她也是一片真心，所谓与她争夺宝玉的猜测终是妄言。她时时处处为黛玉着想，最终还是把这个"冰人"给感动了："往日竟是我错了，实在误到如今。细细算来，我母亲去世得早，又无姊妹兄弟，我长了今年十五岁，竟没一个人像你前日的话教导我。怨不得云丫头说你好，我往日见她赞你，我还不受用，昨儿我亲自经过，才知道了。"

其实从整个《红楼梦》看下来，人物大体上分为两类：有人活得张扬，宁为玉碎；有人活得低调，愿作瓦全。薛宝钗肯定是属于后者。不过，我宁愿认为，宝钗虽然不算谦谦君子，但也不是个势利小人。难道仅仅因此便该遭人诟病吗？站着说话不腰疼，一如我者喜欢《红楼梦》的人，有几个在人格和人品上可以跟薛宝钗相比？她的宽容、善良、大气、果敢和学识，有几个人能赶得上？

170

而且在宝钗的瓦全里，很少有她自己的私心作祟。家里除了寡母，还有一个狗屎扶不上墙的哥哥。如果没有她的周全和经营，这个家庭最终将支离破碎，对她来说，这就是她的人生大局。家外她也常常与人为善，尽力帮助和周全别人。她设身处地照顾林黛玉、史湘云、邢岫烟等姐妹；香菱没有她的保护，恐怕早就香消玉殒，死无葬身之地了。也许在宝钗她们那个时代，人只知道该怎么活，很少关心为什么活。难道现在我们终于知道为什么活了吗？

　　实际上，我们已经进入了这样一个时代：所有事情的意义正在被无情地解构，且多是以科学或者学术的名义进行的。这既不是一个好时代，也不是一个坏时代。不好不坏也许并不意味着什么，但当这个时代突然捕获一个人并将之纳入自己的逻辑和秩序的时候，则一定要意味着什么——好，或者坏。没有人可以放言自己可以永远躲过不幸，某一天，周围的一切依然如故，所有人都在按照自己固有的方式生活，只有你从生活的链条上突然滑落了，坠入一个你认为永远不会落入的境地，你才会深深地体会到，所谓命运无非是这样一种东西：除了死亡的结果是你预知的，其他的一切，在没有发生之前，你都是无法知晓的，甚至一点先兆和口信都没有，但又必须硬着头皮去经历它。

　　而如果你再回首看看自己的生命痕迹，就会发现其中有许许多多的不如意，像砂眼一样掩埋在我们的历史陈迹里。开始，你不服输，总要去较劲，以为这一生可以有很多种活法——即使只有一个活法，也一定要选择自己的活法。毕竟我们只有一次生命，我们不抛弃，不放弃，而且从头到尾就看不开，就不信邪，就不松手。以为看开就是逃避，就是不敢面对，宽容就是投降，而投降是可耻的。可是到了最后，你才感到那些砂眼不是在这里漏水，就是在那里透气，让你防不胜防。于是，你终于看开了，松手了，妥协了。其实对谁来说都一样，人没有更多的活法，只有一种活法，而且绝大多数是你不愿意过的。所以，宁为玉碎只不过是可以壮壮胆，而甘愿瓦全，却实实在在地可以用来为自己撑腰。如果把这个问题想通了，也许剩下来的就是该为什么玉碎，该为什么瓦全的利害选择了。其实，人生最值得一过的，无非是用玉碎的心态，去做瓦全的事情。

失落的岂止是文明

一

在中国，作家这个职业承担得更多的是一个说书人的角色。我们只是习惯于讲故事，讲别人的故事，即使是自己的故事，也是改头换面的、为了别人的需要而设计的、添加了各种小说和流行元素而生产出来的。也许，对于东方人来说，"我是谁"这个问题，远远比欧罗巴民族来得要晚，而且晚很多。尤其是对于中国人，则更晚，可以说一直到现在，我们还生活在前现代时期——既有刻意的浪漫，又有蒙昧的单纯。我们从来没有学会看清楚自己，或者说，我们根本不想看清楚自己，也害怕别人看清楚。

不过也不尽然，在同属于东方、属于同一种文化的日本和不同文化的印度，甚至还包括伊朗、阿富汗等国，他们的作家对生命的追问，则要比我们深刻得多。这种现象到底是什么原因造成的，估计不止一个答案，也许根本没有答案。从物质环境上来说，印度远远赶不上我们。从政治环境上讲，伊朗和阿富汗赶不上我们。但是，他们却生产出很多伟大的作品，说起来令我们汗颜。

能在多大程度上真实地述说自己的生活，并反思其中的文化，我觉得是检验一个作家是否真正成熟的标志。最近一个时期，我反复阅读了印度两位女作家的作品，心里只留下两个字：震撼。

二

印度女作家基兰·德赛的《失落》是获得英国布克奖的作品，在印度国内外引起过巨大轰动。

这部小说由两条平行线贯穿前后，形成一个按时间顺序发展，但又在历史和记忆里穿行的两个家庭三代人的故事。一条线索延伸到印度之外——十四岁时就跟了法官的厨子，千辛万苦地把自己的儿子送到美国，希望他能在那个遍地黄金的世界里改变自己的人生。另外一条线则陷在印度国内泥沼般的现实里——地处印度、尼泊尔、不丹、锡金和中国西藏边境交界的噶伦堡小镇，正处于民族独立运动的风口浪尖上。一辈子郁郁不得志的老法官杰姆拜伊·帕特尔，退休之后本来只想与爱犬玛特安度晚年，没想到他失去双亲的外孙女赛伊突然闯入他死寂的生活。这个由老法官、赛伊和厨子三个人组成的外表上看起来很平静的家庭，正被来自外部的力量所钳制和扭曲。赛伊爱上了自己的数学老师——印籍尼泊尔人基恩。基恩是一名贫穷的来自社会底层的青年知识分子，后来卷入尼泊尔廓尔喀人的独立运动。但是斗争的结果无非是一场失控的暴乱，所谓民族独立和个人解放，最终不过是乌托邦幻想。他与赛伊的恋情在阶级仇、民族恨、背叛与欺骗的纠结中风雨飘摇。厨子的儿子比居作为非法移民，在纽约的餐馆里打黑工，过着暗无天日的生活，在经过灵与肉的反复搏斗、走投无路之际，最后不得不返回自己的祖国印度，但等待他的，依然是那个千古不变的、只能让他更加绝望的处境。厨子的全部希望都寄托在远在大洋彼岸天堂里的儿子身上，他相信"总有一天，他儿子将完成赛伊父母没能做到的事，完成法官没能做到的事"，但等来的却是这种无言的结局：

> "我去。"厨子慢慢站起来说，掸了掸身上的灰。他踏过淹水的杂草朝大门走去。
>
> 在大门口，透过黑色锻铁雕花和球状青苔，一个身穿女式睡衣的人正往里窥探。
>
> "父亲?"那人说，浑身皱巴巴，颜色乱哄哄。
>
> 干城章嘉雪山拨开云层显现出来，在这个季节它仅在凌晨才会露出真容。
>
> "比居?"厨子悄声问道。
>
> "比居!"他发狂似的喊道。
>
> 赛伊向外望去，看到门一开两个人雀跃着扑向对方。
>
> 干城章嘉的五座山峰在天光的映照下呈金黄色，那光亮让人相信——哪怕只是一瞬间——真理是如此直白可见。你只需伸出手就可采摘下来。

干城章嘉雪山是一个巨大的隐喻和象征——在这座圣山脚下，是芸芸众生漫无头绪的挣扎和无可奈何的放弃，真理果真是如此直白可见：所有外在的、强行植入的文明，不管来自殖民主义还是全球化，最后都会失落，跌得粉身碎骨。

在这部作品里，作者看似散漫的叙述背后，是强大的政治诉求

175

和普世价值所浸淫出来的悲悯。在一层层失落的碎屑里，恰恰是我们最应当追求和珍惜的文明。但是，对于每一个人而言，如果没有起码的尊严和最基本的人权保障，所谓的文明不过是一地鸡毛。

生活于社会底层的厨子的梦想不过是一个美国身份：

> 房间墙上挂着两幅照片——一张是厨子和妻子的结婚照，一张是比居穿戴整齐在离家前拍的。相片很明显是穷人拍的，生怕浪费了一张底片。当全世界的人正以人类前所未有的放纵姿态在镜头前面搔首弄姿，他们却仍然僵硬地站着，像在做 X 光检查。
>
> 赛伊好奇地猜想他是否爱他妻子。
>
> 厨子的妻子是十七年前去世的——在树上采摘喂羊的树叶时不慎滑了下来——那时比居才五岁。他们说是一场意外，不怪任何人——这只是命运以自己的方式更多地分配给穷人不能归罪于他人的意外。比居是他们唯一的小孩。
>
> "他给美国人打工。"厨子早就把这封信的内容跟市场上的每个人都说了。

而厨子的主子——出身卑微的老法官杰姆，年轻时凭借优异的学习成绩和父亲的远见卓识，得到了赴英国留学的机会。但是"印度人"的身份标签，使他得到的并不是绅士之国的文明，而是一次一次椎心蚀骨的屈辱，所以他从英国带回来的不是文明，而是变本加厉的傲慢和对别人肆无忌惮的欺凌，包括对自己的妻子和孩子。英国让他弄丢了自己的身份，而在国内，他引以为荣的恰恰是自己的这个"镀金"身份，这是让他虚荣、骄傲和暴戾的唯一原因：

"法官将住在这里，这是一个壳、一只头骨，他是一个住在自己国家里的外国人，这次他无须学习语言，想到这点不禁心生慰藉。"

厨子的儿子比居卡在两种文明之间首鼠两端，美国的生活是他渴望的，祖国对他而言是一只鸡肋。他没有爱国主义信念，但又对祖国念兹在兹：

> 在美国，每一个民族都确立了自己的固定模式——比居感到仿佛回到了母亲的子宫，沐浴着温暖的羊水。可是很快又变得冰冷……印度人在国外的经历太可怕了，没人能了解，除了其他在国外的印度人。那是一种不洁的咬啮人心的秘密。不，比居还没彻底失败，他的祖国再次召唤他。他嗅到命运的气味。不顾一切地，他在鼻子的引领下转过街角，看到了招牌的第一个字母 G，后面是 AN。他的灵魂渴盼着，接下来应该是 DHI。他走近甘地（GANDHI）咖啡馆，空气渐渐凝滞起来。这里的一切永远不会改变，无论是下雨，消融万物的酷热，还是冬日的暴风雪咆哮着席卷过街角，一千零一道菜的气味终日汇聚着，经久不散。

单纯而又孤独的赛伊，所走的道路几乎是外祖父的翻版。她虽然没有出国留过学，但是在她很小的时候，父母出于对自由和个人权利的渴望，私奔至莫斯科去追寻太空漫步的浪漫美梦，却双双丧命于一场突如其来的车祸。她因为无人抚养而被送进了修道院，接受的完全是欧式的语言和文化，因而成为一个完全"被西化的印度人"。在对她视同陌路的外祖父家里，她与自己的老师——"廓尔喀人的廓尔喀王国"的青年基恩相爱，但这种爱情在革命和独立面前

177

却是如此脆弱：

    他来大吉岭干什么？为什么他会参加廓尔喀民族解放阵线争取印度籍尼泊尔人独立的抗议集会？她张嘴想喊他，就在那一刻，他也看见了她，脸上掠过一丝惊愕，随后眯缝起眼睛，目光冷酷而凶狠，警告她不要靠近。她吓得闭上嘴，像一条鱼，惊恐从鳃边溢出。不多时，他已走远了。

    "那不是你的数学辅导老师吗？"诺妮问道。

    "我看不是。"赛伊说，内心挣扎着抓住一丝理性和尊严，"只不过有点像，我一开始也以为是，可并不是……"

    回去的路上，朝向提斯塔河，路面陡降，他们注意到赛伊的脸都绿了。

    阅读《失落》，总会有一波一波的悲哀和愤怒在心里激荡，在作者看似轻描淡写的述说里，沉淀着积郁甚久的追问和不平则鸣的咆哮。印度这个东方古老的大国，在殖民主义和现代化的夹缝中的生存，从大趋势上看是一个逐渐失落的过程，包括他们引以为荣的宗教，也变得面目皆非：

    "什么样的修行所？"罗拉和诺妮曾问过他，"他们的教义是什么？"

    "挨饿，剥夺睡眠，"波特叔叔哀愁地说，"再捐款。彻底挫败你的灵魂，这样你会号哭着寻求神的救赎。"

    如果人类不能自我救赎，神能给你解决什么问题？在这个有着

178

几十万个神祇，但却没有统一的民族意志和核心价值观的国度，失落是必然的，不管是宗教的还是世俗的、国内还是国外，都别无选择。

但是，这部小说不仅仅是写印度的，或者可以说，不管怎么看都不是别人的故事，它是我们每个人的故事。失落是我们每个人面临的共同问题和话题：可能我们失落的形式不一样，但本质是一样的。对此不用说太多，虽然这个故事与全球化有关，与后殖民时代有关，与印度的民族纠纷有关，但更有关的是，一致的人性和相似的境遇。难道我们每个人不是都正在面临着各种各样的失落吗？

三

另一位获得布克奖的印度女作家——《卑微的神灵》的作者阿伦德哈蒂·罗易，是个在国内颇受争议的女作家。她父亲是来自孟加拉的印度教徒，母亲则是来自叙利亚的基督教徒。大学学的是建筑与城市规划，毕业后却当了编辑、记者。她名扬天下广受好评，在国际上拿奖拿到手软，却拒绝国内的最高文学奖。她既是一个时刻关注印度国情的爱国主义者，也是一个针锋相对地批判政府各种政策和作为的不同政见者——她是一个有着悲悯情怀和献身精神、勇于直面现实和有担当的小说家。

《卑微的神灵》讲述的是一个很简单的故事：出身于上层社会的阿母与出身于社会最下层、"不可接触的贱民"帕拉万青年维路沙相爱。但是，由于印度壁垒森严的等级制度的存在，他们的爱情从一开始就具有冒险和悲剧意味。在他们相爱的时候，阿母哥哥查科的前妻玛格丽特·科查玛，因为再婚后的男人意外死亡，带着她与查科生下的女儿索菲从英国来到印度寻找心灵的慰藉。阿母的女儿拉赫、儿子艾沙带着索菲到河里游玩，不幸遇到河水暴涨，索菲被洪水冲走。阿母的姑姑贝比·科查玛诱导艾沙和拉赫在警察面前做伪证，指认索菲的死是维路沙所为。两个不谙世事的孩子为了救母亲，答应了她。结果维路沙被警察活活打死。

在阿母的哥哥查科的暴怒中，艾沙被赶出这个家，送到已与母亲离异的酒鬼父亲那里。在失去丈夫、爱人后，她又眼睁睁地看着自己的儿子离去。

当阿母抓着他的手在月台上快走的时候，他的手指甲戳进她的手心里。马德拉斯号邮车开始加快速度，她从快走变成了小跑。

上帝保佑你，我的孩子，我亲爱的，我很快就来看你！

"阿母！"当阿母不得不松开她抓着艾沙的手，一个手指头一个手指头地松开，从大拇指到小拇指地松开的时候，艾沙叫起来。"阿母！我要呕吐！"艾沙的声音淹没在火车的呼啸声中。

随后被赶出家门的是阿母，而当她几年后拖着病弱不堪的身子来看自己女儿的时候，拉赫对她简直厌恶得忍无可忍：

妈妈吉问她，要不要喝汤，并且让她最好不要来看拉赫。阿母站起身来，没有说一句话就离开了。甚至没有说再见。"去送送她吧！"查科对拉赫说。

拉赫假装没有听见他的话。她仍然在对付她的鱼。她

180

想到了（母亲吐的）痰，感到几乎要呕吐，因此她恨她的
母亲。恨她！

二十三年后，这对孪生兄妹在故乡重逢。二十三年前的那场悲
剧，像石头一样在他们心头沉甸甸地压了这么多年。拉赫只身到了
美国，但因为种族、文化和性格的原因，经历一次很短暂的婚姻，
最后还是像自己的母亲阿母一样被人遗弃。艾沙虽然在印度国内生
活，但童年留给他的伤口从未愈合，他变成了一个沉默不语的人，
始终一言不发。任拉赫怎样努力，都唤不回那种无间的亲情。过去，
他们像一对暹罗双生子一样不分彼此，"从来没有因为相互看见对方
的身体而害羞"，而"现在，他们成熟了，足以懂得了"。

成熟了。成熟的、可以去死的年龄。
成熟，这是一个多么滑稽的字眼。拉赫想着，自言自
语地说："成熟。"

如果他们是成熟之后才慢慢理解阿母的爱情，那么，在他们的
疼痛之外，有多少的无奈呢？毕竟，那悲哀不是阿母一个人的，因
为在这个国家，这样的悲剧"真正地开始于'爱的法律'被制定出
来的那一天。该法律规定可以爱谁，如何去爱，以及爱到什么程
度"。
这个简单的爱与伤害的故事是以循环往复的方式进行的，它始
终在历史和现实之间跳跃，这样使它看起来更有深度和广度。而且
非常值得注意的是，与《失落》一样，它的故事也发生在英国、美
国和印度三地。难道这是一个相互没有关联的巧合吗？我不这样认

为。印度是一个被种族、文化、宗教、历史和价值观分割得四分五裂的国家。印度人在自己的国家，每个人都有着身份的焦虑。在世界文明的交汇中，他们像无根的浮萍一样飘零，找不到自己，也找不到自己的归属。如果他们找到了，可能比找不到更迷茫。

也许，这是印度作家比我们思考得更深刻的地方。但问题不仅于此，作者想告诉我们的，也不仅仅是这些。悲剧的产生尽管有着文化的因素，但更重要的还是人性的卑污。在阿母和"卑微的神灵"维路沙周围，都是一些什么样的人呢？一个被教皇祝福过，只会在家里殴打妻子的"帝国昆虫学家"；一个留学英国，志大才疏的色情狂；一个会拉小提琴，受尽屈辱而又自私高傲的母亲；一个心底阴暗而又虚荣的老处女；一个只在口头上信仰共产主义的政治投机分子……杀死阿母和维路沙的，不是某个人，而是整个社会，这个社会只信奉弱肉强食的丛林法则。但是，与印度比起来，我们能好到哪里去？我们应该记得，一百年前义和团运动时，那些"爱国志士"所杀戮的尽管有外国传教士，但最多的还是自己手无寸铁的同胞；前一个时期抵制日货，"义士"所砸毁的也都是平民的财产。弱者可以冠冕堂皇地欺凌弱者，是一个民族还没有走出蒙昧期最龌龊的表现。道德的泯灭，法律的缺失，尊严的被践踏，仅仅是这个社会一个小小的病灶。如果不从根本上改变生存环境，我们每个人都只是一个"卑微的神灵"，而已！

历史的夹层

读史以明志，这话谁说的，怎么越品越觉得浑？

昨天晚上睡前读历史散文，首先说的是苏格拉底的死，是讨论人生价值的。睡到大概五点多实在没有睡的念头了，就继续往下看，书中又讲秦朗父子的故事。这故事真郁闷，让我读到一片荒芜。故事是讲佞幸的，佞幸，指以献媚而得到宠幸。大概意思是这样的：作为曹操的义子，秦朗这个人只会佞幸，虽无所作为，历经几朝都吃得开。这有什么好说的呢？现在也是无所作为的人吃得开，埋头拉车的人什么时候都是垫底的。本来我们这个机制就是排优奖劣的，木秀于林风必摧之嘛！

还是回来说秦朗吧！秦朗的父亲名叫秦宜禄，吕布派秦宜禄出使袁术，袁术就把一汉室宗亲的女子许配给秦宜禄为妻。而秦宜禄的前妻杜氏留在了下邳。关羽兵临下邳城下，吕布被围。但关羽引而不发，要挟曹操说，如果我攻下下邳，你得把秦宜禄的前妻杜氏奖赏给我。曹操怀疑杜氏很有姿色，语焉不详。等到攻陷城池，曹操见到了杜氏，哪还允许关羽插足，自己监守自盗了。后来秦宜禄投降，曹操就任命他做了铚县的县长。再后来刘备向小沛逃跑，张飞随同，路过秦宜禄家，张飞就对秦宜禄说："人家霸占你的老婆，而你还当人家的县长，多傻啊！不行还是跟着我弃暗投明吧！"秦宜禄想想有理，起来就跟着张飞走。走了数里，觉得还是跟着曹操当公务员比跟着张飞北漂划算，又后悔了，想回去。张飞丈八点钢矛一横，轻取了他的首级，不在话下。

也合该秦朗有福，人家拼爹根本就不找导演，直接奔了事实上的国家元首、后来的魏太祖曹操，而且找的是名副其实的养父。养父曹操非常喜爱秦朗，每设宴席，就发微博说："世有人爱假子如孤者乎？"（世上还有比我爱养子的吗？）

那还用说？太祖一言九鼎，不用加V大家都信。

秦朗在诸侯间周旋，经历了魏武帝、魏文帝两朝而没有任何"过失"。到了魏明帝即位，还把秦朗作为近臣，授予他骁骑将军、给事中。每当明帝下基层体察民情，都让秦朗陪同。当时，明帝喜欢鼓动大臣相互揭发，许多人因为很小的过错就被判死刑，秦朗对此从没有过规劝，也从不向明帝举荐一个贤才。大智若愚啊！就因为此，明帝对秦朗十分喜爱。每次都直呼秦朗的小名"阿苏"，多次封赏，还从财政部拨专款为秦朗在京城中建了一座豪宅。朝野都知道秦朗无能之甚，但因为他接近主要领导，很多人还是给他送礼，使秦朗富可敌国。

上述对秦朗父子的记载，在史书中可谓少见。但在现实版中，似秦朗者估计不乏其人。你想想看，秦宜禄与曹操有夺妻之恨，但他不思仇报，反为其吏，处之泰然。被张飞点拨，稍有悔意，但又脚踏两只船，终见杀。从历史的角度看，无非是想说秦宜禄之无骨，杀之无憾。但张飞同志杀他的目的也说不起嘴，如果张飞对他鄙薄到不杀不足以平民愤的话，杀害应该发生在劝降之前。当初张飞苦口婆心地劝他走，说明他完全符合张飞的人力资源标准；他的被杀显然是因为没有满足张飞想当他领导的愿望。所以张飞的杀戮，虽然被历史称快，但实在不能摊在阳光下。那么秦朗"几与其父比肩，甚犹过之，以其懦弱、无耻、愚蠢而历武、文、明三世，且攀附者众，竟富贵而终"的历史评判，也值得商榷。实际看来，如果没有他的爹，秦朗完全没有资格被夹在历史里被妖魔化，因为他既不害人，又没被人害，只是比别人更能适应生活而已。历史对他的鞭笞，我个人认为不妥。如果秦朗真的被人所不齿，怎么能够"攀附者众"？这些攀附者，草民肯定不多，或者没有，肯定以官吏居多。如果是官吏的攀附，那秦朗反而是主流社会效法的楷模了。也许我们错怪了秦朗，如果陷身其中的是我们，又该如何？

过去曾经流行过这样一个观点，说生活好像被强奸，如果你没能力反抗的话，就闭着眼睛享受吧！由此看来，古往今来，中庸如秦朗者，众也。所以我觉得将秦朗列入《佞幸篇》完全是一个历史的误会。以其才具和智慧，秦朗也远非佞臣。

另外，历史不小心也出卖了关羽，看来他也是一好色之徒。现在如果从管理学的角度来看三国，我觉得蜀汉的灭亡是必然的。在刘关张这个团队里，刘备懦弱到只会哭，张飞小心眼到顺我者昌逆我者亡，而关羽虽能过五关斩六将，但毕竟在女人面前"被好色"。这样一个没有核心价值观，只靠领导者的妇人之仁和员工的匹夫之勇的团队，如何能担当得起一个国家啊！

南方的春天

　　尽管院子里的蜡梅依然艳黄，可是春天毕竟来了。今天又是立春。

　　"又是"这个副词在这里用起来，委实有点伤感。其实，春天才是真正伤感的季节，毕竟对大多数人来说，春天只是一个象征，或者一个伤心的判断。我们的欢乐，只存在于等待春天的过程中——很多事情我们无法决断，或者无法判断时，总是寄希望于春天的到来。"春天就要来了，在春天什么事情不会发生啊？"我们这样安慰自己，渐渐地被春天所感染，被自己所感动。而在春天里，我们忽然找不到自己了，晚上在期待里失眠，早上在失望里不愿意睁开眼睛。今天的世界还是昨天那个烦扰的世界，等我们镇定下来看清楚自己的时候，春天又过去了。

　　在春天，什么都没有发生，该发生不该发生的都没有发生。我们唏嘘着，感叹着，苦笑着放走了春天，在麻木之后，重新期待。

　　想起一个朋友写的一首诗：

　　我们听着外面吱吱嘎嘎在下雪

你说，又是一个春天

是啊是啊，又是一个春天

我听着你说又是一个春天的时候

我真的想哭，因为

又是一个春天啊

今年，在北方，却突然怀念起南方的春天来。

南方的春天来得鲁莽而执拗。当然它也是先从风开始，那风不管不顾地围绕着你，轻轻地蹭着你，像个跑倦了的孩子，顽皮而又执着。如果没有凉气升起来，那就可以肯定是春天来了。你往两边看，忽然发现草根都绿了，整个河堤顺着你的视线一直绿了过去。冬天瘦弱得快要断气儿的河流，也开始丰满起来，跳跃着，喧嚣着，在逆光里不安分得让人的内心致命地纷乱。那个时候你肯定会停下来，专注而茫然地看着春天的原野，想象着一段心事，在自己的泪光里眩晕。

我深深地陷落在南方的春天里，因为有大片的油菜花，黄得洁净而坚定。还有一种叫紫云英的花，小而热烈。两种花开在一起，让思想有了不同的颜色。但那不同的颜色，却是互相距离着，不肯合并。像是大段大段叙述之后的停顿，让情绪在不同的色彩里起伏跳跃。是的，南方的春天就像是一次忘情的阅读，让人沉迷于新鲜的细节和起伏的故事里。金银花开在大山的阳坡上，而它的背面是灿烂的映山红。挺拔得没有节制的竹子，一年四季都绿得没完没了的茶树，都让这里的春天充满着描写的张力。

水是这部作品的序和跋，堤埂上结满青草的池塘，静静地仰卧在那里，回应着蓝天和一只鹭鸟。纵横交错的河流，像一个个温暖的怀抱。一条岸高，一条岸低，让人很容易想起一篇叫《河的第三条岸》的小说来。每条河都没有第三条岸，每条河都有第三条岸，有和没有，都在我们的心里心外。过去说起经年不变的爱情，总是喜欢用地老天荒来表示。其实只有坐在春天的河边，一只脚插在水里，一只脚插在沾满了泥土的鞋子里，你才会酝酿那些暖老温贫的生活。

南方的春天是让人用来怀念的。它青葱的面容，开着朴素的花朵，但却是一场精致的盛宴，贴着敏感而高贵的心灵。它丰富的内涵带着怀念的味道和梦想的光泽。南方的春天，不能用欢喜来品味，只能用陶醉，那是一种深度的幸福和孤独，如果没有这样的姿态，你永远不会遇到南方的春天。

回归泥土

龙应台说：大资本、高科技、研究与发展，最终的目的不是飘向无限，而是回到根本——回到自己的语言、文化，自己的历史、信仰，自己的泥土。

是的，我们就是要回归自己的泥土。但是，我们也一定要弄明白，这"泥土"不是那"泥土"。任何文明都离不开土地，但任何文明也不是从土地里刨出来的。没有人会相信，一个从来没有被现代化污染过的云南原始村落，会比"北上广"的高楼大厦更吸引人；也没有人相信，一个在水稻田里插秧的农人，会比中关村的一个程序员更幸福。我们时时刻刻都想逃离城市，抚摸乡愁，从根本上来讲，那不是对现代化的厌倦，而是对人的厌倦。我们的城市虽然装满了人，但它只是一个空壳。它没有思想，没有温暖，没有诗歌，没有激情，没有疯狂，也没有真正的创造。

说到底，是它没有文化。

但是，这些问题的存在，绝对不能成为我们冷落经济发展的根源，到任何时候，"发展就是硬道理"都没有错。如果没有经济的发展和技术的进步，别说解决不合理的问题，就是合理的问题也解决不了，没有钱寸步难行！况且，任何伟大的思想都不是在贫穷里熬出来的，而是在富裕里酿造出来的。正是我们越来越警惕和厌倦的"现代化"，使中国的人均寿命从上世纪七十年代的六十二岁增加到现在的七十四岁，也正是我们诅咒的工业革命，使中国在两年前，城市人口首次超过农村人口。现在，即使在农村，死在医院里的病人也远远多于死在土炕上的病人。我的结论是，不管任何理由，都不能成为阻碍经济发展的借口。人类要学会与现代化结伴而行，要拥抱它，引导它，丰富它，而绝不是抵制和排斥它。

我记得2000年寒假，我和几个朋友带着家人到天津旅游。在出租车上，司机问我们到天津干吗来了。我说，旅游。他非常不屑地说，旅游？到这个鬼地方旅什么游？后来我们又去吃狗不理包子。司机说，那破玩意儿有什么好吃的，还赶不上自己家包的！这是什么原因造成的？答案只有一个，落后。经济发展太过滞后，人民群众看不到希望，所以整个社会都没有活力。

现在再看天津，简直是翻天覆地的变化。经济发展不仅带来了环境的改善，也带来了人的精神面貌，也就是文化的改善。最让我惊讶的莫过于滨海新区，简直是一个万国博览会，既汇集了世界顶尖的科技，也汇集了世界先进的文化。其实，从本质上来说，开放不仅仅是吸纳，同时也是一种辐射和交汇。我相信，在西方发达的技术和文化纷纷涌进天津的时候，天津的文化也会被带往世界各地。技术虽然是冷冰冰的，但操纵技术的人却会在吃饭穿衣、举手投足的日常里，把文明一点一点地传播给对方。

像天津这样的地方，只要注入经济的活力，文化自然可以蓬勃地发展，而"百年中国看天津"的抽象概念，完全可以从泥人、年画、租界和炮台的罅隙之中一点一滴地拓印出来，既为近现代中国的委屈做证，也为一个未来的新新中国壮胆。这样一来，天津的厚实和历史载重，中国任何一个城市都无有能出其右者。

其实，如果在天津待久了，你就能抚摸到丰富得汪洋恣肆的天津文化，它们没死，它们也不会死，过去只是它们没有汇入资本的血管里。其实它如沙中之金，只要有机会都能够激流澎湃。那么，如何披沙拣金，把酿造了六百多年的津味文化发扬光大，让天津卫的庶民百姓朴素的情感之下埋伏着的向上的冲动和向外的焦虑找到出口，让他们在这个有着丰美的草地、清澈的河水和碧透的蓝天的城市里恋爱、歌唱或者浩浩荡荡地做一场白日梦，这是当政者在经济社会发展的议事日程里，永远都不应该忘却的一笔。

由此荡开去，全中国都应该这样向前走，以经济发展为先导，以环境保护和文化建设为轴心。中国不仅仅要成为世界工厂，还应该成为文化工厂，成为梦工厂。

饮食晋中

　　在讲述祖母的时候，我更倾向于她是一个半人半神的存在，她的生和死都有点说头儿。圣人言："未知生，焉知死？"但我祖母知道她的死，她在死前安排了死后的一切。

　　要是说起来，祖母大字也不识一个，她母亲生她时大出血，生出来只来得及看了她一眼。她母亲在弥留之际说，这个孩子是求佛得来的，她一生须得吃斋饭。我的祖母活了八十多岁，一辈子没吃过任何动物及其衍生物，连牛奶和鸡蛋都戒。点心铺子里的糕点她也是拒绝的，怕里面有猪油。祖母嫁给我祖父后一连生了我父亲五兄弟姊妹，仿佛皆与她无关。她只和佛说话，几乎不与人聊天。我后来写我祖母的故事，说这些都是她亲口讲给我的。我父母亲都瞪大了眼睛，他们笃定地认为我在睁眼撒呓挣。"真是你奶奶说的？你奶奶……你是做梦吧？"

　　的确是我奶奶说的，我没瞎说。我奶奶说的最有哲理的一句话就是："土地真是好东西，一块地里就能长出酸甜苦辣的吃食儿。"她一辈子吃到最好的食物就是用麻油烙个葱花油饼，过节的时候用素油炸一筐油条和馃子。她也喜吃扁食，用韭菜和铁锅里煸过的豆

192

腐碎加几片新鲜藿香叶子做馅，吃起来别有风味儿。平日里，吃到树上新摘的苹果和桃李之类的果子，她总是喜形于色，满足之情从心里渗出来。她多么感恩啊，这一切都是土地给予的！我祖母的一生，真的是如诗中写的那样，她只关心食物和水，她不关心远方。打我记事起，祖母便和我们一起生活。我与她在一个床上睡，直到她与世长辞。我们像一对最亲密的伙伴，常常在漫长的夜晚窃窃私语。几乎所有的人都知道她不懂得聊天，她不染世尘，不谙世事。我是一个懵懂的孩子，不像大人那般有想法，我什么都说于她，天上的星月，地上的河流，我所看到的花鸟鱼虫，每天经历的新鲜事。祖母笑眯眯地听由我说话儿，然后她也会给我讲很多故事。她小时候的事情，她姥姥家的杏树有一百多年了，比水桶还粗，每年结的果子可以够几十个孩子吃。果园里的柿子树有十几棵，柿子放熟了和在面粉里，炸出的柿子糕又香又甜。还有红薯泥，用红糖和香油炒，吃一口心都化了。祖母还教会了我很多技能，用白萝卜丝拌面糊糊，在锅里煎出焦黄的萝卜饼；西葫芦切碎做饺子馅，只需放一点点盐就鲜得让人流口水。

祖母用泡发的黄豆在小磨上磨成豆糁，和青菜一起熬，做成懒豆腐，一直到今天都是我的绝技。当然，我自小就是个吃货，我更喜爱荤菜，鸡鱼肉蛋比吃豆腐更让我欢喜。我有时候企图诱惑她，反复跟她讲肉有多香多好吃。她极少有地正色道，我老了要是糊涂了，你可千万别给我吃不该吃的东西！那坚决里除了执念，还有恼怒。我知道，一向性情平顺的祖母心里的某些东西不能撼动，吃绝对是讲原则的。

祖母去世的时候无病无痛，走得极安详。她说她要走了，自己梳头洗脸，自己穿的送老衣服，弥留之际双手自然合十，不嘱一字。

她说走，真就那么走了。她始终都不曾糊涂过。

我半生都是个热爱食物的人，只是年轻的时候吃不出食物本身那种家常的好。年轻时候稀罕外面新奇的东西，有一阵子喜吃海鲜，又有一阵子迷恋牛排、培根、羊角面包，甚至素菜也觉得南方的鸡毛菜、芥蓝、莴苣更洋气些。吃来吃去，终有一天吃明白了，北方人完全离不开萝卜白菜。那些新奇的菜品只能是点缀，而不可能是日常。更不消说主食了，河南、陕西、山西的老乡们离开面食真的活不下去。我家先生过去在重庆读大学。川人虽然面条也做得极好，但毕竟是以大米为主。他不好意思每天吃面，因为吃米饭要配荤菜，一顿饭得块把钱。而吃一大碗带调料的小面只要一毛多一碗，亦无须另配菜。他那时才十五六岁，正是虚荣的年纪，怕人说他抠门，就强迫自己吃米饭。到了夜里馋得睡不着，将头埋在被子里哭。他想家，想念母亲做的各种面食。

前几日去了一趟山西晋中，回来增重两公斤。山西的食物，最能体味到土地的本真。酒足菜饱之际，各种餐后的面点才一一端上来。巴掌大的金黄的葱油饼吃一个不够，吃两个才觉得过瘾。一蒸笼艺术品一样的莜面栲栳栳，臊子一荤一素，另备下一小碗酱油、一小碗醋、一小碗辣椒，一碟子水萝卜丝或黄瓜丝。这般诱人的食物，不吃上一笼如何对得起人家和自己！荞面做的平遥碗托是用特殊的碗碟蒸制而成，用蒜泥、醋、芝麻、大料水、辣椒末、香油做成调料，将切成条的碗托浸泡在汁水里，观之晶莹剔透，粉白淡青，质地精细、柔软。衔之入口，光滑，细嫩，清香袭人。据说当年慈禧太后与十一国宣战后，逃难途经平遥，品尝过这种食物后方才安下神来。

写至此，回想起那滋味，顿时馋涎欲滴。

在祁县我吃到了他们自产的熏肉。肥瘦相间，切片，用干红辣椒炒到焦香。那是一种独特的味道，只有在西藏吃过的藏香猪腊肉可以与之媲美。其实，吃遍千山万水，诸如广东的粤菜，四川的川菜，湖南的湘菜，只是觉得好，却很难记住哪一道哪一品。倒是一些偶尔遇见的民间食物，入口不忘。好像是毛尖说过，食物，要浪来的才好吃。我曾和散文家周晓枫在泉州走几条街巷，寻找侯阿婆的肉粽。求而不得的失望，意外撞见的惊喜，那种滋味是要记一辈子的。记得泉州还有一种叫面线糊的小吃，面线用鸡肉、蟹茸、大骨等熬出来的汤水煮成糊，吃时另配浇头。那次晓枫我们几个著名的吃货逮到了一家好店，店里荤的素的大约有五六样浇头，一个浇头八块钱。有海鲜的，有肥肠的，样样听起来都很诱人。我们见异思迁地选择了半天，最后逼迫买单的肖克凡一碗面加三种浇头，结果基本上把店家的武功给废了，糊糊咸得不能入口。

美食是让我们化入当地文化的最好媒介，一个地方饮食的优劣，一般与此地的文明程度相适应。晋中富庶，单从那些大院的奢华就足以证明。住在那院子里的饮食男女，吃该是头等大事。山西人的面食似乎是他们的日常，除了栲栳栳和蒸碗托，还有猫耳朵、刀削面、刀拨面、剔尖儿、剪刀面、饸饹面……说是有上千种做法不知道是不是吹牛，反正我这个吃面食长大的河南妹子是彻底吃服了。老辈人说得对，好吃还是家常饭，米面是人类最应该敬畏的东西。鱼翅鲍鱼都是好物，可顿顿让人吃那些劳什子，估计吃上三天能让人生出寻死的心来。我写文章常说自己是没有故乡的人，但也常常发觉自己有不可抑制的乡愁。我的乡愁就在母亲的案板上，一碗手擀面，一盘猪肉白菜馅饺子，一笼热气腾腾的手揉花卷儿，一大锅色香味俱佳的杂烩菜。对于游子，没有比一顿家乡的美食更能安顿身心，更能抚慰灵魂了。

到晋中除了吃面，平遥的牛肉和著名的"八碗八碟"还是要吃一吃的。八碗八碟是平遥一席传统宴席佳肴，用料讲究，口味绝佳。早在清代，商贾望族就设此宴招待贵宾。慈禧那年在此食用了知县用八碗八碟端上来的佳肴，还没入口即泪流满面。那种绵密悠长的滋味，含有多少家国情怀啊！故国八千里，只在此碗中！

我仔细地询问了八碗八碟的制作工艺，但他们秘而不宣。只说技法多样，烧、熬、炸、烹、酿、炖、焖、煮、蒸缺一不可。当然，食材是做好食物的基础，但制作者在食材中倾注的爱心和对食物的敬意，才是做成佳肴的根本。我喜好做饭，一汤一菜总是自己倾心倾力。如果做食物的人都不带感情，吃食物的人怎么会吃出味道？

对于古人而言，食物像世事一样，质朴而平常。平遥古城的小馆子处处都有非常朴素且讨喜的店名和广告，"三种面""要吃好肉往里走""这是可以喝茶的地方"。招牌上的字好像走了很多年很多路才走到这里，雅稚，古拙，又透着精明的殷勤，颇勾连人的想象。怎么个好法呢？一定去里面尝尝那好味道。

晋中有多少个院子待考，但我个人以为，祁县的乔家大院远远不及渠家大院。渠家大院始建于清乾隆年间，距今有三百多年的历史。主人当年在县城有四十个院落，人称"渠半城"。现存的渠家大院宏伟庄严，气象森然，中国传统文化的精气神正大光明。它有全国罕见的五进式穿堂院，明楼院、统楼院、栏杆院、戏台院巧妙组合，错落有致。悬山顶、歇山顶、卷棚顶、硬山顶形式各异，主次分明，浓缩着中国人的处世哲学和世界观。然而，晋中灵石县的人说，无论看了多少个院子，若是看了灵石的王家大院，别的大院统统可以不看了。听此大话，已让来者信了三分。王家大院的确气势

196

恢宏，它的总面积两万五千平，整座建筑依山而立，从低到高，秩序井然。中间主巷道与三条横巷，组成一个规整的"王"字。王家大院的建筑装饰是清代"纤细繁密"建筑理念的集大成者，结构附件装饰绚丽精致，雍容典雅。不过，看大院已经不是重点，王家大院最能引起我关注的是王氏家主竟是靠买豆腐起家的。这也不奇怪，在河南卖胡辣汤的住别墅开宝马的大有人在。只要有个好的执念，再小的生意都能做大。不过卖豆腐能建立起一个小帝国，那豆腐该有多好吃呢？那天中午我们吃到了大院附近餐馆的豆腐，有四五种做法，确实好吃到值得众里寻它千百度。我记得在河南周口老家，老豆腐是可以用秤钩子钩着称的，与这王家祖传的豆腐倒是可以放在一起论一论。豆腐是淮南王刘安还是陪伴他的僧道们发明的，说法各异，但它起源于佛道事业，却是不争的事实。据说许多日本人感激中国，也是因为豆腐呢！

我祖母信佛，安葬她老人家时招待客人设的是素宴。我至今还记得柴火地锅里的豆腐熬大白菜。先把切成片的豆腐在热锅热油里翻炒，待炒出焦黄，加入花椒和葱花姜末，然后把用手撕成片的大白菜倒入，刺啦一声爆响后，加入适量的水，慢火熬二十分钟，直到汤水乳白。再放一点点盐，咸香甜糯，味道鲜美到极致。熬煮白菜至今是我的拿手菜，我用高汤吊，加虾仁和扇贝，但再都没吃出老家地锅熬出的那种味道。

说起吃来我常常跑题。我是个善于动手的人，虽然住在郑州，但最好的烩面馆子也很难中我意。春节孩子们回来，我总是提前用砂锅炖上几斤羊肋巴肉，肉不能肥，但也不可太瘦。和面、醒面、制作面片都是极讲究的。其间要准备好海带、木耳、黄花菜、干豆皮、粉条、芫荽、青蒜苗。待肉炖烂捞出，晾凉切成肉丁备用。小锅取汤，一锅一人份。先煮海带、木耳、黄花菜、干豆皮，使其充分浸润肉汁，然后扯面入锅。汤要宽，待面滚一滚加入些许粉条，熄火时加入二两肉丁。芫荽和蒜苗是调味亦是点缀。有时我把羊肉换成老鸭，也别有风味。

从山西回到郑州，我便开始尝试做刀削面。开始是自己和面，但力不从心，毕竟刀削面要求的太劲道。于是改为在面条铺里买面，自己熬制高汤，依记忆里山西做法放各种精致配菜，鸡肉丝、鹌鹑蛋、海带、炸面筋、西红柿丁和几片黄心菜。自我感觉甚佳，放一点辣椒油和醋。初吃尚好，到了最后，觉得还是比晋中略有差距。那一方水土、文化、风俗，是怎么都移植不过来的。但我毫不气馁，接下来我要尝试做栲栳栳和碗托子，我不怕人家笑话我是吃货。吃货有什么不好呢？我很早以前就替吃货开脱过了，吃货大多都是对人世充满善意的人，心思都用于饕餮和制作食物了，哪有心思与人争个短长？吃饱喝足了，整个世界的不好都是可以被原谅的。

食在晋，我觉得这原本就是一个理解山西的入口。生活的目的虽然不是为了吃，但吃却是为了生活。

梅雨潭、 仙岩寺与陈傅良祠

　　我想，大多数人和我一样，不知道陈傅良何许人也。即使在温州，除了当地文化人，一般人也未必知道他是何方神圣，更不知道陈傅良祠在哪里。

　　我们这次来，主要是看梅雨潭。知道梅雨潭，主要是因为朱自清先生写的散文《绿》，他写两次到梅雨潭的所观所感，写出了浓得化不开的绿，写出了女儿情态的绿，当然，也写出了朱先生的爱与惆怅。朱先生曾在温州中学教书一年有余，写了四篇散文，后汇编成册，书名叫《温州的踪迹》，《绿》是其中一篇。

　　梅雨潭隶属瓯海区茶山街道，距离温州市区约二十公里。

　　南方的深秋并不感觉到冷。爬一段山，身上刚好热到要出汗的程度，在路边通风处站一站，秋风微凉，很快将热气刮走。正是爬山的好时节。从酒店出发，坐五分钟左右的车就到景区门口了。进了门，距梅雨潭只不过两百来米。小径一波三折，有平地，也有坡，坡也不陡，更不长，相当乖巧和贴心。路边有一条溪流相伴，使寂静的山中增添了不少热闹，也多了许多自然的情趣。这是南方和北方的最大区别，北方的山少水，就像一味逞强的莽汉。而南方，有

199

山必有水，更像"最是那一低头的温柔"的少妇，显得是如此地有情有义。

梅雨潭自然是好到一言难尽。朱先生所写的绿，依然存在，依然温婉动人，依然沁人心脾。但梅雨潭打动我的，是她的幽静。幽静不是纯粹的静，那是一种让人的心灵更熨帖的安然。她被群山抱在怀里，四周有茂密的绿植簇拥着。瀑布垂挂下的唰唰声和风吹拂万物发出的呢喃声交织在一起，更像大自然的喃喃细语，这就是所谓的天籁，是人类心心念念的心灵之歌吧。声音蔓延开来，又迅速被四周的群山吸收。它们来于大自然，又迅速回归于大自然。那么从容，又是那么决绝。

这个时候，如果没有人的声音，你会觉得自己已然进入大自然的深处，进入自然的内核。水流的声音和风拂植物的声音不断在下沉，一直沉到脚底下，悄悄地走了，然后又有声音悄悄地升起来。而人便和群山融为一体，变成山的一部分。这个时候，你仿佛猛然醒悟了，又去认真仔细地打量南方的山。它是多么地善解人意！山一般都不巍峨，不像昆仑和祁连，没有给人压迫感，也没有绵延不绝的孤独。恰恰相反，南方的山大多是清瘦的，是儒雅的，也是收敛的。就拿梅雨潭所在的大罗山来讲，它属于括苍山余脉，延绵几十公里，在整个温州也算是一座大山了。但是，你看到这山时，即刻就会感受到它的善意。即使入山后，也不会迷失自己，依然是有信心的，甚至是信心倍增的。你会无端地觉得身上有用不完的力气，能与这座山有一次完美的交流。这种交流不是征服，不是盛气凌人的，不是针锋相对的，更不是剑拔弩张的。而是一见钟情的，是你情我愿的，是和风细雨的，甚至是含情脉脉的。

梅雨潭就像这座山中的一颗明珠，一颗翠绿的明珠。而我在山中，在梅雨潭边，感受到的是飘然物外的宁静，忘却了山外还有一个世界，一个纷纷扰扰却让人爱恨交集的世界。

从梅雨潭下来，路过山脚下一座寺院，名仙岩寺，也称圣寿禅寺。据同行的瓯海区文联的朋友介绍，圣寿禅寺是北宋大中祥符二年真宗皇帝敕赐的。而山门门楣上悬挂的"开天气象"匾额，据说出自朱熹之手。

宋真宗，那可是我们读书人的亲人！虽说他是守成之君，但他的"书中自有黄金屋，书中自有颜如玉"，的确是最给读书人长脸的金句，所以我对仙岩寺陡然增加了几分亲切感。步入仙岩寺，大约是下午三点半，大雄宝殿传来僧侣做功课的声音。那声音笃定，深沉，透着一种让人沉潜的魔力，仿佛他们就是这样轻声细语地给世界安排了秩序。来寺院的人都屏声静气，而寺院的地面也一尘不染，连落叶都被扫归一处，安静地伏在一边，似乎也在静静地聆听佛号。我们沿着石阶往后院走，一路上见到僧人和寺院里的杂役，他们个个面带微笑，神色安然。我们在寺院里的那段时间，很少见到游客。似乎这是一个被遗忘的世界，或者说，这个世界的安静与从容，多少显得有些突兀，突兀得让人吃惊，让人心暖，也让人难以置信。

绕了一大圈，还是要说到陈傅良。出仙岩寺右边小门，约五十来步，便是陈傅良祠。查了一下资料，陈傅良的老家不在仙岩，而在温州瑞安塘下镇。塘下镇就在仙岩隔壁，陈傅良祠为什么会建在仙岩，而且就在仙岩寺边上？

有史料梳理了陈傅良六十七年的人生经历。他三十六岁考中进士，授迪功郎、泰州州学教授。但他未赴任，继续在家乡教书。让我略感惊喜的是，在当时，考中进士后，在家教书是可以领半俸的，相当于现在的基本工资吧，生活还是有保障的。

陈傅良应该是个很好的老师。南宋大儒叶适后来在他墓志铭中写道："公未三十，心思挺出。"又说他："虽縻他师，亦借名陈氏。"他未中进士前就当起了老师，后来当了官，一旦被罢官回家，就毫不犹豫又拿起教鞭。他在仙岩教书时间大约在淳熙十一年（1184 年），那一年，他接到当湖南桂阳军知军的任命，那可是标准的地厅级领导干部。但他一直拖到 1187 年才到任，这期间他在干什么？就在仙岩教书。由此可见，这位老先生是多么喜欢当老师啊，连比知府规格还高的大官也不想去当了，难怪他后来名列《宋史·儒林传》。

而朱熹来仙岩见陈傅良，给仙岩寺的山门写匾额，应该是在 1194 年以后的事了。那时陈傅良"又被罢官了"，他回到老家，将自己的居室称为"止斋"，退休的意图很明显，而且，他此后确实没有再"出山"，的确止于此斋了。

陈傅良在给宁宗皇帝当中书舍人时，帮朱熹讲过好话。中书舍人是专门给皇帝草拟诏书的官职，是皇帝"身边的人"，他为朱熹说好话，皇帝也是"给面子"的。朱熹到处讲学，路过此地，来看看"曾经的朋友"，也是应该的。况且朱熹和陈傅良也可以算是"同出一门"，他们的学问都源于程颢、程颐两兄弟的"洛学"。从北宋到南宋，经过一百多年的演变，形成了以朱熹为首的理学，以陆九渊为代表的心学，还有以叶适为代表的永嘉学派。而陈傅良是永嘉学派承上启下的人物。有意思的是，只有永嘉学派变成了一门经世致用的学说，也就是后来我们所谓的唯物主义哲学。我想，温州这块土地上能够诞生出永嘉学派，永嘉学派也肯定在很大程度上影响温州这片土地以及生活在这片土地上的温州人，两者必定有内在的关系。温州人的务实、勤勉和通透，不知和这有没有关系，也不知道有没有学者做过这方面的研究。

　　我觉得更有意思的是，把陈傅良祠放在仙岩寺隔壁，当时的规划者肯定是有着缜密的思考的：他们代表着中国文化的两个方向，一实一虚，一现世一来生，实与虚最后却又归于统一。而距离他们两百多米的梅雨潭，却更像他们共同的邻居，完全可以作为仙风道骨的道家之所在。儒释道三家会于一处，在佛家明心见性，到儒家乃格物致知，复返道家则返璞归真。游一处而得此三妙，确是一桩幸事乐事。

高原之旅

黑色的打底是我用身体量过来的，
白色的云彩是我用手指数过来的。
陡峭的山崖我像爬梯子一样攀上，
平坦的草原我像读经书一样掀过。
……

　　我缺少那些磕长头的朝圣者三步一叩、五体投地的虔敬，甚至一路上都在抱怨山高路远。平均一天十二个小时以上的车程，从拉萨到昌都，走了七天。没有走过西藏的人，你如何知道天地之高远？她有多么美，就有多么忧伤；有多少洁净，就有多少孤独；有多少冰肌雪骨，就有多少苦寒荒凉。冰雪荒凉的世界让人明心见性，缘起性空——我的眼睛被装满了，我的心却被清空了。我想记录经历的一切，一切却又无从说起。凡所有相，皆是虚妄，它的开释来自你陡然间的警醒。

　　同行中的一个人说他来过西藏数次，一次都未看见过南迦巴瓦峰。我算是幸运者，十年前第一次进藏，曾经清楚地看见她的真容，却并不惊讶她的高贵绮丽。这一次我们从山下的公路上穿过，一车的人正在遗憾着山中缭绕的云雾，回眸之间却窥见半天中出现一点点洁白无瑕的峰头，半拢云袖半遮面，恍然间明白了为什么她会被称作"羞女峰"。却原来她的美更应该衬托在云遮雾罩、似有若无之间。

到拉萨的第一天便结识了一个叫刘萱的奇女子。她写诗，给自己取了一个笔名叫雪域萱歌。萱歌很美，但她的美是那种知性而又有点沧桑的清秀之美。她已经不再年轻，北京人，原在国务院新闻办工作，是个局级干部。2004 年、2010 年两次援藏。2013 年援藏结束，她不顾家人的反对和朋友的规劝，毅然将工作关系调至西藏，任自治区政府副秘书长、新闻发言人。如今她已过了退休年龄，却仍然长期生活在西藏。该有怎样的深情厚谊，才能将自己全部奉献给一片土地？在她面前我才突然觉得自己所谓的空，竟是何等的满！我又与她隔着怎样的心理距离！我总是悄悄地窥看她，直发，素颜，穿深铜色暗纹斜襟藏式上衣，配牛仔裤，踩着一双短靴。看起来都不合适，一切却又如此合适。她的美是需要耐着性子打量的，是一种忧郁的安详，是一种沉静的热烈。我替她设想了一万种理由，可那只是我的理由而已。我在尘世洇染太久，无论如何都不能掰扯清真正的无用之用。她热爱西藏，不需要任何条件，她化身成为这里的一片云、一汪水、一块石头。西藏有多神秘，有多少绮丽多少壮美，可否在萱歌们的热爱里找到答案？其实，答案是如此简单，只是需要我们直视而已。爱是需要勇气的，我们大多数人一生都不能遭遇生死之爱，难道不是因为我们自己缺乏勇气？我生性固执，不肯被驯服，我甚至在很多年里觉得自己有着藏羚羊的野性。其实，那不过是一种小，是一种自私，是一种计较之后的安逸。我们或许没有真正得到过，但我们不得不承认，我们从不肯真正付出。这个女子的前半生或许和我们一样不堪打量，但有一天，她遭遇了这座高原而突然开释。于是，这片土地成就了她，她也用自己的生命之爱成就着这片土地。

我不禁想起让我在深夜恸哭的凯伦·布里克森的《走出非洲》。与其说它是一部爱情小说，不如说是一个女人的史诗。想想凯伦遇到丹尼斯后写的那句话："在绝望之后……"在古老而原始的土地上，动物不会被驯服，热爱自由的人也不会，但爱会驯服灵魂。"你并非你所拥有。"你是你自己。当凯伦失去情爱，舍弃了给予她身份的丈夫，舍弃了家园和其他一切，却得到了她自己。

萱歌们的高原就是凯伦的非洲，她们在这里找到了自己，以及，生命的全部意义。

很多人以为去过拉萨就是到过西藏，不曾在高原上行走能算完成高原之行吗？昌都人说，你若来了西藏，一定得到昌都走一趟。

雪山、森林、草原、山峦、天空、雄鹰、落日、寺庙、村庄……有些地方你从未去过，却觉得自己曾经见过。真的有前世今生之轮回吗？自拉萨去昌都的一路，我们翻越了海拔四千多米的雪山。在茶马古道上仰望，在古长城上徘徊，在然乌湖的观景台上聚餐，在七十二拐天路上驰行。走入古冰川，相见千年古盐田。那一路，在观景台上恰逢雪山崩塌，雪瀑缤纷，气象万千。那一路，我们在多拉神山上驻足，傍晚的山边突然挂起彩虹，世界瞬间被点亮，幸福就是这样不期而遇。

昌都，我第一次知道这个茶马古道的重镇竟然是香格里拉的核心区，我心中的净土。是否如歌词里描述的那样，"没有痛苦，没有忧伤，是神仙居住的地方"？有浅薄者说，要在西藏寻找一次"艳遇"。他们哪里懂得，在西藏的每一刻都是"艳遇"，而且是那种刻骨铭心的生死之恋。你已经没有了分别心，人与人，人与物，物与物，诸相非相，一得万得。那可不就是神仙居住的地方！

在昌都，在被当地百姓称为"神女峰"的达美拥雪山脚下，我们品尝到了藏地葡萄酒。此酒是用达美拥雪山的雪水灌溉的葡萄酿出的，取了雪山的名字。广告词上写着："达美拥——离太阳最近的葡萄酒。"它另有一个好听的名字，"西藏的波尔多"。相传十八世纪中叶，法国传教士来到西藏芒康盐井传教，带来了葡萄种子和"波尔多"酿酒技术。天山雪水、洁净的环境、天然的气候风云际会，成就此佳酿。小小的酒杯中，似乎能品味到藏文化和法兰西文化的巧妙融合之后的厚重。

盐井的天主教堂是西藏地区唯一的天主教堂，虽几经修缮，骨子里的情怀还在，日常的世俗里隐藏着饱经风霜的神圣和庄严。在伸手可以触摸到太阳的高地上，不，是在半天之闾，倚一片云彩伴酒，仙子一样微微地醺着，真的被"西藏波尔多"纯正的味道和细腻的口感征服了。

万物的起始，必先抱持一个坚定的信念方得圆满。想必种葡萄有种葡萄的信念，酿酒有酿酒的信念。而有关唐卡的信念，因为意蕴万方更是让人浮想联翩。唐卡被形象地称为"可以流动的壁画"。相传两千多年前，生活在青藏高原上的藏族人开始修心观想，但那时没有足够的寺庙，于是就有了在洞窟里闭关修行的传统。由于藏族部分地区天气恶劣，不宜在同一地长期居留，需要经常迁徙。但人们带不走留在墙体上的壁画，于是，他们便把菩萨佛画在布上带走，这即是早期的唐卡，一种新的艺术形式由此衍生。藏人的历史、政治、文化、传说、民俗、天文历算、医药、地理和社会生活等各方面，都集中在一张张唐卡中，称其为"藏地的百科全书"一点也不为过。从公元七世纪有文字记载至今，唐卡已经有一千三百多年的历史。

唐卡丰富的色彩是普通绘画根本不能相提并论的，画一幅好的唐卡至少需要三十种以上颜色，它的配色层次十分繁复细腻，在观者眼中变化无穷。唐卡的色彩既是形式，也是内容，其本身就是藏地的历史人文和环境的投射，它关乎藏人的历史传承、文化传递、宗教信仰以及对自然山水的敬畏。因为敬畏，唐卡的绘画颜料非同一般，多采用松石、玛瑙、珊瑚、金、银、珍珠、朱砂、琉璃等贵重的宝石矿物原料，因此它的珍贵既是精神的，也是物质的，更是艺术的。

到昌都旅行，对人们最大的诱惑是拜谒唐卡的故乡——西藏最重要的唐卡三大流派之一的藏东嘎玛嘎孜画派，它就产生于昌都的嘎玛乡。据说画师画一幅唐卡要像修行一样耐得住寂寞，需要相当漫长的过程。用几个月的时间磕长头，是对神的顶礼膜拜。用几年的时间描摹一幅唐卡，更是一心向佛的一种信念。我们走过画师身旁，亲历一眼神奇的绘画过程，虽然并不能真正进入那种大隐隐于市的忘我境界，但轻轻触摸一下承载着生命真谛的圣洁之物，是不是也能感受到高原艺术家们心中的慈悲和安详？

一趟漫长的西藏之旅，像唐僧西天取经历经九九八十一难一样。我们行走在高原，也遭遇了暴风雪、泥石流、雪山坍塌，可回首看来，这些经历肯定会成为我们生命中最美好的事物。

我感动着我的感动，对西藏的体悟只能化在心里。很多时候、很多东西无以言说。

那天，在昌都，我们醉了。不醉酒，无以面对高原。那个深情的夜晚，我终是被一首诗所震撼：

极目相接之处，
让风引领随意远行，
或者有一段歌声如约而至，
飘浮于头顶停留的云端。

关于西藏，一路陪伴我们的吉米平阶，这个谦和的、著名的藏族诗人，用他的诗歌《纳木娜尼的传说》给了我一个最好的回答：

因为你的降临，
天与地会在某处连接，
有了神秘沟通的唯一通道。

论陈皮和女人之爱

最热的季节，午睡后的慵懒中，我读到那首诗：

巴巴地活着，每天打水、煮饭、按时吃药。
阳光好的时候就把自己放进去，
像放一块陈皮。
茶叶轮换着喝：
菊花、茉莉、玫瑰、柠檬，
这些美好的事物，
仿佛把我往春天的路上带……

这短短的几句，顷刻俘获了我心底的柔软。菊花、茉莉、玫瑰、柠檬，统统可以忽略不计，只那块阳光里的陈皮，遮蔽了所有花香。

我不愿意是花，我愿意是阳光里的陈皮。

那天下午，诗人余秀华在郑州松社书店为她的新书做活动，我被书店请去给她助阵。活动结束后，她歪着头用左手签了她的书给我，完全不朝我看一眼。她穿背带裙扎马尾，骄傲得像一个初中的学霸。我夸奖她，好可爱！她完全不领情地回应道，你就直接说我不漂亮呗！对待一个诚恳的人，诗人任性得简直有几分无礼了。可就为着那句阳光里的陈皮，我可以原谅她一百次。

一个人的一生，有多少记忆留下的是好事物呢？

关于余秀华，我脑子里的关键词是：阳光、陈皮、爱情。因为喜欢陈皮，我喜欢上那个叫余秀华的女子。

其实，我对陈皮的认识与诗人没有太大关系。二十多年前去深圳探望母亲，她退休后住在深圳我妹妹的家里。一个江门的河南老乡请吃饭，送给我母亲一斤二十年的陈皮。那时，北方人还不大了解陈皮，它也远远没有这几年这般普遍。印象里它只是一味中药，但在南方已经炒得很热，被朋友渲染得能够包治百病。我将信将疑，不置可否，只是觉得母亲也不会用它。我母亲一生喜家常便饭，从不服用任何滋补食品药品。但出乎意料的是，那斤陈皮却让她津津乐道了好些日子。广东的夏天湿热，母亲刚去的头几年总是有点儿不适应。后来她固执地认为，陈皮医好了她的水土不服。无论谁去看她，她都要推荐自己熬制的陈皮水。一直到今天，她始终坚持每天烧开水时扔进去一片陈皮。屋子里漾起浓浓淡淡的药茶香，心情都忍不住好起来。

2009 年我应朋友之约，在大红柑收获的时节特意去了一趟江门，那时的江门比现在新，或者看起来比现在新鲜。当时北方的城市因为经济原因，还不太顾及容貌，看南方哪哪都觉得有异域风情。而且，因为那时我还算年轻有朝气，对他乡总是带着莫名其妙的好奇和热情。南方的树木，南方的热带水果，南方说客家话的土著居民，水灵灵绿油油的一座小城……南方，轻轻读出来，水灵灵的感觉。洁净的街道上不时会遇见几个剥柑的妇人，果肉堆得小山一样，只留下皮。初次看见煞是心疼，那被剥了皮的果肉晶晶莹莹的一大堆，虽然走过去尝了味道是酸苦的，可就那样丢掉了，也还是觉得有说不尽的可惜。

相隔十多年，应《香港商报》的邀请看岭南文化而再来江门。江门被北方新兴起来的城市比得老旧了。且不去说她吧，心心念念的却仍然是陈皮。我好茶，家里各种能长时间存储的茶有好多种，隔一段时间就要像陈列武器一样摆出来品尝把玩一遍。现在这年头，好茶的人哪有不好陈皮的呢？于是博物架上装陈皮的罐子越来越多，爱陈皮的阵仗明晃晃地都摆在显眼处。心情不好的时候，打开一只罐子深吸一口气，浑身细胞都被激活，对生活的满足感立刻就弥漫开来。我的理想生活就是开个茶店，不为挣钱，只为愉悦自己。店最好是和闺蜜一起经营，好的滋味至少得有一个懂的人和你一同分享，酒和茶尤其如此。

记忆里有那么一个冬天的下午，外面下着很大的雪，我的邻居何南丁老师的女儿何向阳到我家串门。她说哎呀，一进你的屋子，好像到了南方。那可不，我一屋子的花草灌木，绿意盎然。陈皮在煮茶器里翻滚着，香气氤氲。我们俩只把郑州作广州，把北方权且作了南方，毫无头绪地说着女人间的闲话，忘记了外面漫天飞舞的大雪和滴水成冰的天气。我们这些贪图安逸的女人，爱极了有陈皮的日子。

去年在北京八大处参加茅盾文学奖的评选，谢有顺、金仁顺我们三个茶客建了一个喝茶的群，一有时间就在一起切磋茶艺。我们一般不肯喝炮制好的橘普，常常在上好的老普洱里，加一点高龄的老皮，用山泉水泡，果香、花香、蜜香各种尝试，玩得不亦乐乎。评奖结束后，有顺先生普度众生广结善缘，给我们一人寄了一斤

"新宝堂"十五年的陈皮。偌大的阔口玻璃罐子，看着令人喜不自禁，里面的陈皮面如重枣，让人馋涎欲滴。

吃了一年"新宝堂"的陈皮，始知新宝堂并不新，它创立于光绪三十四年（公元 1908 年），是一家有着一百一十二年历史、具有深厚品牌文化底蕴的"广东老字号"，是广东非物质文化遗产"新会陈皮制作技艺传承人单位"和"省级非物质文化遗产生产性保护示范基地"。

小说家的好奇心被勾起来了，对陈皮历史的钩沉激励着我。新宝堂的作坊到底有多大？有这么多好东西垫底儿，人家现在是四世同堂还是五世同堂？它经过数代传承的生产流程肯定异常神圣和神秘。这样的想象更令我兴奋莫名，我向往老旧如陶的物事，老奶奶从匣子深处取出纸包，屏声静气慢慢揭开……然而，阔大、高端、现代的新宝堂陈皮有限公司让人瞠目结舌，一座占地面积达八点几万平方米的现代化工厂出其不意地展示在我们面前。晚近以来，现代化攻城略地，对于传统工业而言，它是福还是祸？

展厅里各种年份的陈皮堆得像小山，异香扑鼻。车间里看不到工人，一座座巨大的储藏罐中是正在发酵的新开发的陈皮酵素，想必堆积如山的柑肉终于有了着落。那个身形清瘦，留着卷烫长发，我们都喊他"第一小提琴手"的人正在解说。对于陈皮，他显然有着艺术家的天分和热情。二十多分钟后我才被告知他就是新宝堂陈皮有限公司的总指挥、新宝堂第四代传人陈柏忠。这大而整洁的厂房、有条不紊的运转所孕育出来的旋律构筑着企业的自信。可我还是有点儿疑惑，从五年到五十年的果皮，如此充足的货源，从老爷爷老奶奶简陋狭窄的场地是如何收存到今天的呢？而今日，从这里流向满世界的陈皮，从种植到采摘，再到开皮、生晒、陈化，能保

213

证都是新宝堂的产出吗？我真想看看柑园，看看采摘的工人，看看开皮的手工匠人，看看晒皮的场院，看看装在麻袋里预备陈化的新皮。后来我看到墙上挂的告示，出自新宝堂的所有陈皮都有身份证，可溯源——公司设立完善的农事记录，从种植、采收时间、地点、仓储位置等各个环节，建立新会陈皮溯源系统，让每一个新会柑、每一片新会陈皮的"个人信息"皆可从网上查到。现代化对传统企业的举托，到此才令人恍然大悟。有国家质量认证的新宝堂，我对其还有什么可质疑的呢！

关于陈皮的记载，最早的史料是《神农本草经》，其中提到"橘柚，味辛、温……一名橘皮"，此处的"橘柚"应是指芸香科植物橘的果皮。宋代之前，广东新会虽然已经有人种柑，但都是小打小闹，自产自销，没有规模化生产。当地人对柑皮入药不甚了解，只知其香味，偶尔烹调时用之。其实陈皮细分起来还是非常有讲究的，《神农本草经》所述橘皮为今之所用陈皮，现在所谓的新会陈皮，为古之所述柑皮。橘皮因陈久者良，而称为陈皮，产于广东者因为久负盛名，故名广陈皮；而产于广东新会者最优，故而称新会陈皮，它作为广陈皮的上品，是广东三宝之首，也是十大广药之一。它盛名于明清时期，延续至今，种植历史已经有近七百年了。

挟现代科技之威，新宝堂已将单纯的陈皮制作拓展出陈皮茶、陈皮酵素、陈皮凉果。陈皮酵素已正式进入南方医科大学中西医结合医院对高尿酸血症、高血压、高血脂、调节肠道功能的临床疗效研究。回程时，我购买了五盒，用以调节睡眠，颇有疗效。无论你信不信，反正我是信了。

参观途中，那个不是演员的、创作了《天下无贼》的著名作家王刚，瞪着一双憨厚的圆眼睛打问，女孩子也会喜欢陈皮？这话问得令人捧腹。我也故意对他开释道，那么天然芳香的物质，谁能抗拒得了？恐怕那才应该是女孩子的最爱。他大惑不解，我觉得那疑惑是认真的。他说，那味道能接受吗？天！这个世界上还有味觉如此迟钝的人！想想也挺可怜的，那一路走来，他只对岭南的烧鹅倍感兴趣，却不懂饱食过烧鹅，若是能煮一壶陈皮水杀杀腻，他的肚子或许会瘪下去不少。这个穿爱马仕短裤的男人常常振振有词，喝两百元一瓶的红酒和两千元的没有什么差别啊！阿弥陀佛。如是我闻。我们原谅了江湖上的刚哥，他不是假装，也许人家是真没分别心呢！

上世纪二十年代，林徽因刚刚开始和梁思成恋爱，她因为肠胃不适而苦恼。梁思成从箱子里取出一块陈皮以开水冲泡，想必那芳香之水，能够让爱情迅速升华。梁思成祖籍新会，那陈皮肯定就是新会皮。我们参观了其父梁启超的故居。建筑精美坚固的屋厦，历经百年风雨依然完好如初。后来梁思成、梁思永两兄弟皆成长为著名的建筑学者，与他们耳濡目染的生长环境一定有着某种联系。梁家处处洇染着浓郁的书香之气，林徽因虽然也出自名门，但她能成为梁家的媳妇亦该是她的骄傲。我突然想象，这样富庶的书香之家，上等的新会陈皮肯定是伴手之物。有那么一刻，我沉浸在这样的想象里不能自拔。可惜的是，关于梁家的生活故事里，没有此类的记载。

新会有个皇族霞路村，全村皆姓赵，有记载说他们是宋朝太宗皇帝的后裔。行走在这个村庄的每一个角落，触摸着历史留下的斑斑点点似有若无的痕迹，仍可感受到千年前的皇家的气势。村口巨大的黄皮树上挂满了丰硕的果实，皇帝的子孙在树下支起麻将桌，喝着颜色暗淡的茶水，日子缓慢而悠长。我很想打问其中的老人，他们为什么不喝陈皮水呢？

在村委会，我们看了一个关于村庄历史的短片，喝了一杯陈皮水，疑窦被解开，那味道不甚好，有浓烈的陈仓味。

面对赵家皇帝的后人，我突然想到赵家与新会陈皮的陈年旧事。当年南宋理宗皇帝的母亲杨太后得了乳疾，御医们无论用啥药都治不好。时任徐州知府的新会人黄广汉，采用新会大红柑，用特制的办法制成了一种药材陈皮。其夫人米氏便用这个药慢慢地治好了杨太后的乳疾。杨太后奏请理宗皇帝用"邦显一品夫人"对黄夫人米氏加以封赏，从此"广陈皮"名满天下。

很多历史都是如此，草蛇灰线伏脉千里，像一块新会老皮，放得愈久，味道则愈醇。

般若庄市

　　记得十多年前，我看中央电视台的一档对话栏目，主旨是讨论宁波和温州的发展模式之优劣比较。两派角力的焦点是，文化教育对经济的发展起什么样的作用。作为正方的宁波，基本立场是如果没有文化教育的助推，经济发展是不可持续的。而作为反方的温州，说温州人如果有了文化，就不会走出家门和国门。正在双方吵得不可开交之际，宁波方的一个嘉宾拍案而起，朗声说道，在我们宁波，即使是不识字的老太太，也会教育自己的后代，擦屁股可不能用带字的纸，那是罪过！当时，他们在电视上发怒，我在电视外发笑。我想，到底是人家温州人聪明，专门在手纸上印上小小说让你在出恭的时候学文化，这岂不是一举两得？擦屁股的时候学得一星半点儿做人的道理，总比把经典放在书柜里从不翻开看要好得多。

　　不过笑了之后我又想，聪明并不一定等于智慧。手纸固然可以赚钱，也可以从上面学点文化，但那文化毕竟不是这文化。

　　我还记得那天很多嘉宾在列举宁波的发展时，都不无自豪地提到了一个村庄的名字。他们说，那个到现在只有两万来人的村庄，出了多少多少个世界著名的企业家，如世界船王包玉刚、亚洲电影

217

大王邵逸夫，出了多少多少个中国两院院士，等等等等。也就是在那时候，我记住了这个村庄的名字——庄市。

恍然十年过去了，借这次参加《小说选刊》组织的著名作家看庄市活动，终于走进了这个诞生过包玉刚、邵逸夫的村庄，当然还有一大串耀眼的商界巨擘，因为文人怯商，因而没怎么记得住。邵逸夫我之所以记得清楚，除了看过他出品的不少电影，不能忘记的是他还直接帮过我的忙。那时我在一个县挂职当副县长，分管教育，正为无米之炊发愁，估计人家邵逸夫听说他的本家有这点难处，果断拨款给我们建了一所学校，解了燃眉之急。屈指算来，全国乃至全世界，有多少座逸夫学校、逸夫图书馆、逸夫教学楼、逸夫实验室？又有多少颗干渴的心灵，在这些地方得到知识的浇灌？这次我到他的故居去，站在这个并不奢华的小院里，禁不住一时百感交集，忽然想起《大学》里的一句话来："大学之道，在明明德，在亲民，在止于至善。"什么样的德行才是"明德"？韩愈说："圣人之所以为圣，愚人之所以为愚。"其皆出于有无教育之功，教育是圣人之途，自然居功至伟。如何"亲民"？当然亦唯教育是尔。什么才是至高至大之善？邵先生穷其一身之力于教育事业，用知识的力量孕育善之硕果，怎不令人"高山仰止，景行行止"！

站在宁波大学开阔而又美轮美奂的校区里，我想起了那个鞋匠的儿子、银行小职员出身的包玉刚。中国改革开放之始，国门初开，他回国后向邓小平提的第一个要求就是为祖国捐两千万美元，其中用一千万美元在上海交大建一所图书馆。当然，伟人的心是相同的，邓小平当即点头同意。当时这个百废待兴的国家到处都缺钱，但更缺的是文化。他们都知道，如果没有钱也就没有文化，没有文化就没有未来。又过了几年，包玉刚向邓小平提出来一个更大胆的设想，希望为自己的家乡宁波捐资两千万美元兴建一所大学。邓小平会心地笑了。真正的政治家和真正的企业家，自然都知道振兴这个国家需要做的是什么。包玉刚果然一言九鼎，很快宁波大学便拔地而起，而且在他的带动下，有五十多位"宁波帮"为这个学校捐款近三个亿，使宁大很快跻身为浙江省的重点大学。

从敬字如神的无名老妪，到叱咤世界的商界巨擘，都对文化如此情有独钟，想来宁波文风昌盛经济发达，绝非偶然。这个发展路径也许更值得各地的当权者深思。

这次在庄市的活动，有一大半时间是在看文化教育项目。这是我在历次的作家采风活动中极少遇见的，可见庄市人对文化的重视不但是振古如斯，而且是于今为盛。在路上，鲁敏玩笑道，宁波人又有钱又有文化，真是难得。其实仔细想来，这句话沉甸甸的，纵观世界文化史，没有多少地方的文化是从土里刨出来的，或者一言以蔽之，大部分文化都是靠富贵滋养出来的。囊萤映雪，流传下来的只是一个人穷志不短的粗糙的形式，总有那么点心酸和无奈。而腰缠十万贯，骑鹤下扬州，才给人以细腻而丰富的想象力。在《红楼梦》里，薛宝钗对贾宝玉说，天下难得的是富贵，又难得的是闲散，这两样再不能兼有，不想你兼有了，就叫你"富贵闲人"罢了。古往今来，有钱的和有闲的，像乌眼鸡似的敌对了这么多年，如果来庄市看看，估计都能相逢一笑泯恩仇了。

走在庄市的大街上，正赶上蒙蒙细雨。烟雨江南，逐渐润湿了我来自久旱的北方干涸的身心。满街的香樟树，绿得使人伤感，亮得使人透彻。但真正湿透我的并不是雨，是这充盈的文化氛围。"天街小雨润如酥"，用在这人间四月天里，是如此地恰贴和受用。每次到南方来，我总是有点失落，甚或有点自卑。中国南北方之间的差异，并不在气候上，也不在经济上，而主要是文化上的差异。孙中山先生在诊断这个问题的时候说："北方如一本旧历，南方如一本新历。"这个政治和寿命皆短的国父，对百病丛生的大国把脉甚准。但可惜的是，药方却用错了，他认为治理国家"必新旧并用；全新全旧，皆不合宜。故欲治民国，非具新思想、旧经练、旧手段不可"。当然，谁都知道这样的药方无异于饮鸩止渴，但问题的悲剧在于，即使到了现在，谁也不能不用新瓶装这样的旧酒。除非你像宁波人那样，真正地睁开眼睛"而游乎四海之外"，才能慢慢地体会到"修身齐家治国平天下"的道理吧。

闲话盛泽

到盛泽采风差点闹出笑话。人家司机问我，过去到过盛泽吗？我说没有。又问，听说过盛泽吗？我说没有。他转头吃惊地瞪我，怎么可以不知道盛泽呢？

不知道盛泽，莫非是一桩罪过？盛泽无非是一个乡镇，而全国这样的乡镇有四万多个，谁能都知道呢？不过，直到看到盛泽才明白，不知道盛泽，至少会是一个遗憾。

盛泽不仅仅是个乡镇，她是座都城，令全天下女人怦然心动的都城——丝绸之都。

在盛泽，五星级酒店林立，较之北方有些城市的星级酒店，其场面之阔绰，细节之考究，不可同日而语，恍若来到大上海十里洋场。后来与当地人聊起来，不禁哑然失笑，原来这里自古就有"小上海"之称。其实，内地有"小上海""小香港"之称的地方也不少，但名副其实者凤毛麟角。盛泽则不然，一片片高端社区被阔大的草坪环绕，树木葱茏。还有街道间游走的豪华车辆，都让人迷惑恍惚，谁能相信，这样的盛泽，只是江苏吴江的一个镇？

自唐代起，这里的丝绸生产已成规模。正德《姑苏志》载：

"绫，诸县皆有之，而吴江为盛。唐时充贡，谓之吴绫。"吴绫，一个柔软得让人心痛的词汇，与之比肩的是吴语——吴侬软语，都是柔滑的，轻盈的，可亲近的。

元代，意大利旅行家马可·波罗游历到此，目睹了盛泽生产的丝绸和锦缎，并在《马可·波罗游记》中做了记述。至明末清初，盛泽形成了"水乡成一市，罗绮走中原"的盛况。清代中晚期，盛泽已经有金陵、任城、山西、绍兴、宁绍、华阳、徽宁、济东八大会馆。看着这个介绍，我不禁心跳加速，仿佛历史正穿越百年沧桑，朝我扑面而来。华阳会馆，不正是我现在居住的城市？华阳，古华国的国都，位于郑州南郊的新郑郭店镇华阳寨村，它是上古华胥国所在地，也是战国时期韩国的北部门户和军事重镇，著名的华阳之战就发生在那里。

我为自己是河南人而骄傲，不仅因为历史，更是因为现实。有朋友跟我说，现在的盛泽，几乎有三分之一是河南人，所以河南话也是本地的官方语言之一。

世事沧桑，大多昔日的繁华之地，已几乎看不到旧时的踪迹，留下的只是回想和惋惜。而盛泽自明代中叶至今的五百多年，虽历经盛衰，丝绸业始终不绝如缕，给点阳光就灿烂，以至于以一个乡镇的体量，与苏州、杭州、湖州并称为中国四大绸都。有谁会相信，盛泽每年生产的丝绸如果由全世界人民平分，每人可分得一米之多？

盛泽镇很大，固定人口二十多万，流动人口达四五十万，一个中等偏大的城市规模。但若是你把盛泽想象成过去那般遍地罗绮，万商云集，市声鼎沸，也是错了。互联网已经渗透到每一个行业和领域，实体门店正处于困难的调整时期。作为全国最大的交易市场，中国东方丝绸市场正在转型升级的过程中。而当地政府在"互联网＋"方面所做的努力和取得的成效，也是有目共睹的。目2014年起，盛泽建成了一个现代化的采购中心——东方国际纺织城，并赋予它一些新的元素——一个智慧型的、以互联网为基础的商贸平台。并于次年建成了一个网上虚拟商城，鼠标轻轻一点，就可以把盛泽辖区之内的两千五百多家实体纺织企业推送到全世界面前。我们看不到工厂，看不到纱锭和布匹，看不到熙攘的卖家和买家，但是，一个更加繁盛，更加野心勃勃，包括三分之一出口的绸缎贸易市场，正在不动声色地占领着世界。

然而，对于更加感性和物质化的女人而言，盛泽的丝绸一条街依然是理想的购物和旅游目的地。你可以想象吗？这条街上一家小丝绸店面一年的销售额可达数百万，大的可达几千万元。身处千万种颜色之中，你还敢相信自己的眼力吗？一位行家说，二选一容易，十选一也不费事，一百选一呢？世间的绮丽繁华，乱花渐欲迷人眼。抑或，不管繁花似锦还是锦似繁花，在纷繁的色彩面前，人最容易成为欲望的俘虏。但最终究竟要的是什么，当全靠自己内心的造化定力了。

当然，成为吴绫的俘虏，也是一件阔绰的雅事。

说实话，在来盛泽之前，我还真不知道宋锦就产于这里。宋锦起源于宋代，与南京云锦、四川蜀锦并称三大名锦。寸锦寸金，千年之华美，几乎达到极致。在吴江鼎盛丝绸有限公司，有一个叫"上久楷"的高端品牌，真正让人惊艳到震撼。从它的床上用品、男女新中装到箱包，几乎无法准确描摹它的华美。图案与花纹回旋眷念，对称严谨，顾盼生姿；华丽明艳与古朴高雅兼存。每种款式的设计中，你既能找到各种国际大品牌的身影，又能感受到古老东方的灵魂，传统中国之辉煌和瑰丽尽在其中。一方意大利款的方巾，盛泽的丝绸，意大利的设计与染色图案，绝对不逊于任何一款世界名牌。而中国传统化的披肩和男士围巾，会让每一种肤色的民众爱不释手。精致的特质凸显出高雅的格调，"贵而不显，华而不炫"。千年宋锦，彰显的不仅是东方文化气韵，更是一种兼容并蓄的哲学语境。

在盛泽，看到这样一句广告词：丝绸必将走向奢华。不禁愕然，丝绸什么时候不是奢华的呢？看到鼎盛丝绸有限公司举办的清末民国旗袍展，八十八件尘封已久的旗袍，或雍容，或华贵，或绵密，或淡雅，隔着百年时空，依然魅力四射，动人心魄。不知是今人现实的娇俏穿越到古时，还是故人骨子里的高贵盘桓至今。旗袍、锦缎，这些让女人不可抗拒的魅惑，无论是在新日子或旧时光里，只能代表高贵典雅、郑重其事的奢华。其实，大国之崛起，不仅仅是指经济体量的增大，更是文化的翻身。鼎盛公司启动的高级私人定制，汲取古今中外之精华，八面来风之自信，卓尔不群之气质，我认为也是中国崛起的一部分。

翻看盛泽的老照片，厚厚的一大本，文化、风光、人物、风俗，包罗万象。我关心的，仍旧是旧照里的衣装。晚清至民国年间，富裕阶层的男人一般为长袍，外套锦缎小马褂，有丑有俊，有瘦削的商人，也有腆着肚子的乡绅。凭衣着和相貌思忖这些人物的身份和家世，细看很有意思。"人凭衣裳，马凭鞍装"，这句老套的古话，蕴含着多么丰富的生活智慧啊！

照片上，女人多为宽宽窄窄的各式袍子，依着材质大抵可判断尊卑贵贱的程度。清代的贵妇人一般着宽大的袍子，材质厚实绮丽，虽目光迟涩呆板，但尊贵凛然的气质依然破纸而出。民国的名媛穿起旗袍，是十分的庄重典雅；项链手环，十指尖尖，环佩叮当里，是一份波澜不兴的笃定。若是看一大家子的合照，就更能读出许多故事。老爷和少爷的架势拿捏得准，进退有度；大奶奶、姨太太和小姐各就其位，秩序井然。不得不承认旧时代大家族里的阶级调和是一门艺术，让人在相差无几的表象之下，一下子就能看懂他们的身世和角色。到了1949年后的中华人民共和国，有身份的女子一夜之间都换成了列宁装，英姿飒爽，神情活泼，倒也可敬可爱，只是觉得轻飘飘的，压不住阵脚。而较之这些新潮女子，换了棉布衣裤的男人更显得失了分寸，手足无措。

从上世纪五十年代初至七十年代末，国人着装多为蓝灰黑的棉布衣衫。小孩子们的衣服也鲜见花色，厚墩墩的棉衣，遮蔽了身体的灵动。身体笨拙，面目模糊，这就是那个时期中国人的时代特征。最具代表性的，是中国政府副总理陈永贵头勒羊肚毛巾、身穿对襟小袄接见外宾的镜头。这个时期，丝绸业的发展可想而知。无人会穿丝戴绸，那代表着肮脏的、腐朽的资产阶级生活方式。我记得上小学的时候，在我们学校的操场里曾经挖掘了一座古墓。墓主只剩下一把朽骨，但里面的丝绸竟然还好好的。那时候真的觉得，丝绸就该被死亡、腐朽和罪恶所拥有。

八十年代，盛泽的丝绸业再次兴起，照片中的女孩子们穿上了丝绸裙衣，明眸皓齿，飘飘欲仙；男士们西装革履，煞有介事，跃跃欲试。尤其是2000年以后，盛泽恍然已是旗袍的天下，各种照片中的女子都在秀丝绸衣裙，繁花似锦。只是，虽不过三十几年的空白，历史之手已经无情地掐断了附在丝绸上数千年的传统文化，在同样的丝绸上，再也辨认不出曾经的典雅和庄重了。

不记得是哪一年，国家开两会，江苏浙江的女代表相约，统一着旗袍上会，一时间点燃了会议最热闹的议题，褒贬不一。对当时

225

的大众认知，也无可厚非，中国的开放与旗袍开衩的高低是成正比的。时过经年，仔细想来，丝绸之乡，以代表之名为地方支柱产业站台，是一件多么符合身份的事情啊！

说到此，便要回头说说盛泽盛虹、鹰翔、新民等几家大型丝织企业集团。它们均是国家级企业，更是丝织行业的大腕。它们多元化经营，构建集团航母，形成了石油、纺织、能源、地产、酒店等产业集团。可是这些集团，却无一例外没有自己的高端时装品牌。我不懂商业经营，也不知是否只要心无旁骛就能种瓜得瓜种豆得豆。只是凭空想象着，它们若是能生产普拉达、爱马仕、例外之类的国际国内大品牌，站在我面前的，肯定不是这么多财大气粗的老板，而是温良恭敬的谦谦君子吧。

真正沉入到盛泽的内里，你会发现盛泽虽然是丝绸之都，但真正的盛泽人却远远没有那么光鲜。一间间写字楼中尽是衣着简单的小白领；车间里在高温中作业的纺织工，织的是雪白的丝，穿的却是灰扑扑的棉布工作服。丝绸锦缎之乡，却鲜见锦绣之人，让人陡生遍地罗绮者，不是缫丝人的心痛。当与当地领导说起此事，丝绸协会的负责人说，绸缎是穿给闲人的，劳作之人无形态，丝绸的妥帖反而会暴露出身形的缺陷。此话可能有一定道理，但仍不得解，只是一味觉得用丝绸做工装，会是盛泽又一道亮丽的风景吧。

其实，盛泽不仅仅是一座丝绸之都，她还有一个别称——吃镇。得此诨号，也未必容易，在民以食为天的中国，更是如此。盛泽赢得"吃镇"，盛泽人则相应成了"吃精"——这个"精"字用得太妙了！与吃货比起来，那是何等的排场！所以，若你承认自己是吃货，那就赶紧去盛泽认祖归宗。当你从苏州、扬州一路吃来，经过红口白牙严肃细致的比较、鉴别，你不得不承认，盛泽的狮子头、红烧肉、太湖白鱼、蒜烧鳝鱼、阳春面和绉纱馄饨，确实较之前者技高一筹。

有内线说，能吃到镜湖才是境界。镜湖是一座公园，在园子里可以欣赏到西湖和瘦西湖的光影。不过既然说到吃，风景就可以忽略不计了。镜湖会所的饭菜，精美到你舍不得下箸，但又根本停不下来。一煲黄母鸡汤，色泽清冽，只搁了笋丝，那种特别的鲜美，用文字表达出来简直就是一种亵渎。选用食材的精良和烹制的精细，是此汤的一大法宝。一碗下肚，哪里还顾得了体面，待到第二碗第三碗后，索性放开了去吃。呵呵，吃货遭遇了美食，命都可以舍得，况面子乎！

盛泽是水乡，每餐的席面上都少不了虾、蟹、鱼、鳝、鳗、鳖、蚌，貌似平常的烧制，却在细微之处下足了功夫。如河虾，除了炒虾仁，还将生虾仁碾成浆，和鸡蛋调匀，以肉糜为芯，再包一层虾浆，做成球状，入猪油锅炸成金黄色起锅，复在火腿虾汁原汤中煮，煮至松软，吸收汤汁精华，其味入口难忘。换作我们北方，有这等工夫，怕早已在肚子里化作糟粕了。再看阳春面，其功夫主要在浇头制作上。盛泽人颇为自负地介绍说，盛泽的面馆对浇头有百般讲究。他们把浇头称为面浇，一般人家吃面，有蟹粉面、鳝丝面、鳝板面，用鲜蟹肉、黄鳝丝、黄鳝片鲜炒后做浇头。另有名气较大的面馆，比如著名的钟源面馆，会选用肥壮的黄母鸡汤，万阳春的冻鸡面则选用大公鸡做浇头。单单听他们说起，就已经馋涎欲滴了。

朋友送我两罐蟹油，仔细打听出处，方知是将蟹剥出蟹肉，用新鲜的肉膘熬成油，去渣后稍冷，倒入蟹肉、姜末，在文火中搅拌均匀，再撒些酒和细盐，起锅时放上葱末，直至五色纷呈方好。然后密封入罐，食用时用筷子挑入热饭，色香味俱佳……算了，他们说，盛泽的名菜可以说上几天几夜；吃镇有七十二条半弄堂，每一条弄堂里都有地道的名小吃。虽然吃精遍地，但也没听谁胆敢说过吃遍盛泽。

我在很多文章里写过茶，盛泽的茶馆也值得一写，但估计是另一篇文章的内容了。盛泽曾经是万商云集之地，茶馆密集，冠于江南其他市镇。《盛湖竹枝词》记载："五楼十阁步非遥，杯茗同倾兴自饶。"盛泽的茶馆之所以能密集到五步一楼、十步一阁，绝不仅仅是供茶客吃茶的单一功能。自古以来，茶馆的寡多，均在一定程度上折射出当地社会与经济的繁荣程度，也可以说，茶馆就是一整个社会。

关于盛泽的话题太多了。每年的小满，盛泽人都要唱戏，而且一唱就是连续九天，昆剧、京剧，都要延请名班名角。到了今天，剧种增加了越剧、沪剧、锡剧等。盛泽百年戏曲之兴盛，大约与小满戏关系密切。相传小满日是蚕神的诞辰，一般由丝织公司出资酬神。戏场主要在石板广场，此处可容纳上万人，能吸引江浙一带的戏曲爱好者前来，如潮如涌，热闹非凡。小满戏的祭蚕神庙，规模宏伟，据说其精美的建筑在江南各地也是翘楚。甚至还有人说，建造于清道光年间的这座祠堂，木雕砖雕之精美当属全国之最。

1928 年，盛泽的丝商套用上海丽都电影院的图纸，建造了盛泽大戏院，曾经繁盛一时。可惜，这座大戏院生不逢时，像大多数传统文化场所一样，它没能熬过"文化大革命"。1975 年，新华丝织厂圈地建造车间，一座气魄宏大的民国建筑，瞬间便烟消云散了。

只把他乡作故乡

良户是晋城的一个古村落。走进良户的刹那，陡然间便湿润了眼睛，这不就是父亲口中的故乡吗？那一刻，虚拟战胜了现实。

我极少在一篇文章里不厌其烦地述说某地的风土景观，但如此完备的古老乡村文化，着实让人痴迷不已。

多年以前，我曾经写过一篇关于故乡的文章。我们这一代人，已经越来越少地使用"故乡"这个词了。我们中的大多数，也真的不知道哪儿该是故乡。每当在各种表格中填写"籍贯"的时候，总是习惯性地填上"某某县"，其实既非生于斯也非长于斯，甚至一辈子都不会去一趟。如果从故乡这个角度说，我们好似无根的一代。我们的父辈，大多是少小便离开家园，纷纷扰扰的世界让他们历尽人生的坎坷，肉体和灵魂都漂泊到了疲倦。所以，所有关于故乡的记忆都幻化成为美好，田野是那么丰饶，河水是那么清澈，日子是那样香气四溢，家园是如此温存。其实，令他们日思夜想的不是几间旧房子和满院子的老树，也不是唏嘘着递过来的青筋毕露的手，他们想挽留住的，是那样一个时代，是那些无忧无虑赤脚蹚水的日子。

但那个时代已经一去不复返了。故乡之于我们，更像一个虚拟的世界，在父辈的叙述里生成。仿佛是一篇好小说，每一个起承转合都那么熨帖，草蛇灰线，伏脉千里，随便找到一个线索就会有千万条想象闻风而动。一棵老槐，一条石板街，一间生满瓦苔的老屋，一个扭着小脚缓缓挪动的白发老妪——为那个莫名其妙的地方，陡然间会热泪盈眶。父亲不在已经很久了，父亲的故乡却在我的思想里扎下了千万条根须，没日没夜地生长。

　　可是，即使故乡从一个个形容词演变成了名词，它还是显得空泛和虚幻，一直到这次去山西晋城采风，遇到良户，才算真正坐实了。

　　良户是晋城的一个古村落。走进良户的刹那，陡然间便湿润了眼睛，这不就是父亲口中的故乡吗？那一刻，虚拟战胜了现实。我宁愿虚拟战胜现实，因为我知道，我父亲的故乡是河南省西华县的一个小村庄，一个被称作黄泛区的地方。那里十年九涝，1975 年，一场百年未遇的大洪水洗劫了它，所有村庄被荡平，父亲的记忆再无依傍。他回去看过之后，胆子大了数倍，随心所欲地描摹他儿时的家园，田园丰美，牛羊成群，屋檐之高比天安门城楼矮不了几寸。家乡在他的叙述里一次次地被创作，并且不停地修改。到了后来，连他自己都迷惑了。

　　我家先生有一个表叔，当年的国民党高官，因割舍不下故乡，解放前夕率部投诚。这个表叔娶的是昆明一个盐商的女儿，她至今健在，而表叔死于1974 年，用一根红薯藤了结了生命。我曾和表婶相处了一些日子，她每一次回忆起丈夫，都要先说到丈夫的故乡，宽阔的大马路，青砖灰瓦的大屋，丰衣足食，瓜果飘香。她回过丈夫的故乡吗？我觉得，婶子和我一样，丈夫真实的故乡始终是生长

230

在想象里的。而今，良户让我找到了想象的模板。良户的存在，不在于它留下的多少关于古村落的现实价值，重要的是我们这一代人，可以理直气壮地告诉我们的后人，关于故乡的一切，是多么真实可信。

我去过山西的乔家大院，也去过河南的马家大院、康百万庄园。这些过去被财富所创造、现在还在财富的海洋里载浮载沉的老宅院，已经变成了彻头彻尾的"景点"，它被资本的力量高高举起并拱卫，与"故乡"隔着千百万里的距离。而良户，它只是一个村庄，被世代居住的村民们一砖一瓦建造起的村落。

良户村的历史，要从村西头的唐槐古树说起。据考证，这棵树至少有一千多年的历史了。除了当地人的言传口述，据早年出土的宋代墓碑以及保存尚好的元代玉虚观碑记可知，该村在唐宋时期业已兴盛。相传，唐朝时有郭、田两姓在此居住，当时的村名叫"两户"。唐末宋初，陆续又有袁、高、邵、宋、宁、李、秦、赵、张、苏、窦、王等姓人家迁居此处，人口规模逐年增加，发展到金元明时期，已粗具规模；至清代，逐渐抵达鼎盛。

逐水而居是人的本能。良户古村在明公河北岸依山势而建，因地势而错落，自然形成较好的景观环境和生态环境。民居院落坐北朝南，前低后高，宅院的组织与山水呼应，具备天然的排水条件。整个村落三面环山，一面临水，不仅符合传统风水理论的要求，而且是生产力水平低下的北方农耕文明背景下理想的人居聚落。也许在建村之初，当时的祖先就有了详细的考察和规划，可见中华文明之博大精深，良有以也！现在的良户人说，他们这个村子背靠起伏绵延的凤翅山，形成"觅龙"之势，而且达到了"负阴抱阳""背山面水"之目的。明公河蜿蜒穿过村前，构成了村落的中心纽带，再呈"观水"之象。这些天人合一的居住理想，在一千多年以前，也许只是普通的常识吧。

今人将良户划分为一村、二寨、三湾、五街、六井、八阁、九巷，基本上概括了良户的建筑风貌。是否合理，也未可知。但能看到纵横南北的大小十四条街巷，至今保存完整。规整的沙石街道，两旁的建筑鳞次栉比。斑驳的门楼古匾，透过千百年的沧桑，仍在炫示着当年的显赫。不仅如此，当时基层村庄的治理和自治，也值得我们认真反思。良户古村的建设之规范、管理之细致以及公共服务系统之完善，令我们咋舌。水井、打谷场、作坊、商铺、递铺、私塾、庙堂、更房、戍楼等等，绝非拍脑袋工程。至今尚有多处用来御敌的戍楼和负载多种商业功能的当铺院，保存得相当完好。

史料上说，良户村有各类庙宇二十二座。因为年代久远，有的庙宇受到天灾人祸的毁坏，如今只剩下遗址。在漫长的岁月里，这些庙宇曾经承担着统一全村人思想和行为的重任，以不言之威，颁布各神祇的道德律令，以善恶有报的终极态度，酝酿着村人的敬畏之感。它们均匀分布在村庄各处，从东往西依次有皇王宫、关帝庙、白爷宫、文昌阁、魁星楼、玉虚观、药王庙等。除文昌阁，其余均较好地保存至今——文昌阁除了承担祭祀功能，一般还是文人雅士聚会之所。我据此判断，它可能毁坏于"文革"时期，因此也可以把它的毁灭看成传统乡村文化最终土崩瓦解之象征吧。

与古庙相呼应的是戏台。如果把庙宇看作是乡村政治中心的话，戏台应该是乡村的文化中心，而且两个中心往往相辅相成。在传统的祭祀中，不仅要供奉各种供品，还要把人们喜爱的戏曲文娱节目供奉给神灵。良户有公共戏台三处，最具代表性的当属大王庙内戏台，雕梁画柱，结构严谨，墙壁上的题记记载着清朝各年间演出的盛况。经过经年累月的风雨剥蚀，大王庙内戏台依然像一个身子骨硬朗的老乡绅，稳稳地蹲在那里，宠辱不惊。

我极少在一篇文章里不厌其烦地述说某地的风土景观，但如此完备的古老乡村文化，着实让人痴迷不已。请容许我再说说民居。良户有一条西大街，自那棵千年古槐向东，南北两侧，张家院、邵家院、郭家院、罗家院、高家院、李家院等八十余处民居院落次第铺展。我敢说，这些民居的设计者和建造者，放在今天个个都是大师。其建筑技术之精湛，装饰之华美，尺度宜人，匠心独运，点点滴滴，无不令今人惭愧。在这里品味古老的东方文化，足可以让我们骄傲到傲慢。尤其是那高低起伏、错落有致的建筑风格，相互之间有呼应，也有制约，内敛处滴水不漏，张扬处玉树临风。细细看来，每一处都蕴含着深不可测的文化内涵，而且这种文化在古代普通民居之中的渗透，绵密到无远弗届。

不仅仅出于好奇，或者可以说是心疼，我一再向他们询问这些古宅院后人的下落，打问可有房屋建造者的后人来此寻根。

答案可想而知。这样的良户，之所以让人心疼，只是因为它不是一根一脉的根、一村一户的魂，而应是古老的中国传统的基石、东方文明的瑰宝。古老的良户，即使褪尽繁华，依然可以感受到它过去的市井繁盛，生活安泰，富裕明亮。穿越成一千年前的新娘，穿着艳红的袍子，一十二人的大轿，在吹吹打打的喜乐声中穿街而过，嫁入高门大院，繁衍子嗣，安然度日。十代百代的妇女，所梦想期待的，不依然是这般饱满的日子吗？

此处不是故里，何处才是家园？乡土建筑学家、清华大学建筑学院的一名教授评价说："通过良户的遗存告诉人们知道，生活是应该而且可以这样精致地、艺术地、富有感情和实事求是地去创造。"

233

在良户改造后的小广场里，相逢一个小脚奶奶，看来有九十多岁了，白衫黑裤，扎着绑腿，走起来一扭三晃。老人身体依然硬朗，表情甚是从容。无法想象，她一生经历过的是什么样的富贵与沧桑？神情里独有一种尊贵，确切说该是淡然，真正的宠辱不惊。我带着掩饰不住的艳羡，向她表达我对良户的赞美。她静静地听完，突然大声地告诉我们：我娘家侯庄街，可比这大多了！她的声音之大，与刚才的淡定判若两人。那是一种不屑，抑或是愤怒？

也许，从"大城市侯庄"下嫁，是她这一辈子咽不下的委屈，而且，这话也只能说与如我这般的外人听。陪同的高平人告诉我们，单一个高平，像良户这样的古村落就有好几个。老奶奶所言的侯庄，据说古代民居的规模和奢华是远远超过良户的。

我奶奶活着，大约也是这般年纪。不对，掐指算算，应该是更年长一些。我父亲总是喜欢叙述他母亲出嫁时的气派，八抬大轿，十几担嫁妆，还有陪送的百亩良田。他激动于当年的豪奢，对曾经的富贵荣华沾沾自喜。他怎么能忘了，自己是背叛这个家庭而投身革命的——我一直觉得，像父亲这样的人才是真正的革命者。

尽管是门当户对，但我奶奶富足的娘家让她在我们家足足尊贵了一辈子。她是不是也跟面前的老奶奶一样，是从"侯庄"那样的大地方下嫁，已不得而知。这个良户村的老奶奶，她所骄傲的侯庄，是否也让她像我奶奶那样体面地生活一辈子呢？

故乡，曾经这样地影响着一个人的生活，我辈是无论如何也体会不了的。在高平，有多处著名的古村落都空留遗址。良户自然也有让人心惊的残垣断壁。当地人说，六七十年代，越是先进模范村，越是毁坏惨重，那叫破四旧立四新。而今，四新是什么，已经很少有人说得清楚；而四旧，又重新涌入我们的生活。可见，文化的倔强是不以人的意志为转移的。

新世纪以降，富裕的村庄都建起了社会主义新农村。良户显然慢了一步，却得以幸存。"室接青云"是良户田家大官人、康熙年间官至户部侍郎的田逢吉家的祠堂和书院。过去的村庄，祠堂是不可缺少的公共建筑，它既是家族身份地位的象征，也是维系和管理家族的枢纽，往往具有承前启后、劝人进学上进的特殊功能。清代起，田家人由于外地为官者居多，祠堂逐步冷清，后来改为民居，解放后则被几户分浮财的贫民占领。也许正是旧院有了主人，才能保留至今吧。时至今日，院门石柱上依旧端坐着两只生动的望天吼。他们说，"文革"时红卫兵提着锤子去打，院里的老奶奶舍命相护，说要打落它们，须先要把她打死。我估计不是因为有眼界，或者出于爱护文物，而是对自家资产本能守护的一己之私吧。中国的历史，自阿房宫始，始终在建设和毁灭的旋涡里周旋。这远古辉煌的村落，奢华的建筑，能扛得住几世的兵荒马乱，却在新中国阶级斗争的暴风骤雨中被折磨得面目全非。五十年代大炼钢铁时期，从良户官家豪宅盘龙寨上的侍郎府里，拉了几卡车的木雕石雕出去；石雕打碎作为石料建桥铺路，木雕当了大炼钢铁的柴火。六十年代破"四旧"、"文化大革命"，很多房主人亲手毁坏了自己屋宇上的雕梁画栋，免得以此惹火烧身。

一户红墙瓷瓦的房子静立街头，作为翻修后的民居，居住着失落的老人和孩子。这是八九十年代开煤窑富起来的人家，被改造的原是金元时期的建筑，经过内外兼修，被改造成一处标准的三层现代民宅。又有发达者，把良户著名的白爷宫彻底修葺。铺天盖地的红色砖瓦，让良户人尊崇了几百年的白爷，彻底沦落成为一个心满意足的乡下财主了。更让人啼笑皆非的是规模浩大、保存完好的侍

235

郎府后院的旧堂屋，现在已经被改造成三间崭新的红砖楼。从高处看良户，感慨良多，看着新建的红砖楼房错落地夹叠在古建筑群之中，说不出来是一种什么滋味。

良户人特别向往他们的村庄能像乔家大院一样被拍成电影、电视剧。他们最崇拜的人是张艺谋，见到北京城的文化人，就打问与张艺谋的关系。他们热切地渴望有人把良户最大的官家田家和最富的商家郭家演绎成一部龙争虎斗的历史大剧，还要添加田家女儿与郭家儿子的情感纠葛，甚至双方家族间痴男怨女们含混不清的暧昧故事，以及穷人和富人之间的阶级仇恨——倒也热闹，拍一部电视剧，佐料足够。可见国人的斗争精神，的确被发扬光大了，一切的缘起缘灭都围绕着斗争，好像离开了斗争，国家社会就不能发展。

而古良户，原本的"两户村"是因为日渐扩大而更名为"良户"的。在这个壮大过程中，如果没有核心价值观的统领和治理能力的推动，怎么会有后来的繁荣昌盛？传统中国，"国权不下县"，国家的行政管理并没有渗透到乡村一级，县下基本靠宗族伦理自治，也就是仰赖绅士阶层。士绅若要获得权威，必须得到民间认同。可以想象古良户的先人曾经怎样地围炉夜坐，彻夜商议顶层设计。即使敲定"良户"这个村名，难道不是期待着民众温良俭让，村庄和畅清明，天地风调雨顺吗？从村中庙堂宅院散布的匾额中也可以看到，处处都在劝学重孝，上敬天地君师，下孝父母，尊卑有序，贵贱有别。从至今留有颂赞田逢吉历史功绩的对联门匾就可以看出，当时的官者富者，曾经怎样地为了村庄后代的发达而殚精竭虑。"名留翰院光留良户，德惠浙江史汇长平。"田侍郎从官场上隐退之后，倾尽毕生之力还报家乡。作为良户村德高望重的长者，他义不容辞地肩负起"为往圣继绝学，为万世开太平"的重任，建庙堂、办私塾、兴规矩，教化一方。还有良户的富商郭家，修桥铺路，扶弱济贫。正是因为官、商、民的和谐相处，良户才有了安详友善、熨帖温雅的生存环境。

"仓廪实而知礼节。"遍观良户的民居建筑，门额牌楼上尽是"永和第""中和居""笃敬处""尊德性""德茂典""祥云路""三阳开泰""葵花向日"等匾额。乡民们将传统文化镂刻在建筑装饰上，也充分反映了族人的价值取向。总说中国人爱讲面子，可不就是这个"面子"，才得以让文明古国香火延续，不绝如缕吗！老辈人最忧心的便是失了脸面，犯了过失的人家，一生都会抬不起头。所谓修齐治平，想来不过是一辈子的名声罢了。

有记载，历史上的良户村历来尊儒重教，耕读传家的风尚世代延续。明清两朝，一个小小的村庄出过六名进士，十多名举人。清朝重臣田逢吉家族更有祖孙、兄弟相继科甲的辉煌历史。良户最有名的堡寨建筑盘龙寨，比较完好地保存着规模宏大的明清建筑群。

城内空间布局和建筑风格融宫廷规制和地方特色为一体。盘龙寨上，田逢吉家的侍郎府的豪华庄严自然与民居有所区别，高门大户，斗拱十余层；一进四院，门楼、影壁、厅房、后院、后花园构成了中国北方大家族完整的建筑格局。仔细观看，可勘察其中等级的森严，防卫层次的缜密。供儿女家人学习娱乐的园林、戏台、学馆齐备。侍郎府的边上有田家老宅，六宅院、七宅院。特别让人不解的是，比邻而居的，还有个秦家东西院。显赫的侍郎府，与秦姓别家这样亲近的距离，也应是当时官民和谐相处的典范吧。难道不是吗？在尊卑有序里讲邻里和睦相处，本是儒家文化之要义。

红土坡上，是田逢吉祖父田可耕的坟地，现保存有康熙年间的诰封碑。田逢吉的父亲田驭远为明末清初的著名乡绅，生前曾中过举人，高平县志中有翔实记载。他主持修建文峰塔和盘龙寨，以及附近的万寿宫等大型工程，从康熙二年到十三年，先后修建了圣姑正殿和左右各祠，以及三清殿和药王殿等，惠及乡里。他多次为村庄架桥修路，赈灾济贫，带领民众防御流寇袭击，因此吸引了更多的人民投靠良户，壮大村庄。

田氏家族世代为耕读商贾人家，在附近三十里开外的杜寨乡，也发现有明末田驭远广买田地和房产的契约。几千年来，中国人的梦想，不过是广积田宅，而且那时的地主，都是这样一点一滴积攒起来的。赛珍珠获诺贝尔文学奖的小说《大地》，对此曾有颇为翔实的描述。所谓"强取豪夺"四个字，也确实经不起推敲。

记录中阔大的田氏陵园、石牌坊，宽阔的甬道，以及甬道两旁依次排列的石虎、石马、石羊、石人、石狮、石望柱等，还有残缺的遗存，坟茔却空留遗迹。有年长的良户人，比画着给我们介绍说，田家坟院的牌楼高多少米，宽多少米；四柱三门，全部使用硬山顶石所刻，雕刻何等精细，装饰如何华丽。

真可惜呀！人民公社那会儿，修筑大寨田和水渠缺少石料，就拆了人家的坟地。碑石拆去倒也罢了，又有人把坟墓也扒了。哎呀，三层棺椁！野地里到处扔着棺木里扒出来的尸骨。乡人们避讳棺材里的瓶瓶罐罐，觉得阴气重，瓷器陶器被打碎一地，棺材板和金属器皿多被拿去炼了钢铁。

那田家后人没人管吗？我们问。谁敢，管了就是反革命！侍郎府照壁上的那条砸毁的石雕蟾看了吧？那照壁全国没有第二个！那叫一个气势大呀！为了表示与封建反动家族划清界限，田家的后人亲手拿铁锤砸毁的。

形势比人强。貌似数典忘祖的田氏后人，为着曾经显赫的家族，不知吃了多少苦头。他们积德行善的祖先，肯定会被涂抹得漆黑一团，遗臭万年。田氏后来的家史，面对着抛尸扬灰的祖茔，该如何书写呢？其实，田家的家族史，又何尝不是中国农耕文明由繁盛到衰败的历史。

在古墓遗址前伫立，感慨万端。这也是我在父亲的祖茔前曾经有过的感受。父亲的祖茔，已经被圈在了村庄中心。父亲去世前，曾经反复叮嘱我们，死后要把他葬在那里。后来，我们照此办理，但心里明白，终究那里朝不保夕。果然，前几天我哥打电话说，故乡的村子要全部搬迁，新修的一条高速公路要经过那里。

我心里好像有一块石头落了地。

不止湘湖

这次去湘湖是开一个有关散文的研讨会。恕我无知，湘湖对于我而言，是一个陌生的地方，更不知它其实是杭州的另一个区域——萧山城西，与著名的杭州西湖相隔不足二十公里。西湖在钱塘江北岸，湘湖在其南岸。西湖的名头太大了，遮蔽了别处的风景，若把杭州比作一个王爷，西湖是他的正宫娘娘，湘湖怎么说也该算是一个侧妃吧。

已订好下午去杭州的机票，去许昌是临时加的一个行程。中国摄影家协会要在许昌搞一个"魅力许昌"摄影展，须得去出席一下开幕式。这样的安排让我手忙脚乱，上午去许昌参加开幕式，开幕式结束就要直奔机场。赶场的奔波，心中到底是有些抵触，莫名地沮丧。

常常从许昌城外的高铁或者高速公路经过，却有好多年没去过城里。当年我老公大学毕业分配至这里，细细想来，还是有许多悲欣交集的回忆，只是有些记得，有些已遗忘。

许昌在三国时是魏都，后来演变为一个工业城市。记忆中，是一个灰头土脸、干旱缺水的城市。但这次摄影展上展出的照片，却

240

让人大为震惊，许昌在摄影家的镜头中华丽绽放，令人难以置信。

开幕式其实很简单，半个小时就结束了。距飞杭州的航班只有三个小时了，许昌到新郑机场大约需要一个多小时，但我仍坚持要看看城市。说不出来有什么理由，可能根本就没理由。

短短的几年时间，过去连居民吃水都成问题的脏乱土城，竟然魔幻似的变成一座水城，的确令人匪夷所思。我记得原来许昌市内有一个小湖，也叫西湖。苏轼、司马光、范仲淹、朱熹、欧阳修等都在此留下了不少诗篇。后来苏轼到杭州做官，给当时的州官致书，建议改名小西湖，以区别于杭州西湖。所以《永乐大典》才有"天下西湖三十六，许州西湖在其中"之说。

陪同的朋友说，许昌的华丽转身发生在 2014 年，南水北调中线工程通水，许昌市每年能分得两亿多立方水，完全满足了许昌市民吃水问题。于是市里决策者决定把北汝河水和城市中水作为生态水源，连通了环城河道，把污水输入处理厂集中净化处理。同时挖出五个城市湖泊，开辟了沿河林带，一套完整的城市生态水系建立了起来。因此许昌地下水位平均回升了二点六米，河水都达到了四类水以上，绿化覆盖率达到了目前的百分之四十多……车子在城区行驶了一个小时，我恍若走在梦里，想起当年这座尘土遮天蔽日的城市，也想起我们那烟雾缭绕的往昔，忍不住唏嘘慨叹。

飞机大约是下午三点抵达萧山机场的，机场距会议承办地湘湖度假村只有四十分钟车程。车驶入湖畔，渐入佳境。黛色群山中，荡漾着一汪碧水，犹如天宫遗落人间的一面宝镜，清澈而明净。秋天的湖，以及秋天的湖水，总有一种欲说还休的成熟与默契。与西湖相比较，西湖是娘娘的端庄典雅，湘湖却是美丽的邻家妹子，亲切，温柔，淡雅之中透着天然的灵气，一派纯情，却也是另一种惊艳。接站的工作人员是一个小姑娘，她怯生生地问我：老师来过湘湖吗？答曰：没有。老师知道湘湖吗？答曰：刚刚知道呀。小姑娘就更羞怯了，脸色红润得像车窗外的晚霞。她扭过头看着窗外说，我们湘湖没有西湖名气大，是新开发的景区，2003年才启动的。萧山区从经济和社会发展的需要，启动了保护和开发湘湖的重大决策……这是开始背解说词了。我打断她，笑着安慰她，飞机起飞之前做了一下功课，萧山的湘湖可不是新的。远古时，湘湖地域曾是东海海湾的一部分，而城山、西山则是海中的小岛。当时，海浸海退频繁，沿海平原常常海陆交替。约八千年前，海退成陆地时，这里又成湖泊……啊？老师知道得这么多！您知道吗，2002年，考古人员在发掘跨湖桥遗址时，在地下第九文化层里，发现迄今已经有八千年历史的独木舟，同时也发现了这个自然湖泊的历史。华夏祖先曾在这里生息、繁衍。

我知道，八千年的独木舟横空出世，在水面划出一道历史的涟漪，将浙江的文明史足足提前了一千年。更令人称奇的是，在1990年第一次抢救性发掘中发现的两座储藏窖，里面储满了橡子和大量的水稻，从水稻粒型分析结果看，跨湖桥遗址的古稻明显区别于野生稻，是人类驯化后栽培的。这项发现，打破了改良水稻从中东引进的传说。这让我兴奋莫名，十年前，我曾经为河南省漯河市编著过一本城市书，其中说到舞阳县贾湖遗址，在那里也发现了大量八千年前的炭化稻米、稻壳及石磨盘，证明贾湖是粳稻的初始起源地之一。真的无法说清楚，我们的中华文明到底有多悠久的历史；也无法想象，那时我们浙江的先祖与数千里之外河南的先祖，是不是曾经一起茹毛饮血的同胞？

我们入住的驿站，建造在湘湖岸边，面朝湘湖，秋花盛开。湖的对岸就是著名的越王城山，相传越王勾践败于吴王夫差，在吴国为奴三年，受尽屈辱，回复越地后，便是在此山卧薪尝胆十余载，最后在范蠡的辅佐下灭了吴国。这中间夹杂了范蠡与他所设美人计的美人西施的爱情故事，令人浮想联翩。中国历史的成败兴亡，总是要拉上女人做铺垫。在男权社会里，政治往往是把戏，而女人，则常常弄成政治。

那日饱食了美味的河鲜湖鲜，就有人提议去湖上散步。想象着清朗的夜晚，面湖而立，天上一轮明月，水中两座古桥，交相辉映，银光闪烁，该有多么浪漫。可这晚阴云遮月，一会儿一个月牙儿从云朵里露一下脸，小孩子一样淘气。因为上面是航线，飞机已经降得极低，偌大的一架，灯火辉煌，一会儿一会儿躲进云中，一会儿一会儿又蹿出来，引擎声近了又远了。大家都扬着脸，认真地看着，或者各自附丽着自己的心事。偌大的越王城山上灯火璀璨，似有几百栋别墅。我们踏着湿漉漉的石板从跨湖桥上走过，要近前去看个究竟。约莫走了半小时，已到了山脚下，一整座山突然灭掉了，漆黑的一片。有路人告诉我们，山上没有别墅，那是灯光，几座山的灯光工程。天已经很黑，仍有三两游船在湖面上徐徐来去，远了近了，连我们自己都入了诗画里去。

湘湖几乎是建造在水上的旅游开发区，住在水边，吃在水边，出门就立在水边上了。我们去捕捞船上看船老大下网，湖水过于清冽，又加上我们的喧闹，几十米的网，竟然未拉到一条小鱼虾。散文家周晓枫不甘心，与船民约好，夜里四点再随渔民船去打鱼。后来果真去了，却是因为天黑未能拍下照片，只是哀叹那些鱼儿太可怜，躺在舢板上挣扎抽搐，看着都痛。未知鱼之乐，却识鱼之痛，到底是文人的情怀。

从湘湖里捕捞的鱼虾之类的湖鲜，的确鲜得叫人咋舌。渔民们打到的湖鲜就摆在路边卖。旅游景区的规定也很有意思，买鱼者一次只能买一条两条，估计是为了防止竭泽而渔吧。这让我想起《里革断罟匡君》里，鲁大夫里革说的那段话："今鱼方别孕，不教鱼长，又行网罟，贪无艺也。"江浙一带文风昌盛，民风淳朴，估计与先民留下的这些传统有关。

湘湖旅游度假区端的就是一个大公园。已经晚秋，各种叫得出叫不出名的花儿开得枝繁叶茂。特别是桂花，香得满天满地。湖边的小镇上种了几百亩向日葵和格桑花，我们称之为花海。真想拖家带口来这里，丹桂飘香，蟹肥花黄，着三五知己在酒馆坐了，蒸上一盆湖蟹，几盘湖鲜小炒，再温一壶黄酒——所谓幸福，估计就是这般模样吧。

这么多年来，湘湖一直寂寂无名，估计与它的多次被毁有关。所以，决策者们重新开发湘湖的决策是英明的，湘湖的人民享受到了湘湖旅游景区带来的福音。其实，在两千五百年前，湘湖就是春秋时期吴越争霸的重要历史舞台。湘湖和白马湖，是越国的军港——固陵港，是我国汉代以前最大的军港。吴国的五百艘舰船、近五万水军在此常驻，越王勾践的多次水上军事活动也都从这里出发。秦、汉、唐时期，西陵湖因淤泥成为沼泽，或被垦为农田，水面逐渐减少。宋政和二年，程门立雪的主人公之一、时年六十岁的杨时赴萧山任县令，顺应民意，废田三万七千零二亩，蓄水成湖。因此湖西南宽，东北窄，形似葫芦，"邑人谓境之胜若潇湘然"，故名湘湖。清末至民国时期，湘湖主垦势力占上风，尤其是解放后，是湘湖历史上垦殖最迅速的时期。后来竟然由国家投资有计划垦殖，至1966年，湘湖水域缩减为三千零四十亩，还不足原来湖面的十分之一。以此不堪之面目，天下谁人能知湘湖？

2003 年，杭州萧山区的决策者们启动了湘湖保护与开发工程，恢复湖面一点二平方公里，完成了一湖、二带、五大景区的建设。

就在去湘湖的途中，我在"喜马拉雅"听到一位青年作家写的一篇小文，说他与官员的那点糗事，不禁莞尔。他遇到的那些事我或许遭遇过，也有同样的尴尬：听陪同的地方领导讲一个晚上于丹，或者吹嘘同某某演员吃过几次饭，却不知道王安忆、韩少功是何许人也……总之，官员都是肠肥脑满，尸位素餐。其实他的看法也未必全面，我历来不喜欢为领导歌功颂德，但官员也不都是沐猴而冠，拿他们当普通人看就是。他们中间，性情格调也不尽相同。我有一些官场的朋友，他们有苟且，有抱怨，也有能力，有抱负。我去基层参加活动，有些官员主动要求陪我，我亦欢喜。和他们聊，能聊出许多小说话题。官员的水平参差不齐，与其他行当的人一样，良莠皆有，能不能干事是我的评判标准。比如眼前，湘湖有一条堤岸叫杨堤，就是以杨时的姓氏命名的。西湖的苏堤，也是苏东坡任杭州知州时构筑。老百姓能记住一个人的好，所谓政声人去后，此之谓也。

杨时是程门四大弟子之一，他到杭州来做官的时候，已经名满天下了，可谓吃穿不愁。他赴萧山任县令时，当时萧山县城周围农田易旱易涝，连年受灾。乡民曾多次要求将低田蓄水为湖，以灌农田，但都未实现。杨时到任后，认真听取乡民的意见，率百姓筑湖，取名"湘湖"。就是在他的手下，湘湖成湖面积最大，达到三万七千多亩，周围八十余里，可以灌溉农田十四万六千八百余亩；即使大旱之年仍然有过半农田可以得到灌溉，而且"湖中多产鱼鲜，又有莼菜，可炊以疗饥"，"至今民赖其利。祀宦祠"。

我之所以这么不厌其烦地介绍杨时，并不仅仅是为了感慨他的这番千秋功业。从到湘湖来之前的许昌，到眼前的湘湖，以及历史上的杨时和苏东坡，我感受到了某种共同共通的东西，这些东西一直在感动着我。在历史宽大得无边无际的褶皱里，我们仅仅是一尘之末。但只要在力所能及的范围内，给后人留下点什么，不管是官员还是我们这些凡人，我觉得几乎也可以算作饱满的人生了。

阅读一个不动声色的城市

阅读城市好像成了一种时尚。其实仔细读来，倒是吐槽的忒多。最近网上屌丝横行，有不少人以屌丝自居，可见"长安居"之"大不易"。不过，很多人的日子过得正如凤姐所言，"胳膊折了在袖子里"，哪家没有一本难念的经？

说真的，如果你碰巧在北京生活过，而且生活的时间不幸还比较长，那苦处可就罄竹难书了。

不管怎么说，北京是一个不动声色的城市，他几乎是中国（抑或世界）城市的代表——即使仅仅是意淫——他之所以成为代表，除了历史的因素之外，后来的政治经济文化也起了推波助澜的作用。不过更主要的还是历史的习惯让他养成了那么大的威风。他沉稳地蹲在北方的天空下。他有不怒之威。

北京的建筑体现着这种沙文主义，形式上的尊贵，强调着他的与众不同。宽大而厚实的基座，方方正正的脸孔，不由分说架上去的倾斜的坡屋顶，使他更像一个已经过了知天命之年的官吏，穿着中山装，立在那里沉思。川流不息的车流人流，在他的视野里像被风卷着的沙粒，仓皇地奔逃。他显然有点不耐烦，像大多数北京人

247

那样，他拉下了脸子。

诚如孙中山先生所言，北方如一本旧历，而南方像一本新历。比喻是贴切而入木三分的。北京人不喜欢变化，至少不喜欢太快的变化和节奏。他们喜欢在怀旧的情绪里沾沾自喜，喜欢地道和有历史沿革的事物，说话办事讲究规矩和出处，彬彬有礼地拒人于千里之外。

北京人也像他们的建筑，陷在沉思里，喜欢用不屑一顾的眼神打量人。他们用折叠着的语言拉开与外地人的距离——比如他们喊光膀子的人"膀爷"，"小二"仅仅指的是用小瓶装的二锅头，"广场"自然非天安门莫属。他们好像与生俱来就拥有话语的初夜权，他们用不容置疑的方式改变汉语的组合方式并强行在全国推广。他们知道北京以外的所有地方，都渴望被他们这样的语言强暴。

对我们蜂拥而至的景点，大多数北京人是不以为然的。尽管他们从来不曾去过如圆明园、长城这些通俗的地方，但他们觉得并没什么神秘并匪夷所思其被外地人津津乐道。他们觉得那个景点就是他们家的后花园，或者就像他们的左邻右舍一样，虽然没有去串过门儿，但他们彼此并不陌生。更像一个太监娶下的成群的妻妾，仅仅因为占有，让他们变得满足和自大起来。

北京人因为优越而沉着，他们不赞赏夸张的表情和热烈的言辞。对发生在他们这个城市里的故事，只是见惯不惊，他们用"林子大了，什么鸟都有"去容忍一切。哪怕像奥运会或者六十周年大庆这样的事情，热情也都只洋溢在外地人的脸上。北京人依然一如既往地奔忙在自己的心事里，他们表情木然，像一个个游弋在灰色的礁石之间的鱼群，吃力地逃回自己的巢穴。很显然，尽管像鱼，但他们过的也算不上鱼的日子。逢年过节他们总是蛰居在窝里不动一动，像冬眠动物一样。有朋友来了，他们一边嘟囔着"没劲"，一边发着

248

最时鲜的牢骚，好像那些官员都是他们失散多年而又表现一般、仅仅是因为运气好而被人重用的表兄弟一样。

发牢骚成了北京人的第二职业，大到南水北调，小到卫生纸价格上涨，都在他们的舌间翻炒着。他们轻易地就能扒拉到几条最恶毒的语言掼过去，把一个很神圣的事情，熰成一地鸡毛。他们参与政治的热情总是空前高涨，常常用恨铁不成钢的目光看待政治家，恨不得手把手地教他们如何治理这个纷乱如麻的大国。他们因为拥有这个都城而趾高气扬，也因为在这个都城里始终被边缘化而愤恨交加。多年积郁在心口的这种说不出的苦，让他们浑身散发着冷。如果他们热起来了，也完全是燥热，然后便是大病初愈后的虚脱感。他们常常聚集在一起，声情并茂地指点江山，直到把自己对家国那种激愤像一泡尿一样发泄完了，才肯回家过自己平淡的日子。也许他们已经习惯了这种皇城根下的生活：关起门来被自己的老婆骂，开开门就敢漫天骂娘。

北京人的着装充分体现了他们刻意追求的与众不同的帝都风格。大家都穿西装的时候，他们穿休闲装；而等大家都穿休闲装了，他们又穿唐装。对襟马褂，圆口布鞋，一脸民国时期的正经八百。他们在语言的枪林弹雨里躲闪腾挪、游刃有余，因为他们知道，只有他们才能游戏这座城市。

北京就是这样的城市，他没有因为别人载歌载舞的赞美而虚飘，也没有因为络绎不绝的指摘而拘谨。他宠辱不惊地屹立在历史里。他有自己坚定的目标，尽管有时候看起来比我们还要茫然。

所以，如果你漂在这个城市里，要么你只能浮在水面上，要么你只能沉在水底。中间那一段亮堂堂的水道根本就不属于你——哭和骂都没用，想说爱，的确也不容易。

我与扬州的那些事儿

井边女子

　　从郑州飞南京大抵需要一个小时。飞机起飞，喝杯水翻翻飞机上的杂志，几乎是刚刚升到它所要达到的高度，来不及喘口气，就一头扎了下去。我的邻座是一对四十岁左右的夫妻，听我说是去扬州，只是平淡地点一下头。他们也去扬州，却是回家，地道的扬州人，几辈子都生活在那里。以为他们要炫一下家乡，便做好被宣讲的姿态。却也没有炫的意思，只是淡淡地说些眼前的碎话。起飞前男的一直在打手机，内敛地谈生意。看神情相貌，大约是个老板，在哪里做，做的什么生意，不详。女的不很像江浙女子，倒似闽粤一带的，个子中等偏上，不够小巧，戴卡地亚首饰，钻戒约在一克拉以上。人不算很漂亮，衣着也不算精细，但不知道她身上有什么独特的东西，吸引我不断地看她。以至于她都有点羞涩起来，一边和老公讲话，一边抿嘴儿笑着，神情渐渐媚了出来。

　　下了飞机，接我们的是扬州日报社的副总编辑周保秋女士。保秋姐姐四十多岁的样子，保养极好的皮肤，一双大眼睛还泛着少女一样的光亮，水汪汪，笑盈盈。我看到她第一眼一下子就想到荔枝，妃子笑的那种，绿底子，带点洋红的斑驳。剥开了看，却是糯白的果肉，晶莹剔透，小心地咬一口，蜜汁飞溅，让周围的空气都充满了甜度。

在去扬州的车子上，黑龙江作协副主席李琦问了一个小问题：扬州话里的讨喜是个什么意思？保秋回答是讨人喜欢，喜庆，喜气之类。我一下子想到飞机上的邻座，觉得用"讨喜"这两个字概括她再合适不过，她吸引我眼睛的那种气质也正是喜庆，团团的脸整个透着喜气。我又觉得保秋姐姐也是这样的，她的漂亮里有一种祥瑞，还有善，总之，长得很讨喜。

"讨喜"这个词被我这样用，不知道会不会偏差，闹出笑话。

晚上八点多钟，走在文昌路上。天差不多是黑下来了，但是店铺的灯光雪亮着。保秋姐姐一直在说话，一千多年的巨大银杏呀，三百多年的文昌塔呀，她突然指着一家银行的高楼说，这是我们家的老宅子，后来被拆迁了。还遗憾地说，街口原来是有一眼井的，女孩子们围在井边洗衣服。井沿上的二八少女，衣袖高高地挽起，露出藕节一样白嫩的、圆鼓鼓的胳膊，一边做活计，一边嬉戏。我们这样讨论着，想必作家马小淘是听不明了的，这种场景得找回去三十多年，她还没有出生。

在扬州看了三眼井，个园的那一眼，打在通往主人房间的正路上，是子孙如涌泉一样兴盛，还是财源如水流一样奔涌？导游讲解时我没有听仔细，总以为关于扬州的资料里会有介绍，但是没有找到。我坐在被磨得漆亮的石头井台上拍了一张照片，着时装的女人和一眼古井，和谐却不合适。那时我想象的是，清朝嘉庆年间大财

251

主家的女眷，穿着绣花描朵的丝绸袍子，踩着高靴，在石子路上走得风摆杨柳。若手中牵着一个孩子，则一定是战战兢兢了。想必井总是有专人守护的，小孩子对井难免好奇。在我的思想里，井总是和女人联系在一起，那井边洗衣的粗使丫头，想来也会是讨喜的。南方女孩身子骨娇小，她们吃力地从井里提水。一只男人的手忽然横斜里伸过去，稍稍运一口气，水桶就上来了，满满当当，摇摇晃晃，像心情一样洒得井沿上到处都是。这是故事，经典的细节。如果她还了一个笑脸，或者干脆指挥着男人一桶桶提出水来，把一场情事弄成一次义务劳动，而且那被支使的男人甩去上衣，露出酱紫的肌肉，干得虎虎生风，虽则有丫头们在身后讨喜地笑，却也还是世俗庸常的生活，关乎不了爱情。

导游说，在扬州，任意挖一个洞，说不定就会挖出文物来。瘦西湖公园里原来不知是要修一处什么景观，却挖出一眼明代的水井，国家一级文物。我们看到的是玻璃罩子下面的一眼石井，据说井里曾淘出来一些女人的戒指和簪子。想起在井边浣衣洗头的美人儿，便忆起杜牧《寄扬州韩绰》那首诗来。不过，有了"青山隐隐水迢迢，秋尽江南草未凋"的意趣，还要再加上"腰缠十万贯，骑鹤下扬州"的豪情，才算不虚此行。

在扬州的那几天，每见到一个本地的女子，我都要仔细打量，并在心中评定她长得讨不讨喜。扬州女子大多是漂亮的，根本的原因是肤白，说话声音柔美，笑起来阳光明媚。这样讨喜的女子，又温柔又会做家事，娶回家当老婆，搁谁都会没事偷着乐。

美景美食

在扬州，接受几家报纸的采访，要求谈一谈对扬州的感觉。古今中外，多少文人骚客，写尽了扬州，上哪里还能找得到一个字来赞叹?! 我们再说起来，要么是拾人牙慧，要么是画蛇添足。这个城市的淡雅、精致、散淡中的尊贵之气，不是匆匆走一遭就能感知的，必须要有足够的时间来慢慢地品。乍一看是个美女，似这般的美女仿佛很多，但扬州这个女子却是经得起推敲的那一个，越仔细越觉出她的自然天成，无处不精细，无处不风流。

若说杭州的西湖端的是一大家闺秀，扬州的瘦西湖则是一个让天下人眼睛发亮的小家碧玉了。西湖是宫中正牌的嫔妃，瘦西湖一定是乾隆下扬州时私下里相遇的那个小可人儿。哪一个更活泼明亮，不想也能猜出一二。摘录一段瘦西湖的简介："康熙时期即已形成'两岸花柳全依水，一路楼台直到山'的湖上园林，融南方之秀、北方之雄于一体，风韵独具，而蜚声海内外。窈窕曲折的一泓碧水，串以卷石洞天、西园曲水、长堤春柳、四桥烟雨。徐园、小金山、钓鱼台、五亭桥、凫庄、白塔以及二十桥景区、石壁流淙景区等名园胜迹，俨然一幅次第展开的国画长卷。"

在二十四桥，团长招呼大家合影，呼唤：玉人，快来啊！玉人中便有人应：箫呢?

坐在湖畔的一块石头上，我把瘦西湖揽在怀里。着咖啡色的碎花曳地长裙，黑的镂空小上衣，平底软皮的小红鞋子，仿佛是瘦西湖当下的伴娘。照片洗出来，好评如潮，不知道我和瘦西湖谁沾了谁的光。我自己看了，却愣是感觉不像自己。瘦西湖悄悄地让我变了容颜。

在扬州看得最多的是园，个园、何园、汪氏小园、李长乐故园、华氏园、壶园、逸圃园——还有多少园？这些富甲天下的官人与商贾们的豪宅，其精致讲究，方寸之间，以天然树木石材，营造了春、夏、秋、冬四季景色，演绎了周而复始冬去春来的自然更替，让园林艺术登峰造极，给世人留下无数当之无愧的瑰宝。

晚上我们就住在长乐客栈，据说档次比扬州宾馆还高。偌大的一个园子，青砖灰瓦被笼罩在葱郁的异木古树之间，园子里走上一圈，少说得四十分钟。客栈原是清代直隶提督李长乐的旧居，九曲回廊，妙趣天成。一个人拿一把小院的钥匙，高跟鞋踏在坑洼的石板路上摇晃着，去打开吱呀的木门，晃悠悠地完成了一次穿越，那历史的闪回让你不由得生出连绵的依稀仿佛。屋子里的地板墙壁天花板全是木，窗子是雕花的木格子。是李长乐的哪一房小妾的雅居？由不得要小心许多，怕损伤了什么，惹人家不高兴。我自己不敢住，纠缠着和李琦、马小淘母女挤在一个院子里。当晚睡得好。晨起，大家都说睡得很香。也许这些久居都市的家伙们太长时间接不到地气，该在此时，在这几百年前的旧屋子里，阔气地做一场像模像样的梦吧。

因为工作性质，我们这帮作家大多是不需要赶点上班的，但我们仍然会被都市早晨那一种喧闹弄得焦躁不安。扬州的早晨似乎从容了许多，熙攘散漫的人大多是赶着喝早茶的。若是不着急做事情，早茶可以从早晨一直喝到中午。茶点之精美，实在让一张煎饼果子和一杯豆浆果腹的人们汗颜。扬州人是在享受生活，我们充其量是在应付生活，那些匆忙拼搏的人几乎是被生活押着过日子了。

扬州几天，顿顿吃到胀，发狠下一顿一定节制点儿。待到下一顿食物上桌，单看那菜式的精美，不等主人招呼已经吞咽口水了。每一道菜保秋姐姐都要告诉我们来历与吃法，更让人胃口大开——民以食为天，她总能找到登天的梯子。

从扬州回来病了一场，算计着好歹把多出的几斤肉丢了。今天

254

写文章，满脑子竟然全是美食，恨不得关了电脑，立刻到厨房给自己煮一钵蟹粉狮子头，或者一碗大煮干丝出来。一个简单的豆腐菜，李琦姐姐说，在东北就切成大块放在大锅里炖了。河南的精细吃法也不过是煎了炸了煮了。再瞧人家扬州人做豆腐的铺张，首先将豆腐干片成均匀的薄片，然后再切成如头发丝般的细丝，接着配以鸡丝、笋片等辅料，加鸡汤熬制而成。火候文武兼用，方能入味，装盘时撒上熟虾仁、豌豆苗、火腿丝等，是典型的以讲究刀工火候著称的淮扬菜代表作。我自以为吃遍了大江南北，常常取笑没进过大观园的姥姥们，可今天，我这个被大块豆腐滋养大的北方丫头，吃扬州的蟹粉狮子头和大煮干丝的神情，料想不会比刘姥姥吃得更体面。

还不能不说一说富春包子、冶春饺子、汤包、干拌面，哪一样想起来都会垂涎欲滴。因为早茶过于丰盛，每样尝一点都吃不过来。我发明了一种浪费的吃法，每样都咬一口，本来已经吃到饱，却又实在忍不住回头把剩下的半个逐一吞进肚子。尤其是看着胖胖的保秋姐姐餐餐吃得风生水起，索性就放纵一回吧，顾不得被敬泽老骂成吃货的羞臊了。扬州女子好吃，会吃，而且还会劝人吃，不紧不慢地说着，劝着，不知不觉间肚腹已成为长江三鲜的藏宝之地。河豚、鲥鱼、刀鱼的鲜美，相信每一个吃过的人，都不会因这样的奢侈而胖而追悔莫及。而且说来说去，喜欢吃并不是一件丑事，人家叶兆言不是就吃出学问来了。对了，兆言兄好像是扬州郊区人，南京的。

出长乐客栈的后门，就是扬州著名的北关街，扬州最古老的街道，只能容下两驾马车的宽度。这个热辣辣的夜晚，它基本维持了旧时的风貌。朝东走能走到古运河，一路灯火璀璨。运河上漂着花船，晚风徐来，游客们喝酒行乐，却是少了吹箫的佳人。一直想尝尝北关街的小吃，著名的商震姐夫也备好了散碎银子，无奈肠胃恁不争气，暴走了一条街仍然是不为所动。这是我今年以来，除了对食品添加剂恐惧之外最大的憾事了。

原本想着扬州是茶的家乡，却忽略了酒。扬州人的酒也厉害极了，报业集团的老总王根宝先生一直陪同我们，每天都说，我是不能喝酒的，然后就开始喝，每顿饭倒先把我们弄倒一两个。一直到走，他仍然是那句话：我是不能喝酒的。俺这来自喝酒第一大省河南的小女子被他逼急了，拍案而起，敬告他说：宝哥哥，留下点量吧，到河南俺陪你喝！李琦姐姐也赤膊上阵，说：王总，到黑龙江我保证陪你喝好！这个宝兄精瘦干练得几乎像是个文化人了，说假话不带拐弯儿，连相貌都有着极大的欺骗性，五十大几的人，看上去也就四十出头，酒不管喝到哪疙瘩，脸上嘴上愣是没有一点破绽。

王根宝这个人物，是我扬州之行的大收获。

离开扬州的前一天，扬州市委宣传部的袁秋年部长宴请。逢到这场合，我一般总是殿后，但是他却一下子点出我的名字，并对我的作品如数家珍，一一道来。士为知己者喝，我与部长连喝了三杯，感动的不是他喜欢我的作品，而是在这个时代，在这个时代的官场上，还有耐得下心看书的人。袁部长说：我们扬州一年要做许多个活动，请一些没文化的场面人物来露个脸，都要花几十万，请你们来，做什么活动我都全力支持，最好的接待，没说的。没有一句大道理，却字字说到我们的心窝子里。这部长，在扬州做官合适。

禅 与 茶

话说第二天要去瓜洲，我便问：古渡头还在吗？得到的答复是：

256

在嘛!

瓜洲位于扬州城南长江与古运河的交汇口,与镇江金山隔江相望,有南北襟喉、江北第一雄镇之称,自古以来就是著名的渡口。历代文人墨客经此写下许多脍炙人口的诗篇,故又称诗渡。说真的,这点关于瓜洲古渡的资料是刚刚从网上搜到的。对于瓜洲,曾经从白居易的《长相思》中得知,"汴水流,泗水流,流到瓜洲古渡头。吴山点点愁"。小时诵它,只为朗朗上口。年龄大起来,却又喜欢下半阕:"思悠悠,恨悠悠,恨到归时方始休。月明人倚楼。"王安石的《泊船瓜洲》是选在中学课本里的,"京口瓜洲一水间,钟山只隔数重山。春风又绿江南岸,明月何时照我还"。

瓜洲,一个书本里的传说,一个很遥远的遥远之地。

到古渡口之前,先去了高旻寺。我这个正式拜过师傅的居士,竟然第一次听说著名的高旻寺,哪里敢再张口谈佛?

李琦问我:信奉什么吗?

信佛。

供奉吗?

心中有。

著名的高旻寺是扬州八大刹寺之一,清康熙年间,曾于寺侧建行宫。康熙、乾隆两帝南巡,多次在此驻跸。高旻寺以规矩清严享誉海内外。古时寺僧多高行,尤多诗才,与社会名流结为诗友,留下了不少风格清逸的诗作。住持介绍说,今天的高旻寺,仍然是佛家弟子难得的修炼之所,相当于佛教的研究生院。

我常居河南。河南名寺亦多,同样的清心戒持,同样的庄严宝相。比起北方寺院的硬朗,高旻寺还是更多了一些隽秀。人极少,院子里的枇杷树上挂着稠密的果子。这是我这许多年来拜会过的最安宁的寺院了，是一个适合向佛汇报思想的地方。我默默地祈祷，佛祖默默地倾听。少林寺和白马寺，更不要说开封的大相国寺，香火甚旺，人流如织。我甚是担心，在那里，佛祖被诸多欲望和焦虑簇拥，会不会忙碌到厌倦？如果连佛都失去耐心了，对于这个世界来说，不仅仅是"杯具"，而是"餐具"了。

不知从何时，我拜佛祖，心中只剩下一个念想，施福给人间，平安如意。

三月在北京开会，几个朋友喝茶论佛。一男居士批评我，不斋戒，不诵经。我很惭愧，试着做过，是力量达不到。我身体偏虚弱，戒了荤便体力不支，而且会生出一些奇怪的皮肤炎症，医生嘱咐一定要补足能量。至于诵经，我读不太懂。朋友说，书读百遍，其义自现。

我会努力。

为不能戒持而常常苦恼，责备自己定力不到。唉，如此执着，不知不觉我又着相了。

写至此，突然有所省悟，佛祖或许并不要我苦恼。行于当行，止于当止。佛祖难道不是教会我们大自在，大境界吗？我信奉的佛祖教会我的是善意，不做恶事，原谅伤害我的人和事，结善缘，不结怨。这样理解佛家的意旨并身体力行，如果佛祖尚不能宽容我，那我自己就宽容自己吧，我是自己的佛。

我嗜茶，晨起第一件事就是给自己泡壶茶，否则这一天就觉得是亏欠了。扬州人对茶的热爱，想必甚我许多倍，"白天皮包水，晚上水包皮"，说的可不就是扬州人嘛！只是不了解扬州人喝的都是什么茶，是否也如我一样，南北兼容，绿茶、红茶、普洱茶，一路通吃？一天分四时，一年分四季，每一个季节喝什么茶，每一种茶采用什么样的方法泡制，是道。茶道可谓博大精深。所谓禅茶一味，大概说的是这么一个字——玄。

说远了，还是回到扬州吧。

不了解扬州的茶品，却喜欢扬州本地的茶——绿阳春。第一天就吵着要喝，冲泡出来的茶芽竟然是圆圆的叶片，活泛在碧透的水杯里，小娃娃一样地快活着。口感比信阳毛尖、六安瓜片淡，也不及太平猴魁底子里的香醇。细细品味，却有江南女子的妙曼、淡雅，在唇齿间流连不去。好茶！

茶能让人的身心迅速安静。常常，在外奔波时，收到一条茶庄的信息："你喜欢的新茶上市了，来吃一杯吧！"突然间眼睛就湿润了，忽然想起来与三五同好喝茶的那些个午后，闲言碎语在茶烟上氤氲着，温暖而滋润。我活着，拥有这些物质，真好。茶不能替代食物，却比食物更令人安心。食物是带有屈辱成分的，你得对它低头，要赖以活命。茶是尊贵的，它让喝茶的人因它而尊贵，也让它因喝茶的人而尊贵，互为表里。碧绿、橘红、金黄，每一种都表现得圣洁无比，美妙到让饮者生出仙风道骨。生命的最后时刻，才是茶的精彩绽放。

扬州人对茶夸张的热爱，对食物的讲究，以及散淡的生活习性，其实是千百年积淀下来的贵族气。要让我谈扬州，我就这样说。

《金瓶梅》，写给作家看的书

如果不是成为一个专业作家，我觉得我一辈子也不会再有兴趣重读《金瓶梅》。

第一次翻阅《金瓶梅》，我还在郑州上大学，那时候刚开始谈恋爱。偶然的一天，我陪男朋友到省里某个研究所拜访他的老师，老师是一个研究中文古籍的学者，就是在那里，我第一次见到了绣像本的《金瓶梅》。只听人说过，这是一本不好的书，心情很复杂，既抵触又好奇。当时这本书还没解禁，市面上根本见不到。老师之所以能弄到这部书，是作为研究之用被国家特许批准的。那天下午他们坐在客厅喝茶聊天，我则躲在书房里翻看着这部被张竹坡赞为"天下第一奇书"、名满天下也谤满天下的"荒淫之书"。因为有着积蓄良久的心理障碍，匆忙里从头翻到尾，丝毫也没有找到看《红楼梦》时那种爱不释手的感觉，倒是觉得其中的插图和内容有不少的龌龊，令人不堪入目，看了之后确实有一种深深的负罪感，仿佛是做了错事，竟然一句没敢对男朋友提起。可能这种阅读体验与当时的时代风气也有关系，那是上世纪八十年代中期，虽然已经改革开放了，但离思想的真正解放，还尚待时日。

我开始读《红楼梦》，年龄大约只有十来岁吧。那时能看到的书非常少，父亲是个地方官，四大名著是组织发放用来批判的。我识字较早，因为那年头家里孩子多，也没人照管，五岁就开始跟着哥哥们上学了。

很显然，其他几本书吸引不了我，感兴趣的只有《红楼梦》。一个完全陌生的世界，一颗不谙世事的小脑袋，又是惊奇又是羡慕。虽然开始读是囫囵吞枣式的，但是里面的故事还是深深地攫住了我。其后每隔几年就要拿出来读一遍。好像是蒋勋老师说过，《红楼梦》即使读过一百遍一千遍，拿起来再读，仍然能读出新的东西。所以，一直到我再次细读《金瓶梅》之前，我始终觉得中国最好的小说，非《红楼梦》莫属。《金瓶梅》如何能同《红楼梦》相提并论？

转变来自于我跟一个评论家的某次聊天。那回我们一起参加一个文学采风，报到的当天下午没有安排集体活动。我们坐在宾馆二楼茶馆里喝茶聊天，不知怎么的就说起了《金瓶梅》。他说这部书比《红楼梦》写得好。当时我非常不以为然，一来评论家习惯于夸大自己的主观感受，说的事情自己也未必坚信不疑；二来不管怎么样，过去也算是翻看过此书，粗鄙不堪，没留下什么好印象。

后来他极其认真地对我说，一个作家，不看《红楼梦》未必是什么缺憾，不看或者不会看《金瓶梅》，肯定是一大缺憾。但此书不能随意翻看，那等于是亵玩。你只能细细品读，要有敬畏之心。估计读不了一半，你就会有我这样的感受。

因为——他郑重其事地对我说——这是写给作家看的书。

他诚恳的态度和语气，也不免让我认真起来。联想起台湾作家张大春在一次文学讲座上，数次谈起《金瓶梅》，他也说比《红楼梦》写得好。

看来是需要再读《金瓶梅》的时候了。

我在《金瓶梅》附录里，看到清人张竹坡说的一段话，他说："《金瓶梅》不可零星看，如零星，便止看其淫处也。故必尽数日之间，一气看完，方知作者起伏层次，贯通气脉，为一线穿下来也。"又说："读《金瓶梅》小说，若连片念去，便味如嚼蜡，止见满篇老婆舌头而已，安能知其为妙文也哉！夫不看其妙文，然则止要看其妙事乎？是可一大揶揄。"

看来这读《金瓶梅》的姿势还真不好拿捏，轻了重了都不行。好在后来赴北京学习几个月，有一段相对比较完整的时间，我真的就各找了一套词话本、一套绣像本《金瓶梅》对比着来看。当我看到武松和潘金莲的一个桥段，突然来了兴趣，好像找到了某种阅读感觉。那一段是这样写的：

> 那妇人便道："奴等一早起。叔叔，怎地不归来吃早饭？"武松道："便是县里一个相识，请吃早饭。却才又有一个作杯，我不奈烦，一直走到家里来。"那妇人道："恁地，叔叔向火。"武松道："好。"便脱了油靴，换了一双袜子，穿了暖鞋，摄个杌子自近火边坐地。那妇人把前门上了栓，后门也关了，却搬些按酒果品菜蔬入武松房里来，摆在桌子上。

我是被"油靴"这个物件儿击中的。当时我眼睛一热，心一下也热乎起来。这是我多么熟悉的东西啊！记得我们小时候，假期无人照看，每逢寒暑假父母便会把我们送到外婆家去。记忆最深的是寒假，如果遇到下大雪的日子，乡下人一般都猫在家里不出门。一来是为了取暖，二来也是出门有较多的不便，交通就是其中一例。乡下人没钱买胶鞋，就把做好的布鞋，里外都用桐油油上几遍，晒干后当成胶鞋穿。我外婆所在地的豫东方言，就把那种靴子叫作油靴。武松穿的不就是那个物件吗？而且也是在大雪天穿的。书中是这样记述那个雪天的情景的：

> 当日这雪下到一更时分，却早银妆世界，玉碾乾坤。次日武松去县里画卯，直到日中未归。武大被妇人早赶出去做买卖，央及间壁王婆买了些酒肉，去武松房里簇了一盆炭火。心里自想道："我今日着实撩斗他一撩斗，不怕他不动情。"那妇人独自冷冷清清立在帘儿下，望见武松正在雪里，踏着那乱琼碎玉归来。

这一幕，我觉得是理解潘金莲最好的场景和入口，也是作者的高明所在。设身处地想想，一个二十出头如花似玉的女子，辗转于男人之手，数次遭遇不幸，最后落在"身不满尺的丁树，三分似人，七分似鬼"般的武大手里，遇到有"千百斤"气力的打虎英雄而陡生情愫，实乃人之常情。如果再联系到后面武松归来，找潘金莲报杀兄之仇，那潘金莲"还在帘下站着"看武松，那种复杂而微妙的心情，有几人可以懂得？

作者只用了四个字来形容当时潘金莲对武松的感情："旧心未改。"这与随后武松寒光闪闪的"持刀杀"搁在一处，真可谓字字千钧。

潘金莲可爱之处可爱，可恨之处可恨，可怜之处也的确可怜。

总之，我因为发现"油靴"而欣喜，后来好几次谈及写作的时候，我都会提及这个事儿，并讲起我在豫东外婆家的童年。再后来，有一次到南方采风，我又提起这事儿，结果一个年轻的作家说，你说的这个油靴，在《水浒传》里就有。当时我还不大相信，回去翻看《水浒传》，果真这一段是从里面原原本本一字不落地抄下来的。当时我很诧异，《水浒传》我也算认真地读过一遍，为什么没有发现这一点，而在《金瓶梅》里反而轻易就看到了呢？

　　说实话，《水浒传》这部小说我是无论如何也喜欢不起来，但也不至于粗糙如此啊！不过再仔细想想，道理已在其中：《水浒传》看的是顶天立地的英雄大剧，是那种快意恩仇的江湖恩怨和雕弓快马、高举高打的热闹；而《金瓶梅》看的是家长里短的繁琐细节，看的是眼眉之间的那种流转，看的是油靴、煮茶、穿衣这样的小小的、细微的日常。再一个说，《水浒传》里的英雄好汉，都是半人半神的人物，最后闹得跟《封神榜》差不多。而在《金瓶梅》里，他们则还原成了普通人：武松会耍鬼心眼，潘金莲也有忠厚之处。在《水浒传》中，潘金莲只是烘托打虎英雄的一个道具，被置放在舞台边上，若明若暗，时鬼时妖；而在《金瓶梅》中她就是主角，她站在了舞台中央，我们必须时时刻刻盯住她，看清楚她的一颦一笑，看清楚她的唱念做打，看清楚她像我们一样的美丽与哀愁。

　　《金瓶梅》之所以好，就是好在它还原现实的能力，那种贴近生活热气腾腾的感觉，是其他文学作品所没有的。《红楼梦》有千般好，但毕竟才子佳人，琼楼玉宇，高处不胜寒。为个宝黛的爱情痛了几十载，人到中年，终明白那是他人的事情。纵然故事百转千回，令人愁肠百结，但毕竟缺乏蒸腾的生活气息，那如梦似幻的情景远远隔开我们，徒令我们生羡和自卑。《金瓶梅》则是土灶瓦屋，是跟我们最贴近的烟火家常。《红楼梦》里的金童玉女，我们永远也见不着；而《金瓶梅》里的人物，不管是西门庆还是潘金莲，总是常常与我们劈面相逢。

我常常想起老公家乡那些三姑二嫂左邻右舍，其中不乏未婚先孕、离婚再嫁、与人苟且、为了养家糊口什么都肯做的人。她们大字不识几个，却个个口齿伶俐，得了好的时候唇舌吐蜜，仔细得体；吃了亏粗俗起来能骂得泼天蔽日，哪里还论得了廉耻？窝囊一世都能糊涂着过，却偏会为一句口角悬梁自尽。死了便死了，埋了便埋了，"亲戚或余悲，他人亦已歌"。将这些人物写在纸上，可不就是宋惠莲、王六儿？甚至李瓶儿、孟玉楼也是一样一样的。应花子、谢希大、玳安，更是比比皆是。那些生活在底层的人们，常理中的道德原则是坚持不起的，他们卖力地活着，只不过为了养家糊口而已。如果能在人群中掐个尖儿，哪怕是短暂的、片刻的时光，让别人羡慕一下，亦足以成为长久的谈资。

兰陵笑笑生，是一个真正走出书斋的伟大作家。他以极大的悲悯，冷静的笔触，一五一十地临摹身处的市井——那市井，竟然可以延续到当下。小家人的寒热，大家族的悲欢，处处都可与周遭的人事"接榫"。深深地沉浸到他们的生活里，你会突然不再鄙视书中的任何人，大家各自为生计周旋，设身处地，也着实让人揪心。

我终于认同了评论家朋友的话，《金瓶梅》确实是好！即使不能说比《红楼梦》写得好，至少比它写得不差。尤其是自从它在故事发展上跟《水浒传》分道扬镳之后，你一脚就会踏入活色生香的世俗生活，竟令人乱花迷眼，欲罢不能。

归 去 来

今年下半年，我成了对中国高铁贡献最大的路人之一——在北京学习三个半月，有一多半时间都是在北京和郑州之间穿梭。整天不是开会，就是在去开会的路上。

穿梭，仔细想来，这个词竟然透着那么多的辛酸和无奈。

这一年的冬天，我在北京鲁迅文学院进修，跟一些"70后"的孩子混在一起——这话估计不受待见，说是孩子，其实也都是孩子他爹了。不过以我的年龄，说他们孩子，多少还有点资本。我记得给张楚的小说评点时，曾经用了"张楚这孩子"，下笔之时犹豫再三，最后还是写下了，还是发出去了。打那以后，张楚"这孩子"再见我，果然多了一些乖巧，也许是乖张，反正是跟过去不一样了，竟然是满脸诚惶诚恐的笑。这个家伙，我太欣赏他了，与作品背后那个他，判若云泥，长一张老实巴交的脸，亲热得不行。以此，他的诸多缺点完全看不见了。

张楚的作品我已经品评过了，但还是意犹未尽。也许，人与作品之间的距离越大，作品的张力就越大？也不尽然。但是想想挺好玩的，一个这样的人，一个那样的作品，有看头儿，有嚼头儿。

我始终对弋舟保持着高度的审慎，因为，看透这个孩子确实需要借谁谁一双慧眼。莫非，"刘晓东"长年驻扎在他的身体里，因此那种隔膜与踟蹰其来有自？也许这就是如他所言的时代表征：表面随和，内里冷，怕一切一切麻烦。这孩子，看起来跟每一个人都好，其实真正跟他做朋友并不容易。因为他"是中年男人，知识分子，教授，画家，他是自我诊断的抑郁症患者"，他会胡乱地给自己贴上标签，然后，像一个斯德哥尔摩患者一样，被标签下的那人绑架。

　　不过，他的作品我还是非常喜欢，在某些方面，我们走的路径或许是一样的，那就是，从"我"走向"我们"。这是一片开阔地带，但也不会因此让作家走上一条康庄大道。道路通达带来了诸多叙述上的麻烦，如何在旧情景新故事里闪转腾挪，很不能讨巧，确实费思量。谢有顺先生能从他的作品里打捞出"憔悴之美"，可见慧眼独具。

　　我是从小说《国家订单》认识王十月的。但谁给他的作品贴上了"打工文学"的标签，不得而知，好像他自己对此也认可。我觉得，这样概括，框架有点小了。他的作品与其说是"打工文学"，倒还不如说是"地球村文学"更为恰当。寰球同此凉热，美国气象学家洛伦芝说，亚马孙流域的一只蝴蝶扇动翅膀，会掀起密西西比河流域的一场风暴。用这句话概括这部小说，甚妥。而且我觉得，我们的写作理念有非常相似的地方，那就是文学对现实生活的介入。他在一次访谈中曾经说过："有一些小说家关注现实，还是必要的吧。作为一个写小说的人，总不能对我们所处的这纷繁复杂的现实无动于衷、视而不见做假寐状。"好小子，诚哉斯言！

　　但是，王十月这孩子，在朴素的外表下面，却是高傲的内质。其实，他的朴实是真的，有质地，能朴实到让所有人都相信他是个实在人；但高傲也没水分，瓷瓷实实的高傲。如果一个人能高傲到朴实，或者能朴实到高傲，也是非常非常了不得了。前者如柳传志，后者如褚时健。江湖还有传言，说王十月抢红包谁都不是他的对手，反应快；还传说，玩"杀人"游戏，他和东君兄最容易蒙蔽人。而今有规矩：不信谣，不传谣。这些事，我就不往深处说了吧。

我跟东君认识很早，好像有一次我们一起获了一个什么奖。李敬泽老师说东君："谈笑间却留心细细看了东君，我想以后我会记住他，认出他。以前记不住，因为这个江南人照例长得正规清爽，他不肯任性，留下让你记住的破绽和缺陷，但现在，我终于看出来，这个人的脸上有一种明确的记号，它叫'弱'——是必须参照《圣经》才能依稀辨认出的'弱'。"其实，我个人认为，就东君而言，这弱不是那弱。老子曰："坚强者死之徒，柔弱者生之徒……故坚强处下，柔弱处上。"他的弱，本质上是一种强，是一种坚韧，更是一种坚持，跟洪素手一样。

看东君的作品，得有柔弱的心情，得有坚韧的神经；得有茶，得有闲，热闹处看不得。

这些人里面，算起来我跟李浩算是认识最早的，第四届鲁迅文学奖，我们一起去绍兴领奖。那是我们俩第一次交集，但共同的感受颇多。最主要的是，我们都觉得这个奖是生生地被上帝盲目砸下来的，所谓天上掉馅饼。好在都没被砸晕，也没砸残，看来我俩比猪坚强还坚强。

要是喊李浩这个孩子，确实张不开嘴，我总觉得我们是同时代人。也许是他太显老成，我太显年轻吧。李浩待人谦和无比，那种姿势，我觉得一直是在《将军的部队》里"向一个很远的地方眺望"的姿势，在他眼前的某个人可能很难进入他的内心。这也不能被过分责怪，毕竟，向远方眺望，是大多数作家的姿态。因此我觉得，李浩的谦和善意，倒很像是一种闪避，就像一个急匆匆赶路的人，害怕别人挡住了他的视线和路线一样。其实这也是他的文学野心，好像是在一次访谈中，他曾经说到自己要做一个"野心勃勃的创造者"。能说出这样的话来实属不易，不装，是这个时代多伟大的品质啊！

说完了这几个孩子，此处肯定有感慨：还没等来春天，学习就这样结束了吗？始于冬初，终于冬末，有很多遗憾。有一天，王十月在微信圈写了一首《清平乐》，只记得有这样的句子："多情最是难舍分／七八瓶酒／五六个人／一更二更三更。"依依惜别之情跃然纸上。是啊，毕竟"暮春者，春服既成，冠者五六人，童子二三人，浴乎沂，风乎舞雩，咏而归"是一个几乎唾手可得，而又总是失之交臂的愿景啊！

非常鱼禾与私人传说

　　与鱼禾在一起，是一场无法遮蔽，甚至可谓之盛大的"非常在"。那不仅仅是一个仪式，内容亦何其丰富。听她臧否人物，指点迷津，深有"盗亦有道"之感——在当今语言暴力以数百年未遇之张力铺天盖地的碾压之下，她的强势是显而易见的。尤其是在文字世界里，一方面是欲拒还迎的逃避，另一方面却是欲说还休的愤慨。她构筑了一个非常的世界，但又自信到执拗。也许，这是当下知识分子所面临的共同处境：生或者死，已经不是问题。

　　剩下的问题肯定很多，也许并不轻于生死。离开文字，鱼禾的愤怒则变成了豪爽，那是一种汉子般的动静：要么呼朋引类，歌吟笑呼，极饮大醉；要么随手抓辆破车，不管不顾地奔赴远方，仿佛在另一重意义上奔向那个被她反复述说过的存在于"不同生存境况，乃至不同文化背景的人们"之间的"天然的隧洞"。在她的阐释里，这个"隧洞"意味着写作者的个人经验与他人经验之间在某种深度上自然存在的贯通。她在几乎所有可以言说的场合，一再申明这种贯通所必需的条件。她认为这种贯通必然是在纵向而非横向的意义上发生的——不是作家的个人经验宽阔到了可以直接覆盖他人经验的境地，而是作家对自我经验的反思与开掘达到了一定的深度，必然会触及人类的共同处境。

我想，这也正是她把即将出版的散文集命名为"私人传说"的用意所在。

写作现实屡屡验证如是说法之准确。但更大的现实却是，因为较为普遍的反智倾向，很多写作者与这个目标渐行渐远。这个从事散文写作的人因为迷恋数学，常常喜欢以"坐标系"来抽象而精准地解释文学之事。对，她把写作者的精神半径放进了这么一个"坐标系"——它由思维的纵轴和经验的横轴构成。透过这样一个坐标系来判断疑难，她看到那个纵轴被一再忽略，必是感到了懊恼抑或愤怒。这些个"愤怒的葡萄"，被她生生地挑在笔端，并被调和成细碎而又庞大的思维盛宴。只是，盛宴未必可口，也未必易于消化。当我们被智慧和执着引领到一个振古如斯、于今尤烈的欲望现场，我们会从当初的目瞪口呆，迅速地奔向两极，要么同流合污，要么拍案而起。如果还有第三条路，那一定是思想者的羊肠小道，一如鱼禾所言，那是一条"钟情于坚硬的内生活，只听从内心的召唤"（鱼禾《在无限的放逐中我爱你》）的幽僻路径。

我始终认为，对于一个有思想的写作者而言，幸福不是出其不意的惊喜，而是把握在手的笃定和坚守——这是思想者的特权，而思想者的特权是永远不应该被打倒的权利。几乎每个人都有凭窗远眺的权利，可是思想者的凭窗，往往会成为一个事件和记号，他们能让运转自如的世界骤然停摆，听他们低声喝问："你凭什么自称和它们不同，你犹疑的过程，为什么这样长？"（鱼禾《前提》）这是哲学之问，读到这句话的任何一个人，肯定都会有一个不一样的窗外。但意义不止于此。她说："我不相信经验。在迥然不同的历险

271

中，时光永远不会给我们回头路，走过的，仅仅可能留下伤疤一样的痕迹。经验不曾以有效的方式支持过我。我确定支持力另有来源。"（鱼禾《逃离》）当自我质疑转换成为对于私人经验乃至全部过往的质疑时，我们得到的，是廓而忘言的欣然还是披坚执锐的勘破？

在鱼禾的世界里，总是有宿命般的悲情和好便是了的退让。对于她的性格或风格，这也许是一对矛盾，或许，这是对生命之轮最智慧的驾驭。即使对未来了然于胸，也未必能够滴水不漏，否则，人生就是一场演出。罢罢罢！即使是一场演出，谁又能算计出有几多心血来潮时的汪洋恣肆？念兹在兹耿耿于怀的，不过是那个在"戏眼"里丝丝入扣、荡气回肠的认真罢了："我总是出行伊始，即遇岔口。当一种测验突如其来，没错，我总是一眼看穿，原来我所做的这些决定，它们的理由如此微弱，呵口气都会坍塌。是啊，是啊……尽管不情愿，我还是不得不承认，我早已没有权利随心所欲。人生到了这个段落，真正想做的事已经屈指可数，我知道这心意有多么专注，但是该做的，却是性命攸关的事。"（鱼禾《前提》）

惜爱自由的鱼禾，她的信念和坚韧却又从自由里旁逸斜出。因此，"自由"被说出来有几分令人怀疑："自由，正是一种在内心消除秩序的能力。"（鱼禾《逃离》）这话我举双手反对。自由实与秩序无关；甚至在她所向往的"绝对的孤独"里，自由也无踪影。因为自由没有绝对，也拒绝绝对。这个喜欢"以趺坐的姿势盘靠在窗台上，陷入冥想"（鱼禾《摧眉》）的家伙，她果真是矛盾的！在她搭建的词语的深沟高垒里，我常常沉迷和彷徨，我宁愿相信那是一种深深的陷落。因阅读而产生的丰富和荒凉，使我终于相信了一个人也可以地老天荒。只是……我依然记得，当我读到斯人笔下父亲

272

去世后那一段文字——"他的肉身已经化为泥土,什么也不需要了。他也不会再有期待。从今以后,我们即或有所成就,也只是给自己的了。"(鱼禾《乡愁,或另一种乌托邦》)——顷刻之间泪流满面。父亲是她自己的父亲,但这化为泥土的父亲,又何尝不是所有丧父之人的父亲。人与人也许很远,但是终究,人们会痛在一个地方,那厚厚的遮蔽之下,是柔软的亲情,是只能饮泣和叹息的黯然,既无关秩序,也无关自由。

鱼禾的行走姿态,一直为我所迷恋和欣羡。她只做她所认定的道路上的自己——这话不管听起来有多么决绝和孤傲,但她持之以恒,而且那姿态始终是她一个人的,别人无法复制。重要的是,鱼禾没有授人以渔,好像也没有这样的打算,她只授人以鱼。在这个"巨星"当道、"大师"横行的世界里,这很好。南方有嘉木,北方有佳人,当然,亦有鱼与禾。鱼与禾是物质的,也是精神的。她本姓马。她说马是一种与梦想有关的动物。据此人酒后醉谈,在上古时代,有一种眼睑皆白的马,名为"鱼"。她说,啊,那是一种会飞的马。我不知道这是不是另一桩"私人传说",但总是如此,鱼禾的轻描淡写和浓墨重彩,内容远远溢出形式之外——我谓之饱满。也许,真正读懂鱼禾的人,更有成为一个好作家的可能——虽不能至,然心向往之。毕竟,没有谁不渴望像鱼一样自在,像禾一样踏实;没有谁不想以非常之态成就传说,让自己的一生力透纸背。

我所理解的写作及其他

现在的写作，正进入一个比较复杂的现场。一方面，自媒体的出现，让作品发表更加容易；另外一方面，由于泥沙俱下，海量般的信息，使好作品变得越来越难被发现，因此也让很多作者更加焦躁不安。

如果单从技术上看，由于开放所带来的各种新的观念和技巧，正在深深地影响着中国的小说创作。所以，从总体上来说，我们的小说创作比过去丰富多了，也好看多了，确实也产生了一批有影响力的作品。尤其是莫言获得诺贝尔文学奖之后，世界对中国文学的看法发生了根本性的变化。基于这一点，即使不能肯定地说我们的小说创作正在赶上和接近世界水平，但是如果做一个纵向比较，可以看出确实有了较大的提高。

当然，在这种情况之下来讨论小说，也不能脱离"中国特色"这个最现实的语境，这个语境就是深深垫在小说底下的"文化因素"，或者说是文化土壤。在从农业文明向工业文明过渡的过程中，蔓延在国人心中那种莫名其妙的焦虑和急功近利的现实环境，也同样不可避免地影响着小说创作。从新中国成立以来所产生的说教式的创作意图，到现在也没有根除。过去是图解政治，现在是图解社会现象，很少有真正沉入"进去"的作品，浮面化、标签化的创作充斥市场。即使是远离政治的作品，也存在着一个观念先行的东西。这何尝不是一种"政治"？

所以我觉得现在的小说创作，有两个倾向性的东西必须要警惕。一个就是离生活太近，它几乎就是生活的描摹，根本谈不上文学性和艺术性。无病呻吟，故意放大个人病态的感受以期引起别人的同情或者同感。第二个倾向就是离生活太远，既故作姿态，又语焉不详，从头到尾都不知道他要表现的到底是什么。而且这两种倾向的通病都是离心灵很远，即使他说的是所谓的心里话，那也是来自心脏。

一

毋庸置疑，对于专业写作者而言，写什么固然重要，怎么写尤其重要，也许这就是所谓"专业的人做专业的事情"。但是，这种理念造成一种现象：对前人作品的回顾，还没怎么说到内容，总是先说到什么什么手法，什么什么派。就像是江湖上的武术派别，门派林立，令人眼花缭乱，莫衷一是。

当然，不管怎样，写作的确是另一种说话的方法——诚如周作人所言，是"风干的谈话"。既然是谈话，就要有谈话的艺术，或者叫"说功"，其实它的艺术旨趣恰恰也在这里。像相声一样，我们喜欢老派人说的相声，如侯宝林、马三立，他们完全是靠"说"来解决问题的，不动声色，暗藏玄机，包袱抖开让你喜不自禁。不像现在那些说相声的，什么都整到舞台上去。现在有的写作者也是如此，功夫都用在写作之外，怪力乱神，乌烟瘴气，生生把一件高尚的事情做成焚琴煮鹤的下作勾当。

也许无可厚非，也许不解风情，也许见惯不惊，极度发达的物质社会和我们不断膨胀的欲望正在勾肩搭背、相互调情，这是我们所驱使的现代化迈进的一个新门槛。文学在物质化的世界里正在渐渐失宠，这也是一个不争的事实。

但是，虽然文学已经沦落到如此，但它绝对不会消失到无，更不能忽略不计。所以，作家的道义和责任感，有时候也反映在说话的方式上，使作家的生活态度在作品里显影。我们现在很少说起曾经影响中国几代人的俄罗斯作家，其实，像十九世纪以来的俄罗斯那些伟大的作家和他们彪炳千秋的作品，尽管大多数述说的都是苦难，但我们从苦难里看到了希望，看到了更多的对生活的悲悯和对生命的热爱。崇高的悲剧美、对人性不竭的追寻、对苦难宽容的态度，是俄罗斯文学的最伟大之处。他们虽然没有对个人的磨难置之不理，但绝对没有狭隘的谩骂和咬牙切齿的嫉恨。在作品所反映的个人的苦难背后，是整个社会的悲愤，就像一场突如其来的大风雪，刮过广袤的西伯利亚平原，苍凉而又博大，有凛然的尊严，又有深长的意味。而不像我们的一些作家，对于苦难，我们理解成就是悲哀。我们的姿态比苦难本身还低，我们被苦难压迫着，根本无法超越它。我们靠描摹苦难的细节煽情，这不能显示我们的悲悯，充其量只是可怜，因为真正的悲悯是要有足够的尊严的——不管是悲悯者本人还是被关注的人，并且它是通过微笑来表达的，而不是咬牙切齿——而我们只会躺在自己的伤口上呻吟，把个人的痛苦看得高于一切，哪怕是隐私，也被戴上艺术的光环，靠自己的痛苦赚取市场和同情。如果是写社会的不平，肯定是"洪洞县里没好人"，高高在上的官僚一律该斩，生活在底层的全是圣洁的天使，因为他们不是一个人，而是一种象征。人性在作品里被泯灭了，只有欲望、痛苦、邪恶和呻吟在那里脱窍而出，像一片片飘浮的磷火，模糊而又遥不可及。

好在中国作家群中也有坚守创作高地的作者，其实我觉得他们并不孤独。比如石舒清，他的短篇小说不管是艺术水准还是思想性，在中国作家群里都具有标志性意义，尤其是《清水里的刀子》，这部小说我曾经应一家刊物之约做过全方位点评。那种浓得化不开的宗教情怀和清贫、善良、尊严的马子善一家结合在一起，所产生的极大的艺术冲击力，将会长久地引起我们心灵的震颤。

二

我觉得一直到现在，对我影响最大的还是俄罗斯的文学作品，尤其是我后期的作品中切入社会的视角，受其影响很大。俄罗斯的文学泰斗托尔斯泰，一生所探索的都是如何解脱人类的苦难，孜孜追寻人生的真谛，他被尊奉为"人类的良心"。他像基督一样的献身精神，其实也是广布在俄罗斯知识分子血液里的弥赛亚情结。一百多年来时间的沉淀更说明了他的伟大，因为他热爱的，永远是劳动者和弱者，是善良的人；他述说的总是普遍的苦难和社会的不公，但是除了设身处地的怜悯和同情，没有置身事外的怨怼和骂街式的暴跳如雷。饱经磨难、忧心忡忡的俄罗斯，和生活在这片土地上的被侮辱和被损害的人们，在他的笔下，被浇灌成了一片充满生命力的森林和一株株傲岸的白桦树，在苦难里锤炼了信念，在打击面前挺住了尊严。唯其热爱这片土地、这个国家和生活在这里的人们，

277

才会进而热爱整个世界。也因为对整个世界的爱，才赢得了世界对他的尊崇。他倡导的"勿以暴力抗恶"，虽然为那些所谓的革命家所不齿，但是历史和实践证明了他的正确——饱经战乱，民不聊生，一个动荡的国度，遭殃的永远是那些手无寸铁的平民百姓。

另外一个被指责为不懂自己手艺的"天才的外行"是与托尔斯泰齐名的陀思妥耶夫斯基。他先哲般的思想、夸张的热情和手术刀式的分析，让我们在他的作品里提心吊胆，就像穿行在阴森森的地狱里，几乎没有一个喘息的机会。他是敏感的、偏执的、透着热情和悲愤的道德审判官。"他把小说中的男男女女，放在万难忍受的境遇里，来试炼他们，不但剥去了表面的洁白，考问出藏在底下的罪恶，而且还要考问出藏在那罪恶之下的真正的洁白来。"他用另一种方式爱着他笔下的那些人物，他为他们打开道义忏悔室的门，让他们面对自己的心灵——只有看到自己的丑恶，才会是善行的开始。他喷涌的热情和冷静的思索，形成了作品跌宕的旋律，让我们因沉淀得太久而已经麻木的情感得到彻底的清洗。他一泻千里、泥沙俱下的叙述好像是直奔着黑暗、愚昧和压迫而来，而蕴含的却是无尽的悲悯和热爱，也许还有忍从。他把俄罗斯民族的善良和残酷刻画得淋漓尽致——这是个矛盾的民族，是个矛盾的国家，过去、现在和未来，好像都不会被改变。

屠格涅夫是对中国影响最大的作家之一，也是俄罗斯最懂得小说"经济和建造术"的作家。他的叙述方式既没有托尔斯泰那样恢宏，也没有陀思妥耶夫斯基那样深邃。他是沉着的、冷静的和隐忍的。他用思想取代了情绪，用描写取代了陈述。他和被叙述者拉开了一段距离，远远地看着他们，然后对他们的作为画龙点睛地做一些概括。他不愿意多说一句话，甚至多说一个字，那是贵族式的简洁和果断。他和托尔斯泰一样，并不是一个饱经苦难的人。但优越的生活条件，没有使他失去爱和思想。他的悲哀既浸染着俄罗斯的民族精神，也沉淀着一个善良作家的艺术良知。他好像比任何人都关注普罗大众，但他的作品不是写给他们看的。他是写给他们以外的人看的，比如贵族，但一定是和他一样具有良知的贵族；比如那些闲适的人——他不动声色地告诉他们事情的原委，然后让他们慢慢地感动，让他们知道该为这个世界做些什么和不做什么。有一个时期，他的声望甚至超过了托尔斯泰和陀思妥耶夫斯基。当然，这既因为他说了什么，也因为他什么都没说。

我所熟悉的中国作家里，对土地和人民爱得最深的当属陈忠实和李佩甫，他们的经历和写作经验也很接近——虽然都是多年生活在城市，但是作品几乎都埋在乡土里。陈忠实的《白鹿原》，是用生命奏响的一曲中国乡土文化挽歌，那种乡绅自恋自爱式的尊严的破灭，几乎就是中国传统文化衰落的缩影。而刚刚获得茅盾文学奖的李佩甫的《生命册》，可以看作是《白鹿原》的延续，是农民在从乡村到城市的嬗变过程中所遭遇的精神蜕变。他们离乡背井进入陌生的城市，寻求出路，寻找价值。而在那里，农耕时代的道德，迎头遭遇商品世界的嘲弄，遭受资本社会的摧残，在失措的社会现实面前，他们失去的是生活的根基和信念。

三

有时候，文学比哲学的啰唆事还多，它至少比哲学更不规范，所以这激起了很多人的发言欲望。既然文学是人学，那么人人都有发言的权利。可真正对文学发言的人，又有很多是不懂文学、不爱文学或者是根本不看文学的人——我这样说并不是有某种优越感，而是一种可悲的事实。常常听人说，某某的层次太低，我从来不看他的作品。没道理可讲，既然从来不看人家的作品，怎么知道层次低？这虽然并不是光鲜的武器，但杀伤力却极大，往往成了这些人结束战斗的利器。当然，世界是平的，而且写作这种很通俗的手艺，吸引了更多的人参与进来，如果再加上网络各种平台和因话语权扩大化而造成的冲击，文学真的被熬成一锅"坚硬的稀粥"了。甚至有些"做文学"的人，市场意识很强，他们知道怎样跑马圈地，也知道靠传统的叙事方式无论如何也占不了上风。在他们的作品里，生活被一些琐碎的细节和大段大段的"思想"（有的只是刚刚泊来的口号）所堆砌，他们用后现代的东西演绎出了新的"假大空"。如果一部作品，没有了对人类的关注和对生活的热爱，无论到何时，无论到何地，都不会成为一部伟大的作品。当然，在目前急遽转型的社会变革时期，有些作家选择了沉默。我理解并尊重这一点，同时也觉得非常遗憾，既然选择了做一个作家，就应该有自己的责任、原则和担当。

好在中国还有一大批作家，以极大的诚意和坚韧不拔的意志，守望在文学的高原上，他们以自己的努力和实力，维护着文学的尊严。这是我们乐于见到的，也是中国文学的希望所在。

很少有一个时代会像今天这样，经济发展异常迅猛，社会生活丰富多彩，而公众认知却混乱不堪。也不曾有过一个国家，像中国的社会转型这么艰难。在波涛汹涌的生活面前，渐渐平复的心灵，虽然不会再有盲目的激情——理性使我们在生活里更真实了——但仍然有人会刻苦地写作。有人是为了生活，有人是为了爱生活，有人是为了诅咒生活。写作成了最便捷的话语方式，也成了最世俗的方式。我不记得是谁说过这样一句话："一个从来没有读过西方伟大经典的人，怎么可以妄称是受过教育呢？"这句来自上个世纪的文化箴言，是否可以作为我们这个时代的文化墓志铭呢？所以，对于每一个作者和读者而言，弄懂这句话，很重要，也很必要。

我读 《巴登夏日》

卡尔维诺在《为什么要读经典》中说："经典作品是这样一些书，我们越是道听途说，以为我们懂了，当我们实际读它们，我们就越是觉得它们独特、意想不到和新颖。"这话对读书人和写书人来说，都相当经典。不用找极端的例子，有很多我们耳熟能详的经典作品，读得越多，反而对它越陌生。没有人敢说读懂了《红楼梦》，不管你读过多少遍，总是能找到它的"独特、意想不到和新颖"。

过去，我非常喜欢读俄国作家的作品，他们的经典意味，往往不是一两句话能够说清楚的。不过，我很久没有读过俄国作家的作品了，倒不是因为懒，而是与这个时代有着很大的关系——不可否认，时代也在不断变换着我们的阅读口味。我认为对一个作家而言，"回到俄罗斯"是一个巨大而艰难的心灵工程。

当然，对于中国作家，"回到俄罗斯"还远远达不到成为一个问题的高度，因为我们从来就没有进入过它；从模仿到放弃俄国文学，我们没有任何一个作家的作品有过真正的俄罗斯内涵。我记得李敬泽老师说过，欧美国家的作家大多是匠人，而俄国作家大多是圣人，他们的救世情怀和宗教虔诚是举世公认的。与欧美当代作家比起来，俄罗斯作家们的弥赛亚情结非常之浓，使他们的作品看起来沉重异常。那深深地嵌在俄罗斯民族精神之中的对周围世界的关注和对自己内心的反省，是俄罗斯文学经久不衰的精神柱石。

最近，偶然读到一本小书《巴登夏日》，这是一本永远也进入不了畅销书行列的，但是却又让你读了一次很难放下的作品。它被著名书评家苏珊·桑塔格誉为"二十世纪最后一部伟大的俄语小说"。作品从拜谒《罪与罚》的作者费奥多尔·陀思妥耶夫斯基的故居之旅开始，到作者进入陀氏的故居结束，内容到形式都很像一篇随笔，但它确实是一部不折不扣的小说。作者的高明就在于，他在不经意的叙述之中，让读者跟随他的叙述视角逐渐进入陀氏的生活，从而让我们不由自主地完成了对历史与现实、小说中的人物与我们自己、周遭世界的癫狂与我们内心世界的纷乱周而复始的观照和反省。这是一次神圣而又惊心动魄的精神之旅，我们穿越的既是一个人的生命历程，也是一个国家幽暗的文化历史隧道。

《巴登夏日》的作者列昂尼德·茨普金与陀氏一样出生于医生世家，成长的道路也很相似，虽然他没有因为政治原因遭受清洗，但由于犹太家庭出身而备受磨难。他的祖母、叔叔、三个姑姑和两个表弟，均在苏联的排犹运动中被杀害，父亲以终身瘫痪的代价从狱中脱逃而得以保全性命。茨普金写过大量的诗歌、散文和小说，但生前一部作品也没发表过——他的作品是写给自己看的，最多是亲近的人才能偶尔读到，《巴登夏日》也是由合众国际社的一对记者夫妻冒险带出苏联，才得以在美国发表。也许正因为它是作者写给自己的作品，才更能在内敛之中感受到他对生命意义鞭辟入里的解读——"于悲观之中夺取了仁慈，于谎言之中夺取了真理"，于遍地荆棘之中，夺取了爱。

在这部作品中，作者反复叙述的细节实际上只有四个：陀思妥耶夫斯基与妻子安娜的床笫之欢，反复歇斯底里发作的赌瘾，劳改营里所受的屈辱，以及他在俄国文学圈里的浮沉。这样的细节极具代表性，它们让陀思妥耶夫斯基这个伟大的天才在神与魔、天与地、理想和现实之间痛苦地穿越。"他们一大针脚一大针脚地游着，胳膊同时甩出水面，并同时大口吸气，投身汹涌的海浪中，离海岸越来越远，但他几乎每次都被迎面而来的海浪打到一边，甚至差点后退——他追不上她了，可她仍然有节奏地甩着胳膊，消失在远处，他感到自己不是在游泳，而是在水中挣扎，蹬着腿试图踩到水底。慢慢地，这股打得他连连后退以至于跟不上她的激流，竟奇怪地变成了典狱官那闪着恶光的黄眼睛，变成了他自己在处罚室脱去囚衣，趴到已经被无数人的身体磨得光亮的小橡木桌上时的慌乱，变成了树条鞭雨点般落下来时他未能忍受住的呻吟……"——这就是我们在作者笔下能够体验到的夫妻鱼水之欢，也许它只是在集权政治体制之下所有"有独立之思想，自由之精神"的知识分子，在灵与肉之间痛苦挣扎的镜像而已吧。

而在豪赌的世界里，陀思妥耶夫斯基更像是在体验生命的极致，他不是在赌输赢，而是疯狂地攀登内心的一个高度，"他去魏斯曼店将大衣典当了十五马克银币，然后直奔赌场，一般来说，一天的头两三局他都会赢的，可这天竟反常到开局就输光了十五马克"，"恰逢冈察洛夫从楼梯上下来，看见陀思妥耶夫斯基，冈察洛夫一言不发，又上了一级台阶，然后掏出钱袋，取出三枚金币，递给陀思妥耶夫斯基。他接过钱，连连鞠躬感谢，然后转身走出酒店，往车站大楼跑去。这三枚金币一眨眼的工夫就输光了，就好像他怀着一种必输的癫狂的意愿似的"。而对于这一切，陀思妥耶夫斯基并没有觉得是挫败，反而认为只有他才配体验这种罪恶的堕落，"他们无权体验这种他正深陷其中的令人眩晕的下滑——伤自尊的只是某种固守中庸和理智的中间物，比方他们——只有那种能使人翻身的，具有感染力并让人忘乎一切的思想，方能让人自由，哪怕实现这一思想的方式是一种罪过，也要坚持下去"。

在茨普金的叙述中，我们几乎看不到一个"伟大的作家"，他是一个赌徒，一个歇斯底里症患者和一个翻脸不认人的变态狂——难道他不是真实的《罪与罚》的主人公拉斯科尔尼克夫吗？他在社会底层被多次碾压和伸展，即使肉体变成一个被反复捶打的拓片，却依然保有饱满而尖锐的思想——也许这就是伟大的本质意义之所在。

这部作品是一部文学狂想曲，它迷人的细节所具有的穿透力，使我们在平平常常的语言夹缝里能深深地感受到作者无限的悲恸和不可一世的癫狂。也许从内心来讲，那是一种居高临下的狂喜，或者是声嘶力竭的宣泄。

这部小说的语言特色也不可小觑，它几乎让人喘不过气来的长句式，对过去的文学传统是一种颠覆——它在给你几乎是透不过气来的阅读束缚中，给予你最大的想象自由，而且这样的长句式并未影响叙述的简洁——简洁的意义就是，在最小的语言平方面积里，积聚着最大的思想：他的所有下滑的理论都不管用了，它们的存在只是为了使他滚落时不那么痛，是他给这些理论罩上了光环。而我们不也经常这样吗？陷入困境的时候，我们就欺骗自己，臆造什么理论安慰自己，减轻痛苦。陀思妥耶夫斯基在服苦役的时候也是这样，近乎病态的自尊从来没有屈从过遭受的屈辱，而解决的办法只有一个：把受辱看成一种成就——"我遭受苦痛，并从中受益。"

　　阅读《巴登夏日》会有与阅读陀思妥耶夫斯基的作品一样的感受，那就是历经苦痛之后的平静和澄明，或者可以荡开去说，所有能让我们参与心灵之旅的作品，都让我们又经历了一次人生。

红楼有余衷， 不堪持赠君

　　自幼喜读书，却所涉不广，总在自己喜爱的几本书之间流连。这极可能与我的性格有关，喜欢旧东西，对一切新奇无不抱有强烈的排斥——手机只会打电话发信息，用了十几年电脑，仅仅用来码字，去年才学会开博，而且还是一知半解，需得朋友帮助才可。

　　不过，我一旦喜欢上一本书，却终不见弃。《百年孤独》估计要陪伴自己到百年之后的孤独了；《变形记》在我心中始终没有变形；《生命中不能承受之轻》则浑如生命之重……喜欢中之最爱，当非《红楼梦》莫属，从十来岁开始读，已经记不得看了多少次，更记不得读了多少版本。当然这种读仅仅限于读的层面，断不敢妄谈研究抑或见解。

　　前些日子回老家扫墓，看见坟冢遍地，忽忆起"铁槛寺""馒头庵"诸事来。范成大"纵有千年铁门槛，终须一个土馒头"毕竟颓废太甚，人生如斯，何以开悟？宝玉以"赤条条来去无牵挂"而悟到"是无有证，斯可云证。无可云证，是立足境"，饶是"纸上得来终觉浅"。黛玉所悟虽有进步，也只是借用六祖慧能之"本来无一物，何处惹尘埃"而开释宝玉。不过他们彼时的开悟，更多是在

287

"术"的层面上做些文字游戏。大观园里的一众小儿女，在繁华占尽之时，岂可预知人生跌宕良有以也。直至诸芳落尽，人去园空，始知人生不过是"好便是了了便是好"而已，若再缩略，无非是一"空"字罢了。

少时读此，每每心有戚戚，及至黛玉焚稿，尤其读到"抬头忽见船头上微微的雪影里面一个人，光着头，赤着脚，身上披着一领大红猩猩毡的斗篷，向贾政倒身下拜。迎面一看，不是别人，却是宝玉"时，常常忍悲不住，泪水汪洋恣肆。那是真实的伤心，是物伤其类的悲痛。及年齿稍长又读，渐渐领悟了整部《红楼》堪如鲁迅先生所言"悲凉之雾遍被华林"，再有心结，却已是隔世的同情了。过了不惑之年，细细品来则又更上层楼——一部《红楼》无非是在求证一块石头由空入色，再由色入空的物理和心理过程。其实，空未必是空，而色，却是实实在在的色。但这不过是直面惨淡的人生并立此存照，又有何悲哀可言？在佛家看来，空不是空无，而是一种圆满，一如弘一大师临终之偈语：如"执象而求"，必"咫尺千里"。真正的空不是消极的颓废，而是积极的满足，是"华枝春满，天心月圆"，是《金刚经》之"应无所住而生其心"。

倘若这就是作品的底蕴，我觉得这才是《红楼》真正的悲哀，而这样的悲哀洇染在中国上下五千年的文化里，振古如斯，于今尤烈。尤其是在我成为作家之后，常常幻想把《红楼》重新删减，莫如直取《大观园》名，剪去前二十二回，直接从众儿女入住大观园起，至宝玉宝钗成婚，黛玉吐血而亡终。大观园是一座青春的乐园，也是一座青春的墓园。他们入住之时，宝玉才十三岁，黛玉小他一岁，宝钗大他一岁，其他众女儿年龄也不相上下。他们那奔放的青春，恣肆的才华，强烈的生命渴望，原不该被腐儒玄道所戕害，即使是茫茫大地渺渺真人，怎堪与那些傲岸的青春做伴？况作者开篇即言"忽念及当日所有之女子，一一细考校去，觉其行止见识皆出于我之上"，因此，"万不可因我之不肖，自护己短，一并使其泯灭也"。但写至最后，却是群芳"零落成泥碾作尘"，僧道携宝玉返入幻境，让这些清清爽爽之"水做的骨肉"，做了浊臭逼人之"泥做的骨肉"，参禅悟道的铺路垫脚之石。罢罢罢！作者是想说明一心向佛则功不唐捐，还是天下女人终逃不脱"千红一哭，万艳同悲"的命运？即使凭借"假雨村"之"真事隐"，如此这般，设若不是红楼一梦，怎不让人"到底意难平"！

《金瓶梅》 杂谈

我十来岁的时候就开始读《红楼梦》，凡三十余年，基本没有中断过。一直以来，同很多人的观点一样，我觉得这是一本最符合中国人的阅读传统，也是具有最高文学价值的中国古典名著。

大概是八十年代初期，我大学的一个老师因为"批判的需要"，从内部得到一部当时的禁书《金瓶梅》。彼时通过公开渠道是买不到这套书的，尽管是一套洁本，重点章节均欠奉。出于好奇，我简单地翻了翻，最终也没有找到古人雪夜读禁书的那种滋味。

从事专业写作之后，有很多圈内的朋友建议我细读一下《金瓶梅》，可能会找到与过去不同的感受。我这才托人买了一套"汇评本"来读，反复品读了几遍之后，想起欣欣子的评语"其中未免语涉俚俗，气含脂粉。余则曰：不然。《关雎》之作，'乐而不淫，哀而不伤'。富与贵，人之所慕者，鲜有不至于淫者；哀与怒，人之所恶者，鲜有不至于伤者"之句，不免心有戚戚——佛在俗人眼里是大便，大便在佛眼中犹是佛，见仁见智，终无定论。

风流韵事不消说，即使人情世故，我觉得《金瓶梅》也比《红楼梦》写得要好。记得听过台湾著名作家张大春的一个讲座，他非

290

常推崇前者，认为其细节描写如临其境，诗词歌赋水到渠成，不像后者，都是端着架子一笔一笔地雕出来的，太着力。此言甚是，尤其是在书中读到："武松道：'早间有一相识请我吃饭，却才又有作杯，我不耐烦，一直走到家来。'妇人道：'既恁地，请叔叔向火。'武松道：'正好。'便脱了油靴，换了一双袜子，穿了暖鞋，掇条凳子，自近火盆边坐地。"

好一双油靴！这什物现在的年轻人是不知道了，我小的时侯还见过。过去生活困难时期，很少人家里有胶鞋，手工做的高勒棉鞋，外面用熟桐油油了，便是踩泥踏雪的工具。想那武二郎，自小父母双亡，与大哥相依为命，风雪中一步一步走回家来，不就是为了享受"脱了油靴，换了一双袜子，穿了暖鞋，掇条凳子，自近火盆边坐地"的温暖吗？即使一时半刻在大嫂潘金莲的上下其手中流连忘返，也并不失其打虎汉子气度，毕竟"无情未必真豪杰"。

除了生活的细节，我觉得值得一说的还有主人公西门庆这个人物。作为审丑对象，西门庆能够穿越到今天还不过时，除了作者出神入化的塑造之外，我们的文化浸淫其中发挥了不可替代的催化作用，也是不能被忽略的。也就是说，西门庆这个人物之所以刻画得成功，在于他既是一个个体，也是一个众多人物的集合体，所以才能在中国文化胎盘的滋养下"长生不老"。

让我们回到文本。

作为反面人物的西门庆不仅有钱，还拥有众多的如花美眷，似乎还有很多女人等着他去拥有。虽然横死街头的下场委实不好，但按照边沁的功利主义计算，也未必划不来。由此看来，潘金莲、李瓶儿等一众如花似玉的美人儿会哭着喊着扑向西门大哥的怀抱，无他，因为西门庆是他那个时代的"好男人"。

那么，什么是好男人呢？这理儿应该由女人来论才是。某电视台的一档相亲节目上，马小姐一句"宁愿在宝马车里哭泣，也不愿意在自行车上欢笑"顿成千夫所指，大众群情激愤，好像犯了天条。可细究之下，马小姐的说法亦不无道理。对一个心里多少还存有一点憧憬和幻想的女人来说，对于一个真正想把日子进行到底的女人来说，假如一定要在西门庆和武大郎之间二选一的话，她会选谁？

然而，在几千年传统的男权社会里，别说是选择男人，即使自己的命运女人也无法选择。所以，完全可以认为作者的态度是一种历史进步——潘金莲她们奋不顾身地争取和维护的，谁说不是一种更深刻的人性？即使她们的灵与肉都在万劫不复的扭曲中走向堕落和毁灭，难道这仅仅是一种"红颜祸水"的简单解读吗？我认为，在原始欲望的文本表象下面，是对人性本质深深的考问——所谓善与恶、因与果都被打上了时代的烙印，以现实主义的角度看，这也应当是《金瓶梅》比《红楼梦》的深刻之处。

而且泛泛地论起来，在中国传统文化的拖拽之下，所谓妇女解放仍是一个尚需时日的问题。在旧时代，妇女没有独立的经济地位，自然没有独立的人格。很多有才华的女子，在普遍认同"女子无才便是德"的社会环境里，其境遇较一般人更显坎坷不幸。虽有陆游"山盟虽在，锦书难托"的一往情深，也避免不了唐婉"怕人寻问，咽泪装欢"的人间悲剧。比如，曾经像薛宝钗一样对未来踌躇满志的袁枚三妹袁机，即使在婚前信誓旦旦地写下"我有秦宫镜，清光欲上天"的美好愿景，最终也无非是在遍地泥泞里夭折枯萎。对袁机的不幸，很多人只看作是个人遭际，包括妹妹袁杼，在《哭素文三姊》里也叹道："似此才华终寂寞，果然福命误聪明。"但是，兄长袁枚对这个问题则看得更深："斯真所谓女子无才便是福也。"当时的社会环境就是如此，佳人薄命。

在《金瓶梅》里，好男人绝对是物质的、形而下的。当然，现在也没有本质的改变。手眼通天的王婆，把它归纳为五个字："潘邓驴小闲"。这曾经让很多提起它的人掩口失笑，然而笑过之后呢？当时的西门大官人曾这样谦逊地跟王婆说，这五样戋都有一点。要是放到现在，有多少男人有底气这样说呢？

先说潘安。他不仅仅是长得帅，而且极有才华。他是西晋文学三巨头之一，与陆机、左思并驾齐驱，当时就有"潘文如江"之誉。他三十多岁就出任河阳县令，令全县种桃花，遂有"河阳一县花"之典故。潘县长在任上颇有政绩，被太傅杨骏推荐为太傅主簿。不仅如此，在对待爱情的态度上，潘安又情深脉脉，与结发妻子杨氏伉俪和谐，始终如一，其所作的悼亡诗堪与元稹比肩。故李商隐有诗赞曰："只有安仁能作诔，何曾宋玉解招魂。"所谓成也萧何败也萧何，潘安因为貌美，反而遮蔽了其他光芒。

其实，在进入现代市场经济之前的很长一段历史时期里，男人长得不帅总被认为是家门之不幸，不仅女人不喜欢，男人也会讨厌他，甚至会直接影响到他的仕途。一个男人如果长得帅，就可以进入名人大全，名留青史。"傅粉何郎"何晏，魏明帝仅仅因为他是个小白脸，就把公主嫁给了他，并封为驸马都尉。刘禹锡一声"何郎犹在无恩泽，不似当初傅粉时"，道尽多少枯荣。但是，如果长得丑就可能会很倒霉，"以貌取人，失之子羽"——就因为长得太随便，子羽差点被孔子拒之门外。

然而，进入市场经济之后，价值观有了翻天覆地的变化，想那武大郎如果放到现在，就凭一"大郎牌"炊饼买卖，恐怕想不被人追都难。这就涉及另外一个人——邓通。邓通依靠汉文帝的恩宠，既垄断国家的矿产资源，又开着国家造币总公司，富甲天下。在那时，"邓"就等于"钱"。说实在的，这个字不用多解释，钱不是万能的，但没钱则是万万不能的。但事情往往没有那么简单，在"奔小康"作为举国目标的现实图景之下，有多少人能做到"不汲汲于富贵，不戚戚于贫贱"？即使能做到，又有多少值得夸耀的道德含金量呢？胡适之先生说："一个文明把人生看作是苦痛而不值得过的，把贫穷和行乞看作是美德，把疾病看作是天祸，又有什么精神价值可说？"

"驴"可以解释为某种生殖崇拜的图腾。女人是否真的在意这个另当别论，但多数男性暗自关切，却又不愿或不敢深究却是铁的事实。在"全民补肾"的特殊时期，像"驴"一样威猛的超人图景，是不亚于房价那般令人拿不起放不下，远非可有可无的枕边小事。此事想来吊诡，莫非进化论是一种周而复始的轮回？《一路远去》里的男主人因为无法履行丈夫应尽的义务，屡屡纵容女主人另谋出路，于是爱情便有了另外一副模样。这个老套故事之所以吸引人，就在于它真实地描绘了女人也有七情六欲，而在此之前，很多男人以为女人并不需要这个，或者不应该需要这个——男人征服世界，女人征服男人，机关原来在这里。

"小"按现在的话来说，就是男人要学会在女人面前卖萌，像潘长江、冯巩等人所饰演的那样，小心翼翼地呵护女人，体贴有加。情人节不忘记送玫瑰，生日惦念着订蛋糕……然而会"小"的男人，心里却往往有着叵测之"大"。据说，在西方绅士之国，老婆出差，老公总是嘱咐她带上安全套，遇到不测不要玩命。而在我们这五千年文明古国，老公肯定会给你一把刀，说，遇到强暴的歹徒，如果你捅不死他，一定要捅死自己，千万不能失身！可见小男人俯首帖

294

耳的表象之下，有着怎样的"物权"意识！不是"小"便是"大"的男人们，何时才能把女人看得和自己是一样的尺寸？

"闲"就是要拿出更多的时间跟自己的女人泡在一起。江上之清风，山间之明月，不管多美妙，没有时间和闲情，一切都免谈。薛宝钗封贾宝玉"富贵闲人"，说在这世上，此两者最难得——富贵者不清闲，清闲者难富贵。可见一个"闲"字，要有多大的底气做铺垫吧。然而，当今盛世，此"闲"与彼"闲"却判若云泥，说谁是闲人，不是不恭，便是不屑。男人在家里闲着是无能，女人容忍男人在家里闲着是无奈——打拼的意思是，要舍身跟这个世界拼了！

物换星移，世事浇漓，然而不管世界怎么变化，西门庆从来没有过时过，需要我们从文化上来共同反思这个问题。解读西门庆的故事，其实并不完全是为了某种道德上的整饬——尽管绝大多数男人表面上都装出一副正人君子的嘴脸，但其实在他们的内心深处，能拥有西门庆的艳福大概是一个永远的梦想——我们应该怎样逐渐攀上更高的台阶，来审视时代和我们自己。在这一点上，我觉得有些古人比我们站得还要高，诚如文龙所言："或谓《金瓶梅》淫书也，非也。淫者见之谓之淫，不淫者不谓之淫，但睹一群鸟兽挚尾而已。或谓《金瓶梅》善书也，非也。善者见善谓之善，不善者谓之不善，但觉一生快活随心而已。然则《金瓶梅》果奇书乎？曰：不奇也。人为世间常有之人，事为世间常有之事，且自古及今，普天之下，为处处时时常有之人事。"呜呼！这"自古及今，普天之下，处处时时常有之人事"，盖远非《红楼梦》所能及也！

不死的父亲

回头仔细想想，关于父亲这个话题我已经说了太多。在我的许多作品里，他要么是主角，要么是配角，直到在《天台上的父亲》里，他自天台上"如一只笨鸟般从上面飞了下来"。我以为可以做一个了结了，其实没有，关于父亲的故事远远没有结束。他总是不经意间像一个飘浮者，不远不近地出现在我的生活里，让我欲罢不能。

我突然想到在《挂职笔记》里写的那个伙夫"老三"。用平常的眼光看，他身上几乎找不到多少优点，但是有一条，就做饭这件事，他看得比自己的命都金贵，做饭是他人生最崇高的事业。有一次一个人给他开玩笑，说在他洁净的菜案上发现了一粒老鼠屎，他掂着菜刀撵了人家半条街，非要他把那粒老鼠屎找出来，否则真跟他玩命！即使最卑微的人，也有自己的梦想。也许那梦想如风中之烛，捧在手心里小心地呵护着还难以为继，但唯其卑微，那光才更纯粹更纯洁。寻找那光，不应该成为我们作家的探索之旅吗？毕竟，作家的使命不仅仅在于波澜壮阔的宏大叙事，还在于于微茫之中，能看见细小的光晕。

我写《黄河故事》就是为了给"老三"一个交代。他一辈子的梦想就是把菜做好，但是逼仄的社会和家庭环境，让他的梦想看起来既可笑又可怜。他一生唯一的一次绽放，就是当三轮车夫给人送菜的时候，在路边一个小饭店死乞白赖地当了一次大厨，那是他第一次也是最后一次在饭店做菜，"在父亲的操持下，一时之间只见勺子翻飞，碗盘叮当。平时蔫不拉叽的父亲，好像突然间换了一个人，简直像个音乐演奏家，把各种乐器调拨得如行云流水，荡气回肠"。父亲身边的母亲也是一个可歌可泣的女人，她也有自己的梦想。她从不向命运低头，家族曾经的荣光在她血液里隆隆作响。她经见过大世面，一心一意想扶助丈夫活得更体面些，但一腔热情总是在坚硬的现实面前灰飞烟灭。一直到老，即使她享受着儿女因子承父志带来的各种便利，也始终觉得"靠吃都能活一辈子，养活一家人，到底是个啥世道呢"。的确，母亲的梦想更适合儒家文化的主流，她"羡慕我们的老邻居周四常，孩子个个有出息，不是县长就是局长，逢年过节家里跟赶集似的不断人，还都拎着大包小包的。我们家可好，不管谁回来都是浑身油脂麻花的，头发里都有一股子哈喇子味儿"。反正我是说不清楚到底是谁逼死了父亲。是人还是环境？是他人还是自己？历史和个人，都有自己的运行逻辑。但人的追求和梦想不能尽情挥发的时候，肯定不是一个好时候。父母之间的张力和博弈，也给孩子们的成长蒙上了阴影。大姐的自私、二姐的隐忍、"我"的无奈和弟弟的懦弱，构成一幅疼痛而真实的人间烟火图景。其中的爱恨情仇与真假对错，真的很难一言以蔽之。《黄河故事》的确是一个故事，距我第一次听到它，已经十几年过去了。但这十几年里，父亲一直活在我的周遭，因此这部作品看起来好像跟我亲历的一样。此事说起来，竟有万般的无奈，最近我在写另一个父亲，我自己的父亲，但是它读起来，真的像是一个故事。人生有诸多面相，是横看成岭侧成峰还是无人相、无我相、无众生相？这的确是一个问题。

无以言说的恐惧

简直像看一部穿越剧。十七年前我来北京出差，正赶上披露非典疫情。十七年后，想趁着春节放假躲到北京女儿家中安静写点儿东西，在郑州上高铁还尚无意识，到了北京西站，发现似如临大敌一样紧张，这才知道疫情已经是如此严重。

不过，令人悲哀的是，十七年里的两场疫情，好像是一个剧本演了两次。这事儿认真想想，确实让人恐惧不已。到底是人算不如天算呢，还是被信息化裹挟的我们失去了基本的认知能力？

我也相信，在举国之力抗疫下，疫情很快就会得到控制。但是，如果不能痛定思痛，从这些灾难里悟出点什么，那么我们所有的牺牲都会变得没有任何意义。

网上很多人在高呼多难兴邦。当然这是一个很能鼓舞士气的正能量口号，多难兴邦也固然是一个民族百折不挠的精神支点，但如果以此大而化之，就是对生命麻木的藐视，甚至可以说是极端不负责任。事实上，也没有任何一个国家和民族是靠一波未平一波又起的灾难兴盛起来的。在疫病中，那些无奈而疲惫的底层人民，那些死去的无辜者，那些支离破碎的家庭，都不是冰冷的数字所能掩盖的；为防治和预防疫病所投入的极大的人力物力财力，也不是可以忽略不计的，那是人民的财富。更重要的是，中国作为一个负责任的大国，融入国际社会的所有努力，都有可能付之一炬。这些显形或者隐形的损失，是很难很难计算的。

再一个就是很多人在说敬畏之心，那么我想多问一句，敬畏什么呢？仅仅是不吃野生动物、多通风勤洗手什么的那么简单吗？古人所言："圣人畏微，愚人畏明。"智者对极小的事情都会保持敬畏，而愚蠢的人只会大难来时各自飞。而把这种细微的敬畏落实到日常的行为中，应该是我们一辈子的修行。真正的敬畏其实是对自己的谦抑，对别人的尊重，以不给别人带来不便为准则。过去随作家代表团出访，感受最深的是西方国家的排队。现在国内很多地方也养成了排队的习惯，但是跟西方比起来有一个难以忽视的细节，那就是人与人之间至少留有一米的距离。甚至可以说，那一米的距离，就是我们与世界的距离。一米开外，且不说很难传染疫病，就是个人的隐私，也得到了有效的保护。

免于恐惧是从看到真相和未来的希望开始的。两次重大疫情，暴露了当今社会存在的漏洞。但这些并不可怕，只要我们着手改进，即使是从细微末节处着手，也能推进整个社会的巨大进步。不能白白经过一场非典，又白白经过一场新型肺炎。毕竟对整体百分之一的灾难，落实到个人头上，则是百分之百。

2011年3月，日本发生千年一遇的大地震，其破坏力相当于二十多个汶川地震，但死亡人数不足两万人。有记者问著名导演北野武，汶川地震死了八万人，日本只死了两万人，是不是日本比汶川做得要好？北野武答道："如果您将这场灾难简单视为'两万人丧生的事件'，那么您根本不会理解受害者。然后，再只从数字上来对比，说似乎比死了八万多人的中国四川大地震更好，这是对死者的亵渎！人的性命不该说是两万分之一，或八万分之一，它的意思是，有一个人死了这件事，发生了两万次！"

2020，让我如何停止对生命的热爱

　　整整做了差不多一个小时的心理准备，我才最终下定决心。真的不知道我该说什么，会说点什么。我首先拨通了一位叫李端的小学教师的电话。后来拨通电话的那位女士，叫刘云仙，身份是农民。我知道她们会哭。我知道我会在她们的哭声里羞愧不已，因为我什么都帮不了她们。我知道不管如何表达，我的电话将会再一次揭开她们尚未结痂的伤口。我听她们哭，听她们叙说。然后我说，你一定要保重，一定！

　　何其苍白无力的安慰，我连自己都安慰不了。

　　放下电话，我哭了长达半个小时。年龄大了，感情脆弱得像风中的芦苇，稍有风声就觳觫不已。

　　是恐惧，也是伤心。

　　就在前天，我接到上级部门的一个电话，说是领导部署要各地组织一部分基层抗疫一线的短篇报告文学。说真的我登时火起，我说，我们是紧靠湖北、全国排名第三的重灾区，几乎百分之九十五的人被控制在家中，交通阻断，四面楚歌，去一线采访的半点可能性都没有。难道仅靠翻翻朋友圈、靠道听途说的一星半点材料就可以写出报告文学吗？

昨天他们再次电话，恳切地改换了口气，问能不能通过微信和电话采访的方式了解一些基层情况。并且再三告诫，一定要在确保自身安全的情况下。

如此，方让我感觉到一丝安慰。

这很难，电话采访很难。对方无法确定你的真实身份，他们也像我一样，陷身在一波接一波的恐惧中。纵是有朋友引荐，他们也往往不愿意开口。他们有纪律和各种禁忌——你不得不沮丧地承认，到了战役的关键时刻，这几乎是唯一有效的办法。否则，各种传言会改变事实。

得感谢我那些在地市做主要领导的朋友们，感谢他们信任我，否则我将得不到任何有效信息。三门峡市的安伟市长在全国疫情等级区域划分图表出来的第一时间微信转发给我，并且骄傲地发了一个拳头紧握的表情符号：三门峡——河南最棒的城市！他说，增加一例就彻夜不安，情势好转就兴奋异常。所有的地市都是一样的状态，他们就这样严阵以待，对疫情的防控揪心到寝食难安，每天都如临大敌般地警醒着。网上一直有关于河南严防过当的负面消息。可这些段子手知道吗？河南是湖北近邻，一亿多人的人口大省，南部几个地市从武汉返乡回家过节的各类人员，每个县都有数万人。武汉封城后，还有不少人从湖北下面的地市县通过各种途径返乡。若不是地方政府一级警戒严防死守，对返乡人员彻查隔离，后果将是何等的不堪设想！

驻马店是河南省的重灾区，九百六十多万人的大市，湖北返乡人员七万六千多人，其中武汉市五万七千多人。这数字不让人触目惊心吗？我曾经在驻马店挂职两年副县长，对这片土地有着深深的惦念。我拨通了指挥长陈星书记的电话，他爽快地回答了我的几个问题。关于一线因公殉职人员情况，"有四名同志累倒在一线岗位上。"他沉痛地说，"基层是防控的最前沿，也是最辛苦最危险的地方，严防死守，人心都是肉长的，心疼他们啊！"河南城市广播媒体联合郑州人民广播电台做了个"黄河说"，河南全部省辖市呼叫武汉，每一个地市都图文并茂向长江呼叫，上了热搜榜，感动了无数人流下热泪。注意，说的是全部的省辖市，可细心的人却发现，喊话者漏掉了驻马店——九百六十多万人口的大市，疫情重灾区。一时间网友纷纷留言，怎么少了驻马店？驻马店人更是纷纷留言，几乎有些懊恼了。我问陈书记："您对此事件怎么看？"他笑了笑说："看到了。漏就漏吧，都是黄河儿女，不消计较！"驻马店全市确诊病例一百三十九人，治愈一百一十一人，零死亡，零院内医护人员和其他病患交叉感染。结果最能说明问题。说真的，我本不太喜欢这个严肃到近乎傲慢的地方长官，但他对待疫情的用心、用情、用力，还是让我深深感动了。他再三告诫，不要表扬我们，我们的工作还是存在漏洞的，否则那些不该发生的意外或许可以避免。他的声音低沉、疲惫。白天要下县区看情况，听汇报，晚上要召开电视电话会议分析疫情研究防范对策，每天都要熬到十二点以后。

这就是基层一线干部的真实工作状况。我再拨通了另一个地市指挥长的电话。他正在开会。我发微信询问基层一线值守干部的工作和健康状况。他没有直接回答，只回复了三个流泪的哭脸。他不愿说，我亦不再问。在河南，十七个地市，每一个地市都在防守——严防死守。在一场猝然临之的灾害面前，我们主要还是靠人，而不是靠技术解决问题。武汉距郑州乘高铁不足两个小时，封城前，两省的流动量每天可装满无数列高铁。封城后，通过各种手段、各种方式"逃"回来的故事可以拍一部电影。武汉封城数日后，新冠肺炎感染者骑摩托车与自行车一路跑回来的现象，仍时时在发生。

那个叫李端的小学教师的丈夫叫陈申，是驻马店泌阳县卫生计生监督所的工作人员。1980年12月出生，未满四十岁，农历正月十六倒在工作岗位上。李端说，他懂电脑，负责收集统计各种情况和数据。从初一到十五，他只回家了一趟。开始在卡点值班，后来又主动请缨到隔离点当防护员。正月十五晚上和妻子最后一次通话，九岁的女儿在电话中嘱咐爸爸，你要小心别被传染了。他高兴地对妻子说，我家闺女长大了，知道操爸爸的心了。谁能想到，这竟成为他对亲人最后的遗言。第二天早晨八点多，李端照例拨打丈夫的平安电话，一直无人接听。一个小时后，单位一男二女三位同志来家里敲门。李端说，是陈申发烧隔离了吗？单位的同志说，没事，你和我们一起去一趟，看看他吧！李端心里做着最坏的打算，怕就是像电视上那样，让隔着玻璃和丈夫打个照面，话都没法说。车子开到中医院，却不让她下来，说人还在急救。二十分钟后，两个女同志才扶她下车进去。她看到的，是已经被白布罩得严严实实的丈夫。他没有被感染，死于劳累过度触发的心梗。她如何能不悲呼？这个文弱的女子，奋力挣脱陪伴她的人，一下子扑倒在丈夫身上，哭得肝胆俱碎。晚来的女儿看爸爸躺在那里，便附身在爸爸的胸口说，我爸的心脏可有劲，跳起来总是嘣嘣嘣的，现在咋没音了呢？单位让李端暂时不要给陈申的父母打电话，他是家里的独子，怕父母听到了再出意外。李端说，不让告诉他爸妈，好好的一个人没了，我怎么做得了主？最后领导让她带着医生护士一起去了陈申家里。陈申的父母听到这个消息的惨状，李端哽咽了半天，伤心得不能详述。

李端说，我一直到今天都还觉得我是在看电视剧，我看到的是不是别人家的故事？她在电话那头哭，我在电话这边泪流满面。我知道，她现在还处于心理应激反应期，被突然而至的打击撞蒙了。等她清醒过来，会有一波一波更大的痛苦加倍地袭击她。

刘云仙，一个普通的农村妇女。接通我的电话，她从头哭到尾。像发烧似的，我颤抖着，努力克制自己的情绪，否则我会和她一起哭到无法开口。陶红涛是她的丈夫，驻马店高新区古城办事处五桂桥居委会的干部。他从年初二开始值班，每天要忙到夜里十二点以后。农历正月二十二，陶红涛中午返家，他说今天特别累，浑身不舒服，想趁中午换班回来睡会儿。这让妻子很意外，刘云仙说，你别睡，好歹吃点东西。她匆忙给丈夫下了一碗面条。陶红涛面条没吃完就去睡了，临睡前安排妻子，两点半喊醒我，不要误了值班。还不到两点半刘云仙就去喊他，他脾气不好，喊得晚了怕他生气。她哪里会想到，她再也唤不醒这个睡着的人了。陶红涛1979年春天出生，2020年春天到来的时候，死于心梗。刘云仙说，我最安慰的，就是最后给他做了一碗面条，否则他就得空着肚子上路了。陶家两兄弟，哥哥病故，父母跟前就剩下这一个儿子，白发人要两次送走黑发人。刘云仙是个农民，没有工资收入。两个儿子还在上学，大的十八岁，小的才十三岁。她说，陶红涛走了，家里的天都塌了。

面对她们，我第一次觉得自己是个何其无用的人，我没有任何办法安慰她们以缓解她们的悲伤，也没有任何能力伸出援手拉她们一把。我告诉她们，相信政府，政府和社会不会忘记英雄，不会让英雄的家人流血再流泪——除了这些毫无温度的话语，我还能说些什么呢？

李文亮走了，全中国都在哭泣；导演常凯一家人病逝了，无数的人为他们点燃蜡烛……陈申死了，陶红涛也死了，还有许许多多这样平凡的人，就这样默默地没了。除了熟悉他们的人，几乎没人知道他们的名字。我看到胡锡进转发的博主阿部部的微博："我不想看到一线抗疫人员流汗还流泪，他们已经做了很多，付出了很多了，他们也是别人家的孩子……"

"他们也是别人家的孩子"，这句话足足打动了我，让我的泪水一次一次地充盈眼眶。是的，如果我们在很多事情上能够看到"别人家的孩子"，就会有足够的敬畏改变我们的想法和做法。欢呼战争的时候，我们要看到别人家的孩子；冲到火灾现场的时候，我们要看到别人家的孩子！

对于陈申、陶红涛们，我不想赞美他们的荣光，更不想将他们贴上英雄的标签而丢失常人应有的欢乐和幸福。他们是普通父母的儿子，普通女人的丈夫，普通孩子的父亲母亲。他们的亲人只想他们平平常常地活着，不想让他们的名字永远印在疫情资料里被更多的人记住。他们希望上天把儿子、丈夫、父亲还回来，他们要他欢笑、发脾气、贪玩贪吃贪睡、犯各种各样普通人犯的错误……但一切都在此时此刻戛然而止，他们走得无知无觉，他们只是因公殉职者，甚至称不上英雄。

就在前几天，我写了一篇文章《无以言说的恐惧》，这篇文章被《当代作家评论》公众号推出后，又被好几家报刊转载。我不期望产生什么影响，仅只是两次遭遇大疫的个人，对当下和未来的一点浅薄的思考。我同意，作家不同于公共知识分子，不必对所有公共事务指手画脚。我更同意，我们需要感受到理想和现实之间的"时差"。时差能让我们沉静下来，进行有距离的思考，从而更理解生活中的真相，以及那些真相对当下和未来意味着什么。就在今天，又

307

有一位作者在朋友圈呼吁，我们作家要写一写多难兴邦，写一写苦难辉煌。我在上一篇的文章里谈到，多难兴邦是一个很能鼓舞士气的正能量口号，也是我们民族屡仆屡起的精神支点。但我们不能以此大而化之，要看到大难之中那些默默牺牲的受难者，要看到"别人家的孩子"，并与他们同此凉热，否则就是对生命的藐视。我们也必须从灾难里悟出点什么，得到点什么，改进点什么，否则我们所有的牺牲都会变得没有任何意义。

遭遇大疫是我们的不幸。毋庸置疑，百折不挠、愈挫愈勇的中华民族迅速战胜疫情也是指日可待。但我想说的是，在灾难和胜利之间，我们的作家将置身何处？我们会将思想的标记，刻在哪个等高线上？

铁凝主席说过："文学将总是与人类的困境同行。也因此，文学才有可能彰显出独属于自己的价值魅力。"我写下这些，是想我们活着的人，需要思考些什么并做些什么。面对那些被疫情夺去生命的病患、那些为抗击疫情而奋不顾身的医生护士、那些为控制疫情蔓延而不舍昼夜奋战在一线的干部群众……所有这些人，我们无法任由他们白白地奉献和牺牲，我们也不会永远侥幸逃离灾难。唯其如此，我们只有这样设想：我们要努力推动社会一点点的进步，哪怕完全是为了我们自身。

图书在版编目（CIP）数据

定制幸福／邵丽著. －－北京：中国文史出版社，
2021.7

（政协委员文库）

ISBN 978－7－5205－2603－6

Ⅰ．①定… Ⅱ．①邵… Ⅲ．①散文集－中国－当代
Ⅳ．①I267

中国版本图书馆 CIP 数据核字（2020）第 234220 号

责任编辑：牟国煜

出版发行：**中国文史出版社**

社　　址：北京市海淀区西八里庄路 69 号院　　邮编：100142

电　　话：010－81136606　81136602　81136603（发行部）

传　　真：010－81136655

印　　装：北京新华印刷有限公司

经　　销：全国新华书店

开　　本：720×1020　1/16

印　　张：20　　　　字数：200 千字

版　　次：2021 年 7 月第 1 版

印　　次：2021 年 7 月第 1 次印刷

定　　价：63.00 元